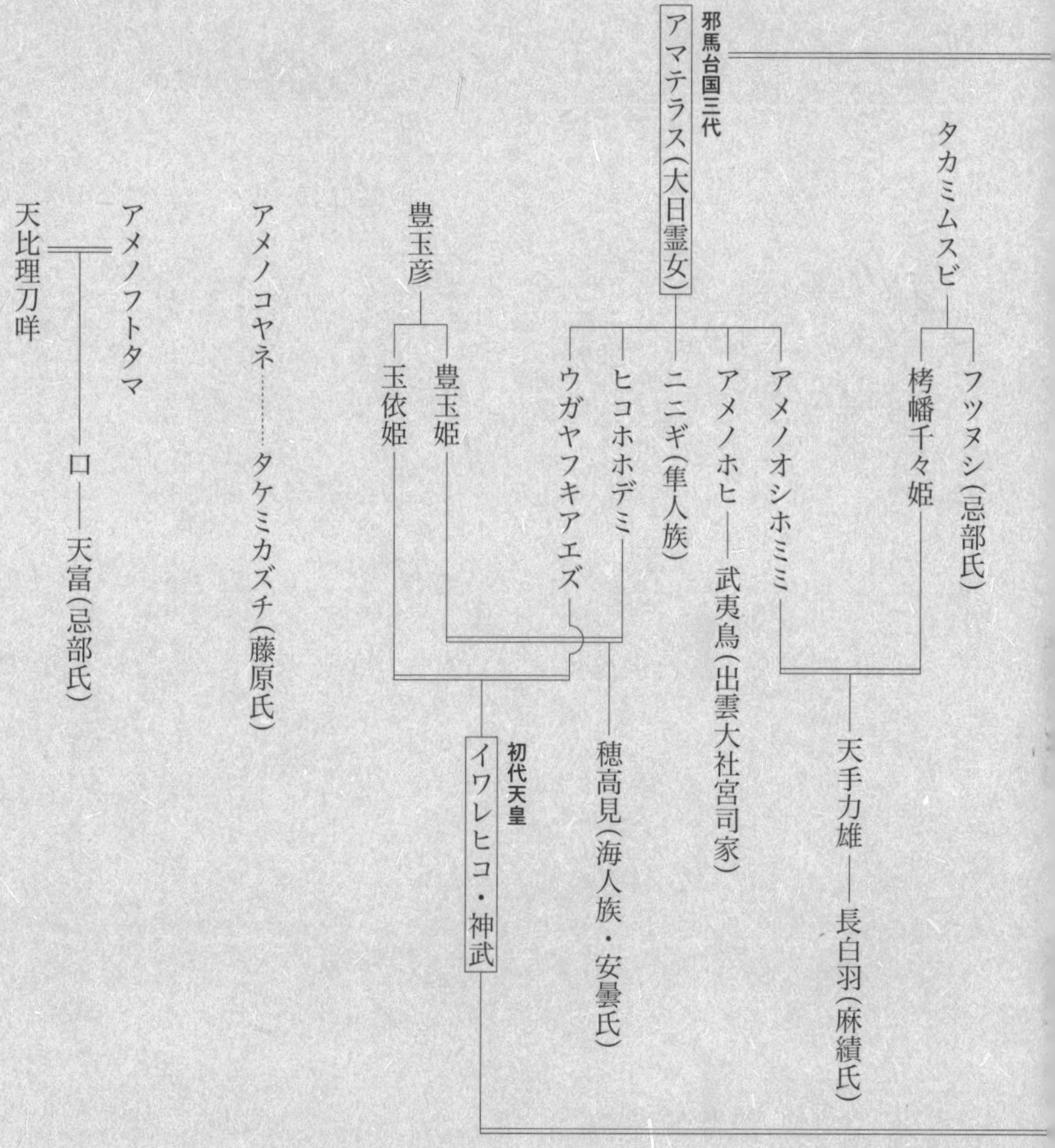
邪馬台国三代
アマテラス(大日霊女)
タカミムスビ
フツヌシ(忌部氏)
栲幡千々姫
アメノオシホミミ
アメノホヒ
武夷鳥(出雲大社宮司家)
ニニギ(隼人族)
ヒコホホデミ
ウガヤフキアエズ
天手力雄
長白羽(麻績氏)
穂高見(海人族・安曇氏)
豊玉彦
豊玉姫
玉依姫
初代天皇
イワレヒコ・神武
アメノコヤネ
タケミカヅチ(藤原氏)
アメノフトタマ
天比理刀咩
ロ
天富(忌部氏)

小椋一葉

Ogura Kazuha

万葉集とは何か

永久《とわ》の挽歌・
そらみつ大和の国

田畑書店

万葉集とは何か　目次

万葉集とは何か

永久《とわ》の挽歌・そらみつ大和の国

装丁　長谷川周平

序章　そらみつ大和の国

万葉集との付き合いは長い。二十年ほど前に書いた『神々の謎』（河出書房新社）の副題は「万葉の歌とともに」であった。どこか懐かしい心の故郷という思いで、折々に引用してきたのである。

そんな万葉集が、ある日ふいに、かつてない衝撃で私をとらえた。万葉集の冒頭を飾るのは、二十一代雄略天皇の歌である。そもそもなぜ、第一番が雄略歌なのか。

籠《こ》もよ　み**籠**《こ》**持**ち　**掘串**《ふくし》もよ　み**掘串**《ぶくし》**持**ち　この**岳**《をか》に　**菜摘**《なつ》ます**兒**《こ》　**家聞**かな　**告**《の》らさね
そらみつ　**大和**《やまと》の**國**は　おしなべて　われこそ**居**《を》れ　しきなべて　われこそ**座**《ま》せ　われにこ
そは　**告**《の》らめ　**家**をも**名**をも（巻一・一）（『萬葉集』日本古典文學大系、岩波書店、以下同）

何と、ここで雄略天皇は「そらみつ大和《やまと》の国」と高らかに謳っているではないか。春の岳《おか》で菜摘みをしていた少女に、「そらみつ大和の国」は、私がすべてを従え一面に治めているのだが、私にこそは教えてくれるでしょうね、家をも名をも、と語りかけているのである。雄略は「そらみつ大和の国」と謳っている！　私の心は高ぶった。

【そらみつ】

そらみつ（虚見津・虚空見つ）――『日本書紀』神武天皇三十一年四月条に「饒速日命《にぎはやひのみこと》、天磐船《あまのいはふね》に乗りて、太虚《おほぞら》を翔行《めぐりゆ》きて、是《こ》の郷《くに》を睨《おせ》りて降《あまくだ》りたまふに及至《いた》りて、故《かれ》、因《よ》りて目《なづ》けて、『虚空見《そらみ》つ日本《やまと》の國《くに》』と曰《い》ふ。」（『日本書紀』日本古典文學大系、岩波書店、以下同）とある。つまり饒速日《にぎはやひの》命《みこと》がこの国を空から見下して降り立ったので「そらみつ日本の国」と称するようになった、というのである。いわば饒速日命は日本の国の開祖、ということであろうか。

この語源説については、「いわゆる民間語源説として当時伝えられていたもので、本来の正しい意味をとらえているかどうか不明であるが、この他に、特に正しいと思われる説は発表されていない。」（『日本書紀』前掲書、補注）という。

後述するように、饒速日命は『古事記』『日本書紀』では消された人物である。そうした彼をあえて語源説に登場させたというのは、「そらみつ」という言葉に集約された饒速日命の建国伝承が、古くから根強く流布しており、いかに『日本書紀』でもそれを無視することは出来なかったからであろう。

では、饒速日命とは何者なのか。それが不可解なことに、今も言ったように『古事記』『日本書紀』には、彼について父祖など何も記すことがなく、系統不明のままの人物なのだ。

「記紀」の神武天皇条にちらっと登場するのだが、その姿はみじめである。『古事記』では邇芸速日命《にぎはやひのみこと》は登美毘古《とみひこ》の妹と結婚し、宇麻志麻遅命《うましまぢのみこと》（物部連らの祖）が生まれていたようであるが、天つ神の御子（神倭伊波礼毘古命《かむやまといはれひこのみこと》）が天降ったと聞き、あとを追って天から降ってきたといい、天津瑞《あまつしるし》を献上して服属したという。『日本書紀』では神武東征に先立って大和へ天降り長髄彦《ながすねひこ》と共に大和を統治していたが、そこへ神武が乗り込んできて戦闘が繰り広げられる。成り行きを見ていた彼は、戦局不利と見てとるや長髄彦を殺して神武に帰順し、神武から褒賞《ほうしょう》されたというのである。物部氏の祖であり貴重な神宝を有していたらしいが、挙動不審の陰険な人物で、結局は神武への服従者というのだから全く冴《さ》えない人物である。

雄略天皇が誇らかに「そらみつ大和の国」と謳い、語源説話にちらっと登場した饒速日命の面影などかけらもない。何と憐れな姿であろう。もし、これが彼の本当の姿だとしたら、いくら何でも雄略は「そらみつ大和の国」と謳ったであろうか。

いったい、五世紀後半の雄略歌と、七一三年及び七二〇年成立の「記紀」との大きな落差を、どう解すべきか。

もちろん、雄略歌は嘘偽りではない。大和が饒速日命の開いた国だというのは、広く人々に知られた言い伝えであった。だからこそ『日本書紀』も最初に「そらみつ」にシンボライズされた饒速日伝承を記さずにはいられなかったのであり、雄略歌はそれを謳っているからこそ、万葉集の第一番に堂々と掲げられたのだと言ってもよい。そうだとすれば饒速日命、及び彼が開いた「そらみつ大和の国」の歴史は「記紀」から消されたのだ。そう解する他はなさそうである。

【ニギハヤヒ】

ニギハヤヒ（饒速日命）――実は彼こそ、私がスサノオ（素盞嗚命）とともに「消された覇王」と呼んできた人物である（『消された覇王』河出文庫、他参照）。

ニギハヤヒはスサノオの子で、出雲から身を起こし、西海に雄飛し、父とともに出雲から筑紫にまたがる「大国」を築き、のちに大和へ乗り込み大和の国を開いた。そのため皇祖と仰がれ、大《おお》神《かみ》と讃えられるようになった黎明の日本の覇者であった。ところが用明天皇五八七年に起きた蘇我と物部の戦いで、ニギハヤヒを仰ぐ物部氏は敗れた。そのため、聖徳太子に端を発し、飛鳥から奈良時代にかけて確立された天皇制律令国家と、その史的・理論的根拠としての『古事記』『日本書紀』の誕生によって、消されてしまったのである。

私はそう考えているのであるが、万葉集の冒頭にニギハヤヒの姿を認め、調べてみると万葉集全体に色濃くその姿を落としていることを知って驚いたのであった。

さて、そうした「そらみつ大和の国」が、さわやかな春の息吹きを浴びて、万葉集の冒頭に登場しているのである。それは私にはニギハヤヒの勇姿に重なる。誇らかに聳え立つ「そらみつ大和の国」。

それにしても、「記紀」によって消されたニギハヤヒと彼が開いた大和の国をこれほど高らかに謳うとは、いったい万葉集とはいかなる歌集なのだろうか。

私は、万葉集の強い意思を思った。それは、「記紀」への批判を込めた歌集なのではないか。だからこそ「記紀」が葬った「そらみつ大和の国」を第一番に、特別扱いで登場させたのではないだろうか。第二番は十二代後の舒明天皇（即位六二九年）の歌であり、それから第四五一六番、天平宝字三（七五九）年の大伴家持の歌まで、時代は切れ目なくつづく。

思えば、いわゆる真の万葉の時代とも言うべきこの一三〇年間は、日本史上でも特筆すべき時代であった。それは、消されゆくニギハヤヒの「そらみつ大和の国」の「歴史」と、新たに生まれ出るアマテラス（天照大神《あまてらすおおみかみ》）の「神話」との戦いの時代であり、両者に思いを寄せる者の悲しみや憎しみ、驕《おご》りや高ぶりが行き交う時代だったのである。

万葉集は、そうした特異な時代の歌を収録したものであろう。そして、その秘された目的の一つは、「そらみつ大和の国」を哀惜し、「記紀」へ批判の矢を放ち、叶わぬまでも真実の歴史の復権を夢見る者の歌を記録にとどめ、この国には「神話」に敗れた「歴史」があることを、後世に伝えようとするところにあったのではないか。

【人麻呂・家持を思う】

柿本人麻呂は「歌集」歌の巻向《まきむく》の歌群などが語るように、「そらみつ大和の国」をこよなく愛した歌人であった。それに彼は、まだ見ぬ『日本書紀』への批判者でもあった。たとえば高市皇子《たけちのみこ》挽歌では、「渡会《わたらい》の斎宮《さいぐう》の神風」によって高市皇子は勝利をおさめたとうたった。ところが『書紀』には神風のことは何も記されていないのである。なぜか。それは内宮《ないくう》の天照大神の神風ではなくて、外宮《げくう》の豊受大神《とようけ》の宮の神風だったからだ。『書紀』は外宮のことは創始も祭神も何ひとつ記していない。ニギハヤヒに連なるが故に、外宮は消された宮だったのである。そこで人麻呂は先を見越して「挽歌」に詠んだのではないか。つまり高市皇子は、渡会の斎宮の神風によって勝利をおさめ、平定した瑞穂《みずほ》の国を天武天皇に渡した。だから天武政権の成立はニギハヤヒに連なる力によるものだということを、はっきりとうたったのである。

『日本書紀』が消そうとしている「そらみつ大和の国」への愛惜をうたい、これから生まれ出ようとしている『書紀』への批判者だった人麻呂が、無事に生を終えられるとは思えない。梅原猛氏の「流罪刑死説」(『水底の歌』新潮社)があるが、私は『日本書紀』の成立に命をかける藤原不比等によって、人麻呂は非業の最期を遂げることになったのだと考えている。

大伴家持は万葉集の編者と目されている人だ。雄略天皇の歌から始まった万葉集は、家持の天平宝字三年正月一日の因幡国の宴の歌で終わっている。なぜ彼はこの歌で万葉集を閉じたのだろうか。それは、「そらみつ大和の国」の歴史復権の望みを歌集に込めて託した聖武天皇が没し、夢破れたからだ。最後の歌の三首前までに載っているのは、家持らが聖武天皇の「高圓《たかまと》の離宮處《とつみやどころ》を思ひて作る歌五首」である。つまり万葉集は、聖武への哀惜の歌群の余韻の中で閉じられているのである。

【永久の挽歌】

思えば万葉歌人は皆、「歴史」と「神話」がせめぎ合う時代の風の中でうたわずにはいられなかった。彼らはこの風にどう立ち向かい、どのようにうたったのか。赤人、黒人など、さまざまな歌人の生と歌が、改めて甦ってくる。

こうして、私にとって懐かしい愛唱歌であった万葉集は、いつしか嗚咽《おえつ》や慟哭《どうこく》を奏でる哀傷歌と化した。そして、思ったのである。

万葉集とは何か。四千五百余首の歌群に込められたメッセージはいろいろあろう。古来さまざまに語られてきたように、どのようにも読み取れるところが、万葉集の限りない魅力と言ってよいかもしれない。そこで今、私なりにその一つを読み取るとするならば、それは『古事記』『日本書紀』によって永久に葬られた、「そらみつ大和の国」へ捧げる挽歌集と言ってもよいのではないだろうか。

新たな相貌を見せてきた万葉集の姿、「永久《とわ》の挽歌」という仮説を、さまざまな歌から、そして人麻呂の生と死を通して、確かめてみたい。

そんな願いを込めて書いたのが本書である。

第一部

さまざまな歌から

第一章　そらみつの歌

「そらみつ」の歌を見てみたい。六首ある。

一　天皇の御製歌《おほみうた》（巻一・一）

二　近江の荒れたる都を過ぐる時、柿本朝臣人麿《かきもとのあそみひとまろ》の作る歌（同・二九）

三　好去好来《かうきよかうらい》の歌一首・山上憶良（巻五・八九四）

四　作者不詳歌（巻十三・三二三六）

五　天平五年に、入唐使に贈る歌一首・作者不詳（巻十九・四二四五）

六　従四位上高麗《こま》朝臣福信に勅《みことのり》して、難波に遣し、酒肴を入唐使藤原朝臣清河等に賜ふ御歌一首（同・四二六四）

【雄略天皇の御製歌】

一の雄略歌は序章で取り上げたばかりだが、もう一度見ておきたい。

二十一代雄略天皇は、多彩なエピソードで知られる五世紀後半の英雄的君主である。その皇居は泊瀬朝倉宮《はつせのあさくらのみや》（桜井市黒崎付近）と伝えられている。

雄略天皇（安達吟光・画）

大和一円を統治する天皇と、菜を摘む少女の春の丘でのひととき。大和の国は私こそすべてを従え治めているのだが、と語りかける雄略と少女との泊瀬から三輪へとつづく春の丘での光景は、さわやかな風の中に浮かび上がってくる。それは雄略天皇にシンボライズされる、古代の潑剌《はつらつ》たる清新の息吹きを伝えているかのように見える。「とらわれぬ人間真情の律動は、春風とともに、よみがえってきて、万葉開幕の象徴の感さえおぼえさせられる。」（『万葉の旅㊤』犬養孝、社会思想社）。そう言ってよいかもしれない。

だが、先ほども述べたように、この歌は単にそれだけの歌ではない。「そらみつ」は、ふつう「大和」の枕詞と解されるだけで深い意味には捉えられていない。しかし私は、編者がこの歌を冒頭に置いたのは、この「そらみつ」の故であったと確信している。

「そらみつ大和の国」——要するにそれは、大和の国の開祖は饒速日命《にぎはやひのみこと》、だから彼を讃えて「そらみつ大和の国」と称した、ということであろう。もちろん雄略天皇は、自らが饒速日命が開いた大和の国の後継者であることを何らの疑いもなく信じていた。だから「そらみつ大和の国」と謳ったのである。

饒速日命が天翔け降り、国造りされた大和の国。私はこの国を治める王であり、あなたはこの国の少女。ここでは「そらみつ大和の国」が、雄略と少女をゆるやかに結んでいる。二人は「そらみつ大神」の大きな翼に包まれて今、ここにいる——。こうしてみると、雄略天皇の御製歌は、「そらみつ大和の国」が晴れやかに生きていた時代の春の日のひとときを、野風の少女との交渉を通じて謳った歌、ということになるだろう。

ところが、このように「そらみつ」に光をあてる時、この歌はまた、哀しみの音色を帯びてくる。たしかに雄略歌は、おおらかな、晴れ晴れとした「そらみつ大和の国」を謳い上げている。だが、そうした黎明の歴史を刻んだ「そらみつ大和の国」は、今はもうない。先ほども言ったように『古事記』『日本書紀』によって消されてしまったからだ。だからこそ、万葉集の編者は、強い怒りを鎮魂の祈りに込めて、この歌を第一番に掲げたのだと私は思う。

雄略天皇の御製歌は、「そらみつ大和の国」の栄光と悲嘆を一人で背負って立っている。

こうして、この歌によって、万葉集の四千五百余首が織り成す壮大なドラマの幕が開くのである。

【柿本人麻呂の近江荒都歌】

玉襷《たまたすき》　畝火《うねび》の山の　橿原《かしはら》の　日知《ひじり》の御代《みよ》ゆ　生《あ》れましし　神のことごと　樛《つが》の木の　いやつ

ぎつぎに　天《あめ》の下《した》　知らしめししを　天《そら》にみつ　大和《やまと》を置きて　あをによし　奈良山を越え
いかさまに　思ほしめせか　天離《あまざか》る　夷《ひな》にはあれど　石走《いはばし》る　淡海《あふみ》の國の　楽浪《ささなみ》の　大津《おほつ》の
宮に　天《あめ》の下　知らしめしけむ　天皇《すめろき》の　神の尊《みこと》の　大宮は　此處《ここ》と聞けども　大殿《おほとの》は　此
處と言へども　春草の　繁《しげ》く生ひたる　霞立ち　春日の霧《き》れる　ももしきの　大宮處《おほみやどころ》　見れ
ば悲しも（巻一・二九）

柿本人麻呂の万葉集初登場の歌である。壬申の乱後、荒廃した大津の宮を詠んだ有名な歌だ。神武天皇以来、すべての天皇が天下をお治めになった大和の国を置いて、奈良山を越え、何とお思いになったからか、田舎ではあるが近江の国の宮で天下をお治めになったという天智天皇の大宮は、ここと聞けども、大殿はここと言えども、今は春草が生い繁り、春日が霞んでいる。この大宮の跡を見れば悲しい、というのであるが、ここで注目したいのは、人麻呂は「天《そら》にみつ（天尒満）」として使っていることだ。

この点に関しては、「一般にはソラミツという。ニを入れて新しくしたのは人麿の工夫か。」（『萬葉集』岩波版、頭注）、「人麻呂が『に』を加えて五音の形態に整えたものか。」（『和歌大辞典』明治書院）といった解釈があるが、どうだろう。

もしそうだとすれば、なぜ人麻呂はわざわざそんな「工夫」をしたのか。どうして「五音の形態に整え」る必要があったのだろうか。それが問題になってくる。

原文には「奈良山を越え」のあとに小文字で、「或は云ふ、空みつ大和を置きあをによし奈良山越えて」と書き加えられている。やはり「そらみつ」としてうたわれてもきたのだろう。なぜ「そらにみつ」なのか。「そらみつ」ではないのか。そんな疑念が人々の脳裏によぎったこともあったのではないか。

私は、人麻呂は大和の枕詞「そらみつ」に慎重になっていたのだと思う。彼は知っていたからだ。「そらみつ大和の国」を抹殺し、「神話」を交えて「アマテラス—神武ライン」で黎明の「歴史」を再構成しようとする朝廷の方針を。

「記紀」はまだ成立していない。だが後述するように、人麻呂は持統三（六八九）年に没した草《くさ》壁皇子《かべのみこ》の挽歌で、すでにアマテラス神話の骨子を詠み込んでいた。そうだとすれば、神武以来の代々の天皇が天下国家をお治めになられた「そらみつ大和の国」とうたうのはどうか。

人麻呂は考えたであろう。「そらみつ」はいまやタブーと言える枕詞。でも、ここで大和の枕詞を入れないのも不自然である。後に「あをによし奈良山」「石走《いはばし》る淡海《あふみ》の国」と続くのだから。そこで用意周到に「天にみつ」とした。

「虚見津《そらみつ》」と「天尒満《そらにみつ》」では印象が全く違う。「虚見津」という場合、大空から見る主体が不可欠である。当然誰もが知っている饒速日命が前面に立ち現われる。

ところが「天尒満」というと、主体は消え失せる。「天にみちる」というのだから、「あをによし」「石走る」と似た枕詞になる。「に」を入れるだけで、「見津」は「満」に化す。こうして人麻呂は、いわば「そらみつ」を骨抜きにして大和の枕詞として使用したのではないだろうか。

そうだとすれば、人麻呂の頃、すでに「そらみつ」がいかに危険を孕《はら》んだ問題の枕詞であったかがわかる。「そらみつ」は単なる「大和」の枕詞というだけではない。それは当時の人なら誰もが知っている、饒速日命が開いた大和の国、ということを意味する言葉であった。だから人麻呂のように公的な立場でうたう時には、細心の注意が必要だったのだろう。

人麻呂が「天にみつ」を使ったのはこの一首のみ。むろん「そらみつ」を使った歌もない。

【道行きの歌】

その点、四の作者不詳歌は素直に「そらみつ」を使っている。私的な歌だったからであろうか。

そらみつ　倭《やまと》の國　あをによし　奈良山越《こ》えて　山代《やましろ》の　管木《つつき》の原　ちはやぶる　宇治の渡《わたり》　瀧《たぎ》つ屋の　阿後尼《あごね》の原を　千歳《ちとせ》に　闕《か》くる事無く　萬歳《よろづよ》に　あり通《がよ》はむと　山科《やましな》の　石田《いはた》の　社《もり》の　すめ神に　幣帛《ぬさ》取り向けて　われは越え行く　相坂山《あふさかやま》を（巻十三・三二三六）

いわゆる旅の途中の地名を詠み込んだ道行きの歌である。倭《やまと》の国から奈良山を越え山代に至り、宇治川を渡り、いつまでも欠かさず通い続けて行こうと山科の石田神社に幣帛《ぬさ》を手向《たむ》けて祈り、私は相坂山《おうさかやま》を越えて行く、というのである。

倭の国から山代を経て淡海の国へ行くのだから、やはり起点となる「倭《やまと》の国」が強く意識され、「そらみつ」が冒頭に出現したのだろうか。一応そう考えられるが、私は作者が「石田《いはた》の社《もり》のすめ神」に敬虔な祈りを捧げていたことが大きかったのではないかと思う。

「山科の石田の社」は京都市伏見区の天穂日命《あまのほひのみこと》神社とされているが、往古の祭神は天照太神・日《ひ》吉《え》山王《さんのう》であった。境内にある「苗塚」の伝承によると、天武帝の時代、ここに忽然として一夜に数尺の苗が積もり、その上に白羽の矢があった。老翁が現われて、この地に天照太神・日吉山王両社を勧請すべし、然らば永く帝都南方の守護ならんと告げ終ると去ったという(「山州名跡志」『京都市の地名』日本歴史地名大系、平凡社)。いつからか石田集落近くにあった天穂日命神社がこの地に遷《うつ》され、石田社(田中明神ともいう)を合祀し、今のような形になったらしい。

そうだとすると、作者の頃の石田社には田中明神(天照太神・日吉山王)が祀られていたであろう。詳述する暇はないが、私は二神はともに饒速日命の異名同神だと解している。往古は誰もがごく自然にそれを知っていたはずである。だからこそ作者は石田の社の「すめ神」と称し、「そらみつ」を冒頭に掲げてうたい始めたのではないだろうか。

なお、この歌につづいて「或る本の歌に曰はく」という類似の歌が載っている。「あをによし奈良山過ぎて　もののふの　宇治川渡り」(同・三二三七)とうたい始めており、冒頭に「そらみつ倭《やまと》の国」がない。もちろん神社も出てこない。比べてみると微妙に印象が違う。前歌に漂っていた、自分は「そらみつ倭の国」の人として旅するのであり、自分の道行きは大神に見守られている、そんな気持ちの張りのようなものの有無と言ったらいいだろうか。「そらみつ」は、やはり単なる枕詞ではなかったな、と改めて思うのである。

【山上憶良の好去好来の歌】

三、五、六の三首は、天平五（七三三）年と天平勝宝二（七五〇）年の入唐使派遣にちなむ歌である。三の山上憶良の好去好来《こうきょこうらい》の歌から見てみよう。

天平五年の遣唐大使は多治比広成《たじひひろなり》であった。彼は前年に任命を受け、五年に出発。七年に帰朝している。憶良は広成と五年三月一日に憶良の自宅で対面し、三日に侍史を通じて広成に歌を献じている。それが好去好来の歌である。「好去好来」とは、歌の結句の「恙無《つつみな》く幸《さき》く坐《いま》して早帰りませ」を漢文的に表現したものだという。

神代より　言ひ傳《つ》て来らく　そらみつ　倭《やまと》の國は　皇神《すめかみ》の　厳《いつく》しき國　言霊《ことだま》の　幸《さき》はふ國と
語り継《つ》ぎ　言ひ継がひけり　今の世の　人も悉《ことごと》　目の前に　見たり知りたり　人多《さは》に　満ち
てはあれども　高光る　日の朝廷《みかど》　神《かむ》ながら　愛《めで》の盛りに　天《あめ》の下　奏《まを》し給ひし　家の子と
撰《えら》び給ひて　勅旨《おほみこと》　戴《いただ》き持ちて　唐《もろこし》の　遠き境に　遣《つかは》され　罷《まか》り坐《いま》せ　海原《うなはら》の　邊《へ》にも奥《おき》に
も　神《かむ》づまり　領《うしは》き坐《いま》す　諸《もろもろ》の　大御神たち　船舳《ふなのへ》に　導き申《まを》し　天地の　大御神たち　倭《やまと》
の　大國霊《おほくにみたま》　ひさかたの　天《あま》の御空《みそら》ゆ　天翔《あまがけ》り　見渡し給ひ　事了《ことをは》り　還らむ日は　またさ

らに　大御神たち　船舳《ふなのへ》に　御手《みて》うち懸けて　墨縄《すみなは》を　延《は》へたる如く　あちかをし　値嘉《ちか》の
岬《さき》より　大伴の　御津《みつ》の濱邊《はまび》に　直泊《ただは》てに　御船《みふね》は泊《は》てむ　恙無《つつみな》く　幸《さき》く坐《いま》して　早帰りま
せ（巻五・八九四）

注目したい点が二つある。一つは、人麻呂があれほど気にかけていた「そらみつ倭《やまと》の国」を憶良は堂々と使っていることだ。神代から言い伝えてきたように、「そらみつ倭の国」は皇神《すめかみ》の厳しい国、言霊の幸ある国と語り継ぎ、言い継いできた。今の世の人もみな、それを目の前に見て知っている、と憶良は記す。

もう一つは、「倭《やまと》の大国霊《おおくにみたま》」の登場である。出発すると、大海原を治めておられる多くの大御神たちが船の舳先に立ってお導きになるが、天地の大御神たち、とくに「倭の大国霊」は天《あま》の御空《みそら》を天翔《あまが》けて見渡され守護される、というのである。

憶良は、天地の多くの大神の代表として「倭の大国霊」をクローズアップしている。しかも「倭の大国霊」は天の御空を天翔けて見渡されるというのだ。憶良が「倭の大国霊」を、そらみつ伝承の饒速日命と同神と見做《みな》していたことは明らかであろう。なお「倭の大国霊」は、大和《おおやまと》神社（天理市新泉町）の大和《やまと》大国御《おおくにみ》魂《たま》大神である。どうやら饒速日命は「倭の大国の魂」として、広く仰がれてきたようである。

さて、憶良はこのように、「倭の大国霊」が船旅を導き守護されているから大丈夫だと多治比広成に奉っているのであるが、何と誇らかに「そらみつ」を掲げていることか。まるで日頃圧殺されていた思いの丈をこのさい一気に吐露した、といった感じにも受け取れる。人麻呂にも劣らず慎重派だったかにみえる憶良が、いったい、なぜ？　不審であるが、それは入唐使への贈答歌だったからではないかと私は思う。

入唐使派遣のような重大事には、やはり神代から言い伝え、今の世の人もみな知っている「倭の国の大神」に守っていただかねばならない。そこで「そらみつ倭の国」を讃え奉じる。そんな暗黙のルールともいうべきものがあったのではないだろうか。そらみつの歌六首のうち三首が入唐使への贈答歌という事実も、それを語っていると思いたい。

五の「天平五年に、入唐使に贈る歌」も、大唐へ遣わされる大切な人の無事を祈って詠んだ歌であるが、「そらみつ　大和《やまと》の國　あをによし　平城《なら》の都ゆ」とうたい始めている。もとより憶良は、そうした「暗黙のルール」を知っていた。だから公文書ともいうべき広成への歌に、堂々と「そらみつ倭の国」をうたったのであろう。

ところで天平五年は憶良の没年とされる。この歌を奉った三か月後の六月頃、憶良は重病に陥ったらしい。病状を問いに訪れた藤原八束《やつか》らの使者に語り終えると、しばらくして涙を拭い、悲しみ嘆いてこう口ずさんだという。

士《をのこ》やも空《むな》しかるべき萬代《よろづよ》に語り續《つ》ぐべき名は立てずして（巻六・九七八）

「山上臣憶良の沈《おも》き痾《やまひ》の時の歌一首」と記されている。辞世の歌と言えるだろうか。時に七十四歳であった。

【孝謙天皇の御歌】

六で孝謙天皇が「そらみつ大和の国」とうたっているのは、今言ったような「暗黙のルール」の存在を告げているようで、興味をそそられる。

天平勝宝二（七五〇）年の入唐使に孝謙天皇は歌を賜った。「従四位上高麗《こま》朝臣福信に勅《みことのり》して、難波に遣し、酒肴を入唐使藤原朝臣清河等に賜ふ御歌一首」である。

そらみつ　大和《やまと》の國は　水の上《うへ》は　地《つち》行く如く　船《ふね》の上は　床《とこ》に坐《を》る如《ごと》　大神の　鎮《しづ》むる國そ　四《よつ》の船《ふね》　船《ふな》の舳並《へなら》べ　平安《たひら》けく　早《はや》渡り来て　返言《かへりごと》　奏《まを》さむ日に　相飲まむ酒《き》そ　この豊御酒《とよみき》は（巻十九・四二六四）

何と素直に「そらみつ大和《やまと》の国」を讃えていることだろう。大和の国は、水の上は地上を行くように、船の上は床に坐るごとく、大神が鎮めておられる国、護り治めている国であるぞ。だから四《よつ》の船は平安に早く行って帰ってきて返書を奏する日に、この御酒を一緒に飲もう、と言うのである。

いざという時は、やはりそらみつ大神！　この国を切り拓き、統治した、国初めの大神に守護していただかねばならない。「大和の大国の霊」と仰がれた、大神への絶大な信頼が漂っているような感じさえする歌である。

大神はすべてお見通しだ。真心を捧げて祈らねばならぬ。入唐使の派遣は、一国の威信と使者たちの命がかかる、文字通り国と人との命懸けの行事なのだから。そんな思いが、この歌には流れていると言ってもよいだろうか。

ちなみに、この時の大使は藤原清河だった。奈良の春日で入唐使の平安を祈って神々を祀った日、清河はうたった。


春日野《かすがの》に斎《いつ》く三諸《みもろ》の梅の花栄えてあり待て還り来るまで（同・四二四一）

願いもむなしく清河は還る日に遭難し、ついに唐に留まること十余年、唐で没している。

副使の大伴胡麻呂は、唐帝との謁見の際に新羅の使と席次を争い主張を通したというエピソードとともに、天平勝宝六（七五四）年、鑑真らを従えて帰国。だが、三年後の橘奈良麻呂の乱に連座し、藤原仲麻呂一派の手にかかって獄死している。

枕詞「そらみつ」は、平安時代以後は姿を消す。「この枕詞の用例は見当らない」(『和歌大辞典』)という。

奈良時代は、やはり『古事記』『日本書紀』が生まれた時代であった。それだけまだ、「そらみつ大神」は生々しく国と人の上に影を落としていたのであろう。

第二章　あきづしま大和の国

大和の枕詞としてよく知られているのは、「あきづしま（秋津島・蜻蛉島）」であろうか。「あきづしま」は、『日本書紀』の肝入りで「そらみつ」に替わって誕生した枕詞である。

【神武天皇の故事】

神武三十一年四月の条に由来が載っている。天皇は腋上《わきがみ》の嗛間岳《ほほまのをか》（御所市付近の丘陵という）に登って国見をし、狭い国ではあるが蜻蛉《あきづ》が臀呫《となめ》して飛んで行くように山々が連なり囲んでいるすばらしい国だとおっしゃった。「是《これ》に由《よ》りて、始《はじ》めて秋津洲《あきづしま》の號《な》有り」と言うのである。

秋津洲の号は蜻蛉《とんぼ》の故事によるというのだが、率直に言って、何だか苦笑したいような故事ではないか。実は腋上の嗛間岳の近くには六代孝安天皇の「秋津島宮」（御所市室の宮山東麓付近）があった。「大和の枕詞『秋津島』はこの地名からつけられた」（『古事記』小学館、脚注）とも言われている。

そうだとすると、ややこしくなってくる。『日本書紀』は神武天皇の「蜻蛉の故事」を記すことによって、孝安天皇の「秋津島宮」ゆかりの国号を強引に奪い取ったのだろうか。そもそも孝安天皇の秋津島宮はどういう宮だったのか。「記紀」で消された古代史の鍵を握る宮のようであるが、いったい、この宮で何があったのだろうか。幾多の謎とともに「あきづしま」は深いベールに覆われてくる。

どうやら「あきづしま」は複雑な生い立ちを秘めた枕詞らしいのだが、さらにここにもう一つ、雄略天皇が絡んでくるのである。

【雄略天皇の故事】

「記紀」をよく調べてみると、「あきづしま」について雄略天皇の不思議な故事が記されているのに気づく。

『古事記』によると、雄略天皇が吉野の阿岐豆野《あきつの》に出かけたとき、莫座《ござ》に座っていると腕の内側に虻《あぶ》が喰いついたが、その虻を蜻蛉がすぐにくわえていった。そこで、手柄を立てた蜻蛉を名につけようとして「そらみつ　倭《やまと》の国を　蜻蛉島《あきづしま》とふ」と、うたったと言うのである。『日本書紀』も四年八月条にほぼ同じ伝承を載せ、「一本、（中略）そらみつ　倭《やまと》の国を　蜻蛉嶋といふに易へたり」、と記している。

「記紀」がともに記す雄略天皇にまつわる「蜻蛉」の故事。いったい、どう解したらいいだろう。私には神武の故事と同様、苦しい作り話としか思えないのだが、問題はなぜ「記紀」が揃って雄略天皇の条に、このような奇妙な話を書き記したのか、ということだ。

これまた一筋縄ではいかない奥深い謎が絡んでいるようである。たとえば、なぜそれは「吉野の阿岐豆野《あきつの》」での故事だったのか、等々。しかし私は今、雄略天皇に「そらみつ倭の国を蜻蛉島とふ」と言わせ、倭国の主役交替が雄略天皇によることを示す狙いが大きかったのではないかと思ってみる。なぜなら雄略は、「そらみつ大和の国」のシンボルとも言うべき天皇だったからだ。そうだとすると、「そらみつ」を「あきづしま」へ替えるにあたって、いわば「記紀」は敵の本丸を攻め落としたのにも似ている。そう言っていいかもしれない。このように解するならば、万葉集の雄略歌が秘める意義は、さらに大きくなるだろう。

ともあれ、こうして神武ゆかりの「あきづしま」は、「そらみつ」に替わる奈良朝廷公認の枕詞及び国号として、生まれたのである。

【あきづしまの歌】

あきづしまの歌は五首ある。

一　天皇、香具山《かぐやま》に登りて望國《くにみ》したまふ時の御製歌（巻一・二）

二　作者不詳歌（巻十三・三二五〇）

三　作者不詳歌（同・三三三三）

四　京に向ふ路上にして、興に依りてかねて作れる侍宴應詔《じえんおうせう》の歌一首・大伴家持（巻十九・四二五四）

五　族《やから》に喩す歌一首・大伴家持（巻二十・四四六五）

「そらみつ」より少ないのは意外と言うべきか、成程と言うべきか。舒明天皇と家持の他は、作者不詳歌二首と言うのも不思議である。まず一を見てみよう。

大和《やまと》には　群山《むらやま》あれど　とりよろふ　天《あま》の香具山　登り立ち　國見をすれば　國原《くにはら》は　煙《けぶり》立ち立つ　海原《うなはら》は　鷗《かまめ》立ち立つ　うまし國そ　蜻蛉島《あきづしま》　大和の國は（巻一・二）

二十四代舒明天皇が天香具山に登り立って国見をし、「あきづしま大和の国」はじつによい国だと謳った歌であるが、まさに象徴的ではないか。第一番の雄略天皇の「そらみつ大和の国」に対し、第二番の舒明は「あきづしま大和の国」と謳った。「饒速日命《にぎはやひのみこと》」から「神武天皇」へ。二つの歌は、「大和の国」の主役交替をはっきりと告げているのである。

舒明天皇の前が推古天皇であり、聖徳太子の時代である。前述したように蘇我・物部の戦いで物部氏に勝った太子は、新たな国家形成のためのパスポートを手にした。天皇制律令国家と、その史的根拠としての国史編纂への歩みは太子によって開かれたのである。

雄略天皇に象徴される「そらみつ大和の国」をヴェールの彼方へ押しやり、舒明天皇は太子の国家デザインを掲げて歩み始めたかに見える。その証がここで高らかに謳われた「蜻蛉島《あきづしま》大和の国」であろうか。まだ『古事記』も『日本書紀』も生まれていないが、すでに大和国の歴史の主役交替は、水面下で推し進められていたようだ。

それにつけても、第一番「そらみつ大和の国」に続いて、第二番に「あきづしま大和の国」を置いた、編者の配列の妙に改めて感嘆する。万葉集に込められた大いなる意図が、こうした配列からだけでも伝わってくる。

舒明天皇の先導にもかかわらず、二と三の二首は作者不詳の相聞歌（巻十三・三二五〇）と挽歌（同・三三三三）である。

ちょっと注意したいのは前歌。

「蜻蛉島《あきづしま》　日本《やまと》の國は　神《かむ》からと　言挙《ことあげ》せぬ國　然れども　われは言挙す」とうたい始め、君を恋い慕う切ない胸の内を吐露した恋歌である。

特定の神や神社が出てくるわけではない。そこでさり気なく「あきづしま」を飾りのような心持ちで冒頭に置いた。一見、そのように解されるのだが、私はちょっと引っ掛かる。というのは、この歌の前後に大和の枕詞として著名な「しきしま（磯城島）」が三首も出現しているからだ。詳細は次章で見るが、三首の中には「人麻呂歌集」の歌もある。

「磯城島《しきしま》」に囲まれた「蜻蛉島《あきづしま》」は生彩がないと言ったら言い過ぎだろうか。私は人麻呂の周辺で「あきづしま」に代わる大和の枕詞が模索されていたような、そんな動きを垣間見るのである。

こうした中で、四、五と大伴家持が二首も詠んでいるのは特筆すべきであろう。家持の「あきづしま」の歌を見ると、彼がいかに枕詞を重視していたかがはっきりと伝わってくる。

特に四の「侍宴応詔《じえんおうしょう》の歌」の「あきづしま」は意味深長である。それは、「そらみつ」をうたうための飾りのような「あきづしま」なのだ。実は私は、この歌に出会った時に、万葉集が家持の目を通して成立していること、雄略歌を第一番に置いたのは間違いなく家持で、「そらみつ大和の国」がうたわれているからだと確信したのであった。詳しくは後章で考察することにしたい。

第三章　しきしま大和の国

「そらみつ」「あきづしま」とともに、今一つよく知られた枕詞に「しきしま（磯城島・敷島）」がある。「しきしま」は、いつしか大和の別名となり、日本国の別名としても用いられてきた。『古事記』『日本書紀』には記されていない。「そらみつ」や「あきづしま」のように万葉集に載る天皇の歌もない。だが、万葉集には六首あり、「そらみつ」と並んでいる。

いったい「しきしま」とは何であろうか。いかにして生まれ、後世まで広く愛されてきたのだろうか。「しきしま」の謎について考えてみたい。

【土地の名】

まず「しきしま」であるが、これは大和の土地の名だった。「しき」及び「しきしま」を冠する宮が二つある。十代崇神天皇の磯城瑞籬宮《しきのみずかきのみや》と、初瀬川を挟んで隣り合っている二十九代欽明天皇の磯城島金刺宮《しきしまのかなさしのみや》である。しきしまは、桜井市金屋付近、現在の長谷《はせ》の入口近くの土地の名だったとされている。

そうだとすると「しきしま」は、二つの宮が営まれた大和の土地の名という意味で大和の枕詞となり、国の名になった、一応そういうことになるだろうか。しかし、なぜ「しきしま」という土地がクローズアップされたのだろうか。

ここで気づくのは、「しきしま」が三輪山を間近に仰ぐ地であることだ。それは、まさに三輪山の霊気がこもると言うのがふさわしい地である。そこで思い浮かぶのは、「しきしま」は三輪山の神にちなんで生まれたのではなかったか、ということだ。

いったい三輪山に鎮まるのは、いかなる神であろうか。

【記紀が語る三輪山の神・大己貴神】

三輪山は、大和盆地の東南に位置し、標高四六七メートルの秀麗な円錐形の山である。山麓に大和国一の宮の大神《おおみわ》神社が鎮座している。『古事記』にも『日本書紀』にも載っている。

『古事記』では、大国主神が一人国作りについて思案していると、海を光《てら》して依り来る神が有った。その神は、「よく私の御魂を鎮め祭れば、私はあなたと協力して国作りを成そう」という。大国主神が「然らば治め奉るにはどうしたらよいのか」と問うと、「吾をば倭《やまと》の青垣の東の山の上《へ》にいつき奉れ」と答えた。「此は御諸《みもろのやま》山の上に坐す神なり。」とある。

神代紀第八段一書もほぼ同じだが、こちらは海を照らして浮び来る者に、「然らば汝は是誰ぞ」と問うと、「吾は是汝が幸魂奇魂《さきみたまくしみたま》なり」と答えることだ。大己貴《おおなむち》神は納得して「汝は是吾が幸魂奇魂なり。今何處にか住まむと欲ふ」と問うと、「吾は日本国の三諸山に住まむと欲ふ」と答える。

「此、大三輪の神なり。」と言うのである。

さらに崇神紀七年条に、大田田根子《おおたたねこ》を大物主《おおものぬし》大神を祀る主とし、翌八年高橋活日《いくひ》を大神の掌酒とし、天皇も行幸した記事がある。

記紀のこうした記述によれば、三輪山に鎮まるのは大物主大神（大国主神・大己貴神）であり、大神の託宣によるということになる。現在の大神神社（桜井市）の由緒書にも『日本書紀』の記事が記されており、疑義を挟む余地はないかのようである。しかし、どうだろう。

【伝承が語る三輪山の神・饒速日命】

ここで私は、遠い日の「しきしま」の人たちに思いをはせてみる。日々、三輪山の霊気に包まれて過ごしていた彼らは、これを知った時どう思ったであろうか。まさに青天《せいてん》の霹靂《へきれき》ではなかったか。なぜ、いつの間に大己貴神は三輪山に舞い降りたのか。彼らに馴染みの深いのは、もちろん饒速日命《にぎはやひのみこと》――雄略天皇が晴れやかに謳った、あの「そらみつ大神」であった。

実際、このあたりには饒速日命の伝承が近代まで根強く語り継がれてきたのである。桜井市出身の保田與重郎は記している。

「山ノ辺ノ道の山は、特に神聖な、国の民のふるさとを意識した山だつた。多少秘めごとの伝へといふ意識の上にあつた。この山の人々の発祥を饒速日《ニギハヤヒ》命に後続した武将たちだといつてゐるのは、いはれありげな古書の伝である。」「この地方山間で一番古い伝承は、饒速日《ニギハヤヒ》尊の天降《アモ》りに関

大神神社

聯する伝へとして、上郷《カミノガウ》の高原から泊瀬川の谷を、昔の人はおりてくることとなつてゐる。」「今の桜井市の山よりの地帯には、饒速日命に関聯する伝承が多い。自分らの血と土地が、命の由緒を系譜の上でうけてゐると簡単に信じてゐる家もある。」（以上『わが萬葉集』、新潮社）

聖徳太子が斑鳩《いかるが》へ移る前に住んでいた磐《いわ》余《れ》の上宮（桜井市上之宮）について、やはり保田は記している。

「しかし本居宣長先生は、上宮《ウヘノミヤ》の名の由来は、磐余宮の上にあつた、といふ意味にもとれるが、以前からここが神聖な土地だつたので出た名でなからうかと想像されてゐる。この考へ方は過去の多くの学者が尊重したものである。現地土民の間では、古くからにぎはやひの尊の上宮《ウヘノミヤ》だつたといふ傳承が語られてゐる。」（「土舞台」保田與重郎全集第三十三巻、講談社）。

ちなみに上之宮の春日神社は、古くは「磐船明神」と称した。思い浮かぶのが大阪府交野市私《きさ》市《いち》の磐船神社だ。この社は大和へ入る時に饒速日命が降り立ったという故地に建てられた古社で、祭神は饒速日命と住吉四神である。

さらに饒速日命と神武天皇との本当の関わりも、「しきしま」の人々にはよく知られた伝えであったはずだ。何しろ大神神社の境内には今も神坐《みわにいます》日向神社（祭神・日向王子）がある。俗に「ミコの宮」と称され、日向御子神として往古から祀られてきたと言われている。境内からつづく山の辺の道には「出雲屋敷跡」と伝えられるところがあり、「神武天皇聖跡碑」が建っている。どうやら神武は『書紀』のような勇ましい東征とは違って、各地の縁組反対派を退けながら、大王亡き後のニギハヤヒ家へ日向から入婿したらしいのだ。

詳述する暇はないが、饒速日命と神武とのこうした係わりは、しきしま地方だけではなく、さまざまな伝承によって後世まで広く知られてきたのであった。京都の上賀茂・下鴨神社や大津の日吉大社、飛騨《ひだ》一之宮《いちのみや》水無神社《みなしじんじゃ》（岐阜県大野郡宮村、現・高山市）などの伝承や祭典・神事などには、今もなお色濃く影を落としていると私は思っている。

それに、たとえば『新古今和歌集』の「神祇歌」に「あきづしま」の歌が一首載っている。醍醐天皇の延喜六（九〇六）年、宮中で博士による『日本書紀』の進講があり、終わった時に祝宴が催され、史書の人物を題として和歌が詠まれた。

その時の一首、題は諸注が指摘しているように「神日本《かむやまと》磐余彦《いはれひこ》天皇《のすめらみこと》」。作者は三統理平《みむねのまさひら》。「飛びかける天《あま》の磐舟《いはふね》尋ねてぞ秋津《あきつ》島《しま》には宮《みや》はじめける」（巻十九・一八六七　新編日本古典文学全集、小学館、以下同）。

饒速日命の天の磐舟を尋ねて来て、秋津島に皇居を初めて営まれたと言うのであるが、私にはこの歌の神武天皇の姿は、饒速日命の事績を継ぐべく大和へやって来た穏やかな後継者という感じに見える。そして思うのである。三統理平は『日本書紀』の神武「東征」はそれとして、本音では「東遷」伝承に心ひかれていたのではなかったか、と。

【人麻呂か】

さて、このように三輪山のまわりは饒速日命にまつわる伝承で彩られている。大己貴神（大国主神）の伝承など何ひとつない。なぜ、そうした神がわれらの日々仰ぐ三輪山の神であろうか。それに、山上憶良が「好去好来の歌」で、そらみつ伝承の饒速日命を「倭の大国霊」と解していたように、饒速日命は「大和の国の魂」とも仰がれていたのである。そうだとすれば、かの大神の他にいったい誰が「日本国の三諸山」に鎮まるというのだろうか。「しきしま」の人々は憤怒し、無念の思いだったにちがいない。

三輪山の神は、まぎれもなく大和の国を開いた饒速日命であった。おそらく彼は、三輪山麓に宮作りをして大和を経営し、「吾をばこの山の上にいつき奉れ」、「吾は日本国の三諸山に住まむと欲ふ」と遺言して亡くなった。それから三輪山は、ニギハヤヒ大神の鎮まる神山として畏敬されてきたのだろう。十代崇神天皇の時に正式に祭祀されて以来、文字通り「大神」の神社と尊称され、大和国一の宮と仰がれてきたのである。

私はそう考えるのであるが、そうだとすると、ここで一つの思いがよぎる。「しきしま」は、消されゆく「そらみつ」の代わりに生まれたのではないだろうか、ということだ。「そらみつ大和の国」が確かにあったこと、国作りを終えた大神は三輪山に鎮まっていることを端的に、枕詞によって伝え記したい。そんな願いを持っていた者によって、「しきしま」は生まれたのではないだろうか。では、誰が考え出したのか。「しきしま」の生みの親は誰だろうか。

私は思う。やはりそれは柿本人麻呂だったのではないか、と。そう考えるのは、何よりもまず、人麻呂が枕詞の働きを重視し、大いに活用した歌人だったからであるが、もちろんそれだけではない。一つは「しきしま」の歌である。

【しきしまの歌】

一　天平元年乙巳冬十二月の歌一首・笠金村歌集の歌（巻九・一七八七）
二　作者不詳歌（巻十三・三二四八）
三　作者不詳歌（同・三二四九）
四　「柿本朝臣人麿の歌集の歌に曰はく」という長歌の反歌（同・三二五四）

五　作者不詳歌（同・三三二六）
六　「族《やから》に喩す歌」の反歌・大伴家持（巻二十・四四六六）

「しきしま」の歌は以上六首であるが、一の金村歌集歌と六の家持の歌を別にすれば、残りの四首は人麻呂とゆかりの深い歌と言ってもいい。

二、三は作者不詳の一組の長・反歌である。この長・反歌の三首あとに人麻呂歌集の歌がつづく。「葦原の　瑞穂《みづほ》の國は　神《かむ》ながら　言擧《ことあげ》せぬ國　然れども　言擧ぞわがする　事幸《ことさき》く　眞幸《まさき》く　坐《ま》せと……」という長歌（三二五三）の反歌が、四である。

磯城島《しきしま》の日本《やまと》の國は言靈《ことたま》の幸《さき》はふ國ぞま幸《さき》くありこそ（巻十三・三二五四）

日本の国は言霊が幸をもたらす国、私の言挙によってどうぞご無事で、というのである。

そして少し飛んで、五の作者不詳の挽歌（三三二六）が出てくる。「磯城島《しきしま》の　大和の國に　いかさまに　思ほしめせか　つれも無き　城上《きのへ》の宮に　大殿を　仕へ奉《まつ》りて　殿隠《こも》り　隠《こも》り在《いま》せば」とうたい始め、舎人《とねり》たちは待ってもお召しがないので、心も砕け、泥にまみれて泣いても泣いても飽き足らぬことだ、というのである。「いかさまに思ほしめせか」の表現など、人麻呂の挽歌の影響を受けていることは明らかであろう。

さて、こうしてみると「しきしま」の最も古い歌は、人麻呂歌集の反歌ということになるだろうか。そして、その前後に作者不詳歌が三首ある。やはり人麻呂のまわりから生まれたと見るのが自然ではないだろうか。

【国初めの地への愛惜】

さらに「しきしま」の生みの親を人麻呂と考えるもう一つの理由は、人麻呂ほど国初めの故地を愛惜した歌人はいなかったと思うからだ。後述するが、私見では柿本氏は猿田彦命（ニギハヤヒの長男）を祖とする和邇《わに》氏族である。そうだとすれば、人麻呂の思い入れが強かったのはわかろうというものだ。人麻呂歌集には巻向・三輪・初瀬を詠んだ秀歌が多い。

人麻呂は、「そらみつ」がタブーの枕詞となり、日本の国名として消されゆく運命にあることを知っていた。だから用意周到に「そらにみつ」と詠んだほどである。と言って、代わりに推し進められてゆく神武天皇ゆかりの「あきづしま」は使う気にはなれなかった。

「そらみつ大和の国」を記念する何かよい枕詞・国名はないか。そんなことを考えていた人麻呂の脳裏に浮かんできたのが、大神《おおかみ》の霊気がこもる三輪山麓の「しきしま」だったのではないだろうか。思えば大神は、三輪山からも消されようとしている。

しかし人麻呂は慎重だった。歌集歌にしか見当たらないということは、やはり堂々と名乗るのを憚《はばか》ったのかもしれない。

ともあれ、このように考えるならば「しきしま」は、「そらみつ」に代わって、ニギハヤヒ大神へ捧げる新たな枕詞、新たな国号として生まれ出たと言えるだろう。

【金村・家持の歌】

人麻呂に発したらしい「しきしま」は、金村、家持へと受け継がれていく。笠金村（伝不詳）は、天平五（七三三）年以前およそ二十年にわたり作歌、山部赤人とほぼ同時代の歌人である。

金村は一で、「うつせみの　世の人なれば　大君の　御命畏み　磯城島《しきしま》の　倭《やまと》の國の　石上《いそのかみ》　布《ふ》留《る》の里に　紐解かず」と詠み始める。寒い冬の夜長を、布留の里で独り妹を恋しく思っている歌だ。石上《いそのかみ》の布留《ふる》としきしまの地は、山辺の道で結ばれている。だから金村は自然に「磯城島《しきしま》」を詠み込んだのであろうか。

枕詞に意を注いだ家持は、やはり六で「しきしま」を詠んでいる。「族《やから》に喩す歌」に併せて付した短歌でうたったのであった。

磯《し》城《き》島《しま》の大和の國に明らけき名に負《お》ふ伴の緒《を》心つとめよ（巻二十・四四六六）

次章で見るように、どうやら家持は、長歌では時の権力に屈し「あきづしま」を詠んだが、短歌では「そらみつ」に代わって生まれた「しきしま」を高々と掲げ、国初めの大神の歴史を心の拠り所として生きるよう氏族の人々に諭《さと》したかに見える。

【しきしまの道】

「しきしま」には、まだ謎がつきまとっている。

『和歌大辞典』によると、平安時代以後も「大和」「三輪の社《やしろ》」「高円《たかまど》」にかかるものが新古今集時代までで十一例現存している。このほか「大和」の意の歌語の用例六、「敷島の道」（和歌の道）四例が現存している、という。

ここで興味深いのは、「しきしま」はいつからか「敷島の道」と称され、「和歌の道」、さらには「和歌」の意味でも用いられてきたということだ。不思議である。いったい、なぜだろう。そもそも「敷島の道」とはどういう道なのか。なぜ「敷島」と「和歌」が結び付いたのだろうか。

私は思う。「しきしま」は、三輪山麓の土地の名であった。そして三輪山は、「そらみつ大神」が眠る山であった。だから、「しきしまの道」と言えば、「大神の魂のこもる道」。さらに言えば「そらみつ大和の国」へつづく道、と言ってもよいだろう。

では、なぜ和歌と結びついたのか。それはやはり「そらみつ」や「あきづしま」とは違い、「しきしま」が万葉集から、文字通り「和歌」から生まれた枕詞だったからではないか。だから「しきしま」は和歌の別称ともなったのだと思いたい。

では、「敷島の道」はいつ頃から現われたのだろうか。

『太平記（巻二）』には、歌学に優れた二条三位為明《ためあきら》が後醍醐天皇の謀疑に与《あずか》ったかどで逮捕された時、「思ひきや我敷島《わがしきしま》の道ならで浮世の事を問はるべしとは」としたためたので、六波羅の武士たちは感涙し咎《とが》なき人とした、という話が載っている。このエピソードをみると、鎌倉・南北朝時代の頃には、「敷島の道」が「和歌の道」として、貴族から武士に至るまで広く知られていたことがわかる。

保田與重郎によると、「このしきしまのみちはたしかにてといふ言葉は、鎌倉室町といふ二つの武家の覇府がつづいた時代の、代々の天子がつねにくりかへされたところだつた。」という(「しきしまのみち」『日本の文学史』、新潮社)。

【八幡大神の道】

どうやら武家政権誕生とともに、「しきしまの道」はクローズアップされてきたようでもある。なるほどと思う。周知のように鎌倉幕府のメインポールには八幡大神の旗が翻《ひるがえ》っていた。八幡大神は、一般には「応神天皇」とされているが、それは建て前であって、武士たちは彼らが信奉する八幡大神を、「しきしまの大神」に重ねてきたかにみえるからだ。

そうだとすると、「しきしまの道」が幕府誕生とともに格別の光を帯びてきたのはよくわかる。言い換えればそれは「八幡大神の道」ということであり、「八幡大神の魂がこもる歌」ということになるのだから。

いまや武力で天下を治めている武士たちも「しきしまの道」には敬意を表さずにはいられない。だから天皇や貴族たちも、武家の世の中になったからこそ、「しきしまの道」を声高に唱えることになったのだとも言えよう。
先程の『太平記』のエピソードを思い出す。二条三位為明の「敷島の道」は、なぜ六波羅の武士たちをあれほどまでに感涙させたのか。それは為明と武士たちに「敷島の道」を超絶のものとして仰ぐ心があったからこそであろう。

思えば「しきしま」は、「そらみつ大神」の魂のこもる三輪山麓から発し、幕府の誕生とともに「八幡大神の道」の意ともなり、格別の信仰を帯びて詠み継がれてきた。そして江戸時代の本居宣長などになると、「大和こころ」、つまり日本の精神そのものを表わす言葉とされるようになるのである。

それにしても、改めて思わずにはいられない。「しきしま」は、『日本書紀』によって、「そらみつ大和の国」を神武の「あきづしま大和の国」に奪われ、「三輪山」を「大己貴神」に奪われてしまった、悲憤の大神・饒速日命と連れ立っている。

だから人々は「しきしま」に、何か言い難い畏怖と畏敬を抱いてきたのではないだろうか。襟を正さずにはいられない、日本という国と人の根源にふれるものを感じ取ってきたのであろう。

第四章　大伴家持・歌日記が語る素顔

ここで万葉集の鍵を握る大伴家持のプロフィールを見ておきたい。

家持は養老二（七一八）年頃の生まれ。父は大伴旅人《たびと》。

【親・ニギハヤヒ系氏族】

大伴氏は佐伯氏と同祖とされている。私はさまざまな考察から、たとえば空海ゆかりの佐伯氏は親・ニギハヤヒ系の讃岐の土豪であり、饒速日命《にぎはやひのみこと》の大和入りのとき、三十二氏族の一氏族として軍事力をもって供奉したのではないかと考えている（『空海はどこから来たのか』河出書房新社、第一部、第一章）。おそらく大伴氏も親・ニギハヤヒ系の西海出身の豪族として、早くから佐伯氏らと行動を共にしたのではないだろうか。

大伴氏の遠祖は「大来目主《おおくめぬし》」でもあるようだが、来目（久米）氏は伊予国とゆかりが深い。松山市天山町の南部に「天山《あまやま》」と称される小山がある。『伊予国風土記（逸文）』によると、天より山が降りてくるとき、二つに分かれて、片端は倭の国に天降り、片端はこの地に天降った。因って天山と言ったという。「その御影《みかげ》は敬礼《ゐやま》ひて久米らが奉《まつ》れり」とも記されている。

大伴家持（狩野探幽・画）

倭と伊予の山は双子だというのだが、なぜそんな伝承が生まれたのか。これは伊予の豪族だった久米氏が饒速日命の大和入りに同行したからであろう。大和へ来た人々は天香具山に故郷をしのび、伊予の人々は天山に遠い同胞を思った。そんなことから、いつしか、こうした伝承が生まれたのではないだろうか。

ちなみに尾張氏の祖天香山命《あめのかやまのみこと》（ニギハヤヒの次男）は伊予国の生まれだったようだ。伊予には鶴岡八幡神社（今治市）、大浜八幡大神社（今治市）など、饒速日命と天道日女命《あめのみちひめのみこと》（天香山命の母）を祀る神社が点在している。

もちろん久米氏・大伴氏と尾張氏との絆は深かった。ヤマトタケルの東国遠征には尾張氏の首長建稲種命《たけいなだねのみこと》と共に従軍しており、大伴武日命は熱田神宮（名古屋市）の摂社龍神社に鎮座。久米氏は久米八《くめのや》腹《はら》・来目長《くめのおさ》父子が従軍。来目長は、その後宮簀《みやす》姫に仕え、氷上姉子神社（名古屋市緑区）の社職の祖となり、紆余曲折を経て明治まで至ったという（『尾張志』愛知県郷土資料刊行会）。

【安積皇子の死】

さて、家持が生まれた時には、大宝律令の完成から十七年が経ち、この年、藤原不比等は養老律令を選修、また和銅五（七一二）年には『古事記』が、養老四（七二〇）年には『日本書紀』が完成している。

いわば家持は、物心がついた頃からアマテラス神話を戴く天皇制律令国家の時代の子であった。「そらみつ大和の国」の歴史は、まぼろしと化しつつあったのである。

父の旅人は十四歳の頃死去。家持は、憂愁と連れ立ちながら人生を歩み始めることになる。天平十六（七四四）年、二十七歳の時の安積皇子《あさかのみこ》（聖武天皇の子）の急逝は、家持には大きな悲しみであった。

あしひきの山さへ光り咲く花の散りぬるごときわご王《おほきみ》かも　（巻三・四七七）

大伴の名に負《お》ふ靭負《ゆきお》ひて萬代に憑《たの》みし心何處《いづく》か寄せむ　（同・四八〇）

「十六年甲申春二月、安積皇子《あさかのみこ》の薨《かむあが》りましし時、内舎人《うどねり》大伴宿禰家持の作る歌六首」のうちの二首である。

家持は、十歳下の親王に時代を語り合える皇子として、ほのかな希望を託していたであろう。ところが皇子はあっけなく亡くなってしまった。家持の心の拠り所は儚《はかな》く消え去ったのである。頼るものの何もない虚無と絶望。家持の憂愁は、孤独を加えて一段と深まっていったことだろう。

「十六年四月五日に、獨り平城《なら》の舊《ふる》き宅《いへ》に居て作る歌六首」がある。

橘のにほへる香かも霍公鳥鳴く夜の雨に移ろひぬらむ（巻十七・三九一六）

鶉《うづら》鳴き古《ふる》しと人は思へれど花橘のにほふこの屋戸《やど》（同・三九二〇）

家持には「独り居て」詠んだ歌が多い。初出は天平「十年七月七日の夜、獨り天漢《あまのがは》を仰ぎて聊《いささ》かに懐《おもひ》を述ぶる一首」（同・三九〇〇）であるが、この橘の歌は、後年の抒情歌の傑作へとつづく始まりといえるだろうか。

(1) 越中時代

天平十八（七四六）年六月、二十九歳の家持は越中守として赴任する。着任早々の九月には弟の書持の訃報が届く。

眞幸《まさき》くと言ひてしものを白雲に立ち棚引くと聞けば悲しも（巻十七・三九五八）

「長逝せる弟を哀傷《かな》しぶる歌一首」（同・三九五七）につづく短歌の一首である。

翌年二月には病に罹っている。

だが、三年後に思いがけぬ喜びが訪れる。都から使者がやってきたのだ。東大寺の僧平栄である。

「天平《てんぴょう》 感寶《かんぽう》元年五月五日、東大寺の占墾地使の僧平栄等を饗す。時に、守大伴宿禰家持の、酒を僧に送る歌一首」がある。なおこの年（七四九年）は、天平二十一年を四月十四日に天平感宝元年と改元している。


焼大刀《やきたち》を礪《と》波《なみ》の関に明日よりは守部《もりべ》遣《や》り添へ君を留《とど》めむ（巻十八・四〇八五）

平栄は、家持にはとびきりうれしい使者だったようだ。帰りには酒を送り、礪《と》波《なみ》の関所に番人を増派してあなたを引き留めましょうとまでうたっているのだから。

いったい平栄は、どのような知らせをもたらしたのだろうか。

「東大寺の占墾地使」という役目柄、それはまず家持が越中国司として東大寺の荘園作製などに協力したことへの謝意だったかもしれない。

だが、もちろん、それだけではなかった。

改元前の天平二十一（七四九）年二月、陸奥国より初めて黄金が献じられた。四月一日聖武天皇は東大寺に行幸。「三宝の奴」と自称して盧《る》（盧）遮那《しゃな》仏を礼拝し、産金を奉り詔《みことのり》を宣下《せんげ》された。実は古来有名なこの詔の中に、大伴・佐伯両氏への格別な言辞があったのである。

「また大伴《おほとも》・佐伯《さへき》宿禰は、常《つね》も云はく、天皇《すめら》が朝守《みかどまも》り仕《つか》へ奉《まつ》る、事顧《ことかへり》みなき人等《ひとども》にあれば、汝《いまし》たちの祖《おや》どもの云《い》ひ来《く》らく、『海行《うみゆ》かば　みづく屍《かばね》、山行《やまゆ》かば　草《くさ》むす屍《かばね》、王《おほきみ》のへにこそ死《し》なめ、のどには死《し》なじ』と、云《い》ひ来《く》る人等《ひとども》となも聞《き》こし召《め》す。是《ここ》を以《もち》て遠天皇《とほすめろき》の御世《みよ》を始《はじ》めて今朕《いまわ》が御世《みよ》に当《あた》りても、内兵《うちのいくさ》と心《こころ》の中《うち》のことはなも遣《つかは》す。」（『続日本紀』）

聖武天皇は、大伴・佐伯両氏の先祖伝来の忠誠を称賛し、今後の忠誠を要請したのであった。平栄がはるばる越中を訪れ、家持に報告し、家持を喜ばせたのは、まちがいなくこの詔のことだったのである。これこそ、家持の望んでいたことであった。時代の奔流の中で押し流され、人々の意識からも遠ざかり、天皇からも忘れられたと思っていた「そらみつ大和の国」が今、「遠天皇の御世」として、聖武によって甦ったのである。

家持は思ったことだろう。「そらみつ大神」とともに大和の国造りに尽くした先祖の忠誠は、決して忘れられていなかった。聖武天皇は、『古事記』『日本書紀』で消された黎明の大和の国の歴史と、大伴・佐伯氏らの功績を心に留めておられた。そして、「盧遮那仏」を前にして大伴・佐伯氏等を顕彰されたのだ、と。

【「産金詔書」を賀する歌】

こうして家持は、感激未だ冷めやらぬ五月十二日に「陸奥國《みちのく》より金《くがね》を出《いだ》せる詔書を賀《ほ》く歌一首」

を作ったのであった。

葦原《あしはら》の　瑞穂《みづほ》の國を　天降《あまくだ》り　領《し》らしめしける　天皇《すめろき》の　神の命《みこと》の　御代重《かさ》ね　天の日嗣《ひつぎ》と　領《し》らし来《く》る　君の御代御代　敷きませる　四方の國には　山川を　廣み厚みと　奉る　御調《みつき》寶《たから》は　数へ得ず　盡しもかねつ　然れども　わが大君の　諸人《もろひと》を　誘《いざな》ひ給ひ　善き事を　始め給ひて　黄金《くがね》かも　たしけくあらむと　思ほして　心《した》悩ますに　鶏《とり》が鳴く　東《あづま》の國の　陸《みち》奥《のく》の　小田《をだ》なる山に　黄金ありと　申し給へれ　御《み》心を　明《あきら》め給ひ　天地の　神相珍《あひうづ》なひ　皇御祖《すめろき》の　御霊《みたま》助けて　遠き代に　かかりし事を　朕《わ》が御世《みよ》に　顕《あらは》してあれば　食國《をすくに》は　栄えむものと　神《かむ》ながら　思ほしめして　物部《もののふ》の　八十《やそ》伴《とも》の男《を》を　服従《まつろへ》の　向けのまにまに　老人《おいひと》も　女童児《をみなわらは》も　其《し》が願ふ　心足《だら》ひに　撫で給ひ　治め給へば　此《ここ》をしも　あやに貴み　嬉《うれ》しけく　いよよ思ひて　大伴の　遠つ神祖《かむおや》の　その名をば　大来目主《おおくめぬし》と　負《を》ひ持ちて　仕へし官《つかさ》　海行かば　水浸《みつ》く屍《かばね》　山行かば　草生《む》す屍　大君の　邊《へ》にこそ死なめ　顧みは　せじと言立《ことだ》て　大夫《ますらを》の　清きその名を　古《いにしへ》よ　今の現《をつつ》に　流さへる　祖《おや》の子等《こども》そ　大伴と　佐《さ》伯《へき》の氏《うぢ》は　人の祖《おや》の　立つる言立《ことだて》　人の子は　祖《おや》の名絶たず　大君に　奉仕《まつろ》ふものと　言ひ継げる　言《こと》の職《つかさ》そ　梓弓《あづさゆみ》　手に取り持ちて　劒大刀　腰に取り佩《は》き　朝守り　夕《ゆふ》の守りに　大君の　御門《みかど》の守護《まもり》　われをおきて　人はあらじと　彌立《いやたて》　思ひし増《まさ》る　大君の　御言の　幸《さき》の　聞けば貴《たふと》み　（巻十八・四〇九四）

反歌三首

大夫《ますらを》の**心思**ほゆ**大君**の**御**《み》**言**《こと》の**幸**《さき》を**聞**けば**貴**み（同・四〇九五）

大伴の**遠**つ**神**《かむ》**祖**《おや》の**奥**《おく》**津**《つ》**城**《き》はしるく**標**《しめ》**立**て**人**の**知**るべく（同・四〇九六）

天《すめ》**皇**《ろき》の**御代栄**えむと**東**《あづま》なる**陸**《みち》**奥**《のく》**山**に**黄**《く》**金**《がね》**花咲**く（同・四〇九七）

聖武の詔書への感激をうたった雄篇である。聖武への敬愛と素直な喜びがあふれている。この歌のポイントは、やはり「海行かば」であろう。それは、「そらみつ大神《おおかみ》」の時代から国造りに従った大伴氏の聖なる心の旗印であった。時代の奔流の中で消え去ってしまったかにみえた旗印を、聖武ははっきりと述べた。そこで家持は、改めて自家に伝わる聖なる旗印を誇らかに詠み返したのである。

あたかも「盧遮那仏」と化した大神の前で、聖武と家持は今、「そらみつ大和の国」の大君と武将として心を交わしている。私にはそんな光景に見える。

家持らしいのは、二日後の五月十四日に「京の家に贈らむ為に、真珠を願ふ歌一首」を作っていることだ。併せて詠んだ短歌四首のうちの一首。

白玉を**包**みて**遣**らば**菖浦草花橘**に**合**《あ》へも**貫**《ぬ》くがね（巻十八・四一〇二）

真っ白な美しい玉、真珠。家持は聖武の詔にそれを見た。それは彼が常に心に抱き、護ろうとしていたものであった。その白玉を聖武は家持に賜わった。「大夫《ますらを》の心思ほゆ大君の御言《みこと》」に感涙した家持は、さっそくその喜びを愛する妻と分かち合いたいと思ったのであろう。

だが、至福の時は短かかった。

七月には聖武は譲位し、孝謙天皇が即位。同月二日、天平感宝元年を天平勝宝元年と改元。八月、藤原仲麻呂が大納言兼紫微令となって台頭する。思えば天平二十一年を天平感宝元年と改元したのは四月十四日であった。だとすると、家持が感涙した「感宝」時代は三か月にも満たなかったことになる。

【歌日記】

ともあれ、翌天宝勝宝二（七五〇）年には、名歌が生まれている。

「天宝勝宝二年三月一日の暮《ゆふべ》に、春の苑の桃李《ももすもも》の花を眺矚《なが》めて作る二首」

春の**苑紅**《そのくれなゐ》に**ほ**ふ**桃**の**花下照**《したで》る**道**に**出**で**立**つ**少女**《をとめ》（巻十九・四一三九）

わが**園**の**李**《すもも》の**花**か**庭**に**降**るはだれのいまだ**残**りたるかも（同・四一四〇）

翌二日の歌日記は印象深い。
「柳黛《りうたい》を攀《よ》ぢて京師を思ふ歌一首」「堅香子《かたかご》の花を攀ぢ折る歌一首」「帰る雁を見る歌二首」「夜の裏《うち》に千鳥の鳴くを聞く歌二首」「暁《あかとき》に鳴く雉《きぎし》を聞く歌二首」「遙かに江を泝《さかのぼ》る船人の歌を聞く歌一首」というように、一日の移り行く情景をさりげなく、こまやかに詠んでいる。

春の日に張《は》れる柳を取り持ちて見れば都の大路《おほち》思ほゆ（巻十九・四一四二）
物部《もののふ》の八十《やそ》少女《をとめ》らが汲《く》みまがふ寺井の上《うへ》の堅香子の花（同・四一四三）
燕来る時になりぬと雁がねは本郷《くに》思ひつつ雲隠《がく》り鳴く（同・四一四四）
夜ぐたちに寝覚めて居《を》れば川瀬尋《と》め情《こころ》もしのに鳴く千鳥かも（同・四一四六）
あしひきの八峰《やつを》の雉鳴き響《とよ》む朝明《あさけ》の霞見ればかなしも（同・四一四九）

この日、家持は柳の枝に都を思い、堅香子（かたくり）の花と少女らを見て感銘し、帰雁に別れの情けを思い、夜が更けて鳴く千鳥の声に昔の人をしのび、山々に雉が鳴く夜明け方の霞にうら悲しさを覚える。そして、やがて明るい朝が訪れる。

朝床《あさどこ》に聞けば遙《はる》けし射《い》水川《みづがは》朝漕ぎしつつ歌ふ船人（同・四一五〇）

それにしても、一日の心の揺れを何と抒情豊かに詠んでいることか。まるでこの日、家持とともに過ごしているかのような親しみに包まれる。一二六〇年余の時が流れているとはとても思えない。

八日の「白き大鷹を詠む歌一首」（同・四一五四）は異色である。孤独と寂しさをまぎらすために、私は大鷹を飼い、馬を操って行き、鳥を追い立てては鷹に鳥を取らせ、それを見ては胸のつかえを晴らしている、というのである。その長歌に添えられた短歌。

矢形尾《やかたお》の眞白《ましろ》の鷹を屋戸《やど》に据《す》ゑかき撫で見つつ飼はくし好《よ》しも（同・四一五五）

いつ頃か妻（坂上大嬢）が越中へ来たらしい。三月九日の歌の後に見える「かねて作る七夕の歌一首」――「妹が袖われ枕《まくら》かむ川の瀬に霧立ち渡れさ夜更《ふ》けぬとに」（同・四一六三）は、時期はずれの歌で一見不審であるが、妻との再会を記念すべく、さりげなく入れたのであろう。

三月二十日頃には、妻に請われて母（坂上郎女）に贈る歌を代作している。「家婦が京に在《いま》す尊母《はははのみこと》に贈らむが為に、誂《あと》へらえて作る歌一首」の反歌。

白玉の見が欲《ほ》し君を見ず久に夷《ひな》にし居《を》れば生《い》けるともなし（同・四一七〇）

鷹を飼い、馬で山野を駆ける武人でありながら、万葉歌人の中でもひときわ花を愛した家持のこまやかな心づかいが、こんなところにも垣間見られて微笑ましい。

⑵ 朝廷時代

天平勝宝三（七五一）年七月、いよいよ家持は少納言となって越中を離れる。三十四歳であった。

【侍宴応詔の歌】

ここで登場するのが、第二章でふれた「あきづしま」の歌である。「京へ向ふ路上にして、興に依りてかねて作れる侍宴應詔《じえんおうせう》の歌一首」は、この旅の途上での作歌であった。これは実に不思議な歌である。既述したように、「あきづしま大和の国」とうたいながら、暗に「そらみつ大和の国」の伝承を詠み込んでいるのである。「そらみつ」とは言わずに「そらみつ」を暗示している歌。「隠れそらみつ」の歌と言ってもいいだろうか。

秋津島《あきづしま》　大和《やまと》の國を　天雲《あまくも》に　磐船《いはふね》浮べ　艫《とも》に舳《へ》に　眞《ま》櫂繁貫《かいしじぬ》き　い漕ぎつつ　國見し為《せ》し
て　天降《あも》り坐《ま》し　掃《はら》ひ言向《ことむ》け　千代かさね　いや嗣継《つぎつぎ》に　知らしける　天《あま》の日嗣と　神《かむ》なが

ら　わご大君の　天の下　治め賜へば　物部《もののふ》の　八十伴《やそとも》の男《を》を　撫で賜ひ　斉《ととの》へ賜ひ　食國《をすくに》の　四方《よも》の人をも　遺《あぶ》さはず　愍《めぐ》み賜へば　古昔《いにしへ》ゆ　無かりし瑞《しるし》　遍《たび》まねく　申《まを》し給ひぬ　手拱《たうだ》きて　事無き御代と　天地　日月と共に　萬世に　記《しる》し續《つ》がむぞ　やすみしし　わご大君　秋の花　其《し》が色色《いろいろ》に　見《め》し賜ひ　明《あきら》め賜ひ　酒宴《さかみづき》　栄ゆる今日の　あやに貴さ

（巻十九・四二五四）

この歌、まず問題点は冒頭の「秋津島大和《あきづしまやまと》の国を」につづく、「天雲《あまくも》に磐船《いはふね》浮べ」から「天降《あも》り坐《ま》し掃《はら》ひ言向《ことむ》け」までの八句である。これは改めて言うまでもなく、『日本書紀』の饒速日命《にぎはやひのみこと》の「虚空《そら》見《み》つ日本《やまと》の国」伝承を記しているのではないか。

そうだとすると、初句の「秋津島大和の国を」の主語は「饒速日命」ということになる。従って、饒速日命が天雲に磐船を浮かべ、艫にも舳にも真櫂を多くかけ、漕ぎつつこの国を見下ろして天降りになり、反対する者を掃い治められた、この「秋津島大和の国を」、ということになる。以下、そうした「秋津島大和の国」を千代を重ねて、つぎつぎにお治めになった天《あま》の日《ひ》嗣《つぎ》の後継者として、わが大君が天下を治められ、すばらしい政治をなさったので、泰平な御代であったと人々は万世に書き継ぐであろう、とつづく。

このように解すると、この歌では、「天《あま》の日嗣」は饒速日命の後継者、ということになる。従って「天の日嗣」が「天照大神の子孫の天皇」を意味するならば、この歌では「天照大神」は饒速日命、ということにもなるだろう。

だとすると、家持はこの歌で、『古事記』『日本書紀』によって改竄《かいざん》された日本の国の歴史を糺《ただ》していることにもなる。冒頭に奈良朝廷公認の神武ゆかりの「秋津島大和の国」を立てながら、それとなく、だがしっかりと、饒速日命の「そらみつ」伝承を詠み込み、さらに「天の日嗣」が饒速日命の後継者であり、彼こそ本来の天照大神であり、皇祖であることを示したのである。何と細心の注意を払っていることか。「そらみつ」を表立てずに饒速日命をクローズアップしているのだから。

「記紀」はすでに生まれている。人麻呂以上に家持は「そらみつ大和の国」をうたうことのタブーを知っていた。しかし、消された黎明の歴史への鎮魂の炎は、家持の心の奥に燃え続けている。その炎が、あの聖武の詔書への「感宝の夢」の余韻の中で、このような形で姿を現したのだろう。

私はそう解するのであるが、「そらみつ」とはっきり記したわけではないのだから、家持とすれば控えめにうたってみた、というところではなかったか。ともあれ、これで聖武はわかってくれるだろう。そうした聖武への信頼感が、この奇妙な「あきづしま」の歌を作った根底にはあったと思うのである。

それにしても、「そらみつ」に対する家持の驚くべき執念ではないか。私は、この歌を知った時、なぜ雄略歌が冒頭にただ一首はためいているのか、それが家持の意思によることを了解したのである。

中西進氏は「家持ノート」で、「現万葉集の最終的色彩は家持によって塗り上げられているのであって、家持的和歌観がすべてを蔽っているといってさしつかえない。」(『中西進万葉論集』第一巻、講談社)と述べているが、私はこの歌からだけでもそれがわかるような気がしている。

【京の生活】

さて、こうして家持の京での新たな生活が始まる。

天平勝宝四(七五二)年四月九日、大仏開眼供養会が催された。国を挙げての催事である。当然家持も出席していたであろうが、何ごとも述べていない。大仏鋳造に関しては、先ほどの「産金詔書を賀する歌」の中でも「わが大君の諸人を誘ひ給ひ善き事を始め給ひて」と、さりげなく記しているだけである。それは「善き事」ではあるが、どうも家持には諸手を挙げて喜ぶようなことではなかったらしいのだ。「詔書」にはあれほど感涙しながら、「大仏」にはなぜ素っ気なかったのか。そもそも万葉集には仏の歌は皆無と言ってもいい。いろいろ疑念を呼ぶ大仏開眼供養会であるが、家持がいささか複雑な思いを胸に参列したことだけはたしかなようだ。

なお供養会の夕べ、孝謙天皇は藤原仲麻呂の田村第に入り、そこを御在所としている。それを目の当りにした家持には、「聖武―橘諸兄ライン」の危うさだけはわかったであろう。

翌勝宝五(七五三)年二月十九日、橘諸兄の家で宴があり、家持は「攀《よ》ち折れる柳《やなぎ》の條《えだ》を見る歌一首」(巻十九・四二八九)を詠んで、諸兄の長寿を言祝《ことほ》いでいる。時に諸兄は七十歳、家持は三十六歳。名高い名歌が生まれるのは、この数日後である。

「二十三日、興に依りて作る歌二首」
春の野に霞たなびきうら悲しこの夕かげに鶯鳴くも（巻十九・四二九〇）
わが屋戸のいささ群竹《むらたけ》吹く風の音のかそけきこの夕《ゆふべ》かも（同・四二九一）
「二十五日、作る歌一首」
うらうらに照れる春日《はるび》に雲雀《ひばり》あがり情悲《こころかな》しも獨りしおもへば（同・四二九二）

「春日遅遅にして、鶬鶊正に啼《な》く。悽惆の意、歌にあらずは撥《はら》ひ難し。よりて此の歌を作り、式《も》ちて締緒を展《の》ぶ。」と左注にある。

――この春の日の痛み悲しむべき心を歌でなければ払い難いので、この歌を作ってむすぼれた心を述べた、というのだ。

「記紀」に抗し、せめて歌による「そらみつ大和の国」の復権を、という密かな願いを込めた万葉集の構想は、おそらく聖武天皇の賛意を得て、橘諸兄の主導によって始まったのであろう。しかし諸兄は老いた。この企ては仲麻呂の台頭及び聖武の退位などによって、いまや立ち枯れ状態であった。

怪しい政権抗争のうごめき。自分はどう生きるべきか。独り思い沈む家持には、霞たなびく春の野も、かそけき風の音も、小鳥のさえずりさえもが心痛み、うら悲しく思われるのだった。

【防人の歌】

天平勝宝七（七五五）年、家持三十八歳。

二月、家持は兵部少輔として、筑紫に派遣される諸国の防人《さきもり》を検校《けんぎょう》するために難波に赴き、彼らの歌を国別に選出させ、「防人の情《こころ》と為《な》りて思を陳《の》べて作る歌一首」（巻二十・四三九八）などの自作を挟んでいる。

万葉集の中でも異彩を放つ「防人の歌」の誕生である。それは家持がたまたま防人検校という役目に就いたことが大きいが、それだけでは生まれなかったであろう。やはり家持が、自らの時代をまたとない特異な時代と認識し、歌によってこの時代の諸相を記録にとどめておきたいという志を抱いていたことが、さらに大きな要因だったと私は思う。

この時代の本質は、まだ防人たちにはわからなかったであろう。だが、彼らもまた、まぎれもない家持と同時代の人々である。家持は彼らの偽りのない真情を記録にとどめ、またとないこうした時代そのものを、出来るかぎり丸ごと後世に伝え残そうとしたのではなかったか。

【族に喩す歌】

翌天平勝宝八（七五六）年五月二日、ついに聖武上皇が崩じた。一族の大伴古慈斐《こしび》が朝廷を誹誇した罪により拘束されるという事件が起きたのは、それからまもなくのことである。
　そこで家持は急きょ「族《やから》に喩す歌」を作った。「あきづしま」の残る一首である。天平勝宝八（七五六）年六月十七日の作だから、「侍宴應詔《じえんおうしよう》の歌」の五年後である。

ひさかたの　天《あま》の戸開き　高千穂の　嶽《たけ》に天降《あも》りし　皇祖《すめろき》の　神の御代より　梔弓《はじゆみ》を　手握《たにぎ》
り持たし　眞鹿兒矢《まかごや》を　手挟《たばさ》み添へて　大久米《おほくめ》の　大夫健男《ますらたけを》を　先に立て　靫《ゆき》取り負《おほ》せ　山
川を　磐根《いはね》さくみて　踏みとほり　國覔《くにまぎ》しつつ　ちはやぶる　神を言向《ことむ》け　服従《まつろ》へぬ　人を
も和《やは》し　掃き清め　仕へ奉りて　秋津島《あきづしま》　大和《やまと》の國の　橿原《かしはら》の　畝傍《うねび》の宮に　宮柱　太知り
立てて　天《あめ》の下　知らしめしける　皇祖《すめろき》の　天《あま》の日嗣と　継ぎて来《く》る　君の御代御代　隠さ
はぬ　赤き心を　皇邊《すめらべ》に　極《きは》め盡して　仕へ来《く》る　祖《おや》の職《つかさ》と　言立《ことだ》てて　授け給へる　子孫《うみのこ》
の　いや継ぎ継ぎに　見る人の　語りつぎてて　聞く人の　鏡《かがみ》にせむを　あたらしき　清き
その名そ　おぼろかに　心思ひて　虚言《むなこと》も　祖《おや》の名断《た》つな　大伴の　氏《うぢ》と名に負へる　大夫《ますらを》
の伴《とも》（巻二十・四四六五）

短歌
磯城島《しきしま》の大和の國に明らけき名に負《お》ふ伴の緒《を》心つとめよ（同・四四六六）
劒大刀《つるぎたち》いよよ研《と》ぐべし古《いにしへ》ゆ清《さや》けく負ひて来《き》にしその名を（同・四四六七）

この長歌。前後に分けるとすれば、「ひさかたの　天《あま》の戸開き」から「秋津島《あきづしま》　大和《やまと》の國の　橿《かし》原《はら》の　畝傍《うねび》の宮に　宮柱　太知り立てて　天《あめ》の下　知らしめしける」までが前半になる。ここでは天照大神、及び瓊瓊杵尊《ににぎのみこと》から神武天皇に至る道程に、大伴氏、大久米氏が矢を持ち靫《ゆき》を負って働いたことを詠んでいる。

そして、「皇祖《すめろき》の　天《あま》の日嗣と　継ぎて来《く》る」からの後半では、大伴氏がいかに格別の家柄であるかを述べ、清きその名を断ってはならぬ、と一族を諭《さと》しているのである。

【敗北宣言】

「侍宴應詔の歌」とは、何という違いであろうか。ここでの「あきづしま」は、「そらみつ」をうたうための飾りではない。冒頭の天戸開き、高千穂嶽に天降った皇祖の記紀神話から、神武天皇の「秋津島大和の国」の畝傍の宮まで、しっかりと記している。そして大伴家は、皇祖から神武に至るこうした大和の国造りの道を赤心でお仕えしてきた、格別に授けられた立派な家名であるぞ、というのである。

記紀神話及び「天照大神―瓊瓊杵尊―神武天皇ライン」を正確に把握し、そこへ大伴家の由来を散りばめている。「そらみつ」の影など微塵もない。全く敵に隙を見せない、といった構えの歌のように私には見える。それも当時の政界の情勢を考えれば、家持としてはやむを得なかったであろう。

「侍宴應詔の歌」から五年の間に時代は大きく変わった。今は藤原仲麻呂の全盛時代である。天平勝宝七（七五五）年十月に聖武上皇が病いに陥り、十一月には橘諸兄が酒席で不敬な発言をしたというので密告される出来事が起きている。そして翌八年五月二日に聖武は崩じ、一週間後の十日に大伴古慈斐の事件は起きたのだ。家持が「族に喩す歌」を作ったのは六月十七日である。

家持は、作歌事情について次のように記している。

「右は、淡海《あふみ》眞人三船の讒言に縁《つらな》りて、出雲守大伴古慈斐宿禰解任せらる。是《ここ》を以ちて家持此の歌を作れり。」

ちょっとわかりにくい書き方だが、淡海三船（大友皇子の曾孫）の讒言《ざんげん》によって、古慈斐は出雲守を解任させられたようにも読み取れる。

ところが『続日本紀』によると、どうやらこの事件は藤原仲麻呂の「讒言」だったらしい。天平勝宝八（七五六）年五月十日、古慈斐と淡海三船は朝廷誹謗の罪で禁固されたが、三日後に放免。そして宝亀八（七七七）年八月の古慈斐の没した時の記事に、仲麻呂が誹謗を以て土佐守に左降させ、任に行かせたとあるからだ。

そうだとすると、どういうことになるか。おそらく家持は、それらの事情を知りながらこの歌を作ったことになろう。作歌事情の曖昧な書き方を含めて、家持はこのとき仲麻呂との直接対決、真っ向からの権力争いを避け、仲麻呂の目を意識し、譲歩しながら大伴氏族の自制を促したことになる。

どんな気持ちだったことか。家持は「族に喩す歌」で、『日本書紀』——いわゆる高天原神話及び神話に基づいて再構成された史書、を認めたことをはっきりとうたった。いわば敵に白旗を掲げながら、その下で大伴氏が名族であることを告げ、自重を呼びかけたのだ。つづく短歌で「磯《し》城島《きしま》の大和の国」とうたったのは、せめてもの意地だったようにも思える。

私は、家持はこの歌で「そらみつ大和の国」と決別したのだと思う。家持が橘諸兄とともに聖武天皇に託した一縷《る》の望みは、諸兄の衰退、聖武の死とともに潰《つい》え去ったのである。

このように考えるならば、「族に喩す歌」は家持の敗北宣言と言ってもよいだろう。聖徳太子が死の前年、馬子と議《はか》って録したという「天皇記及び国記」などの史書に端を発し、『日本書紀』で息の根を止められた黎明期の歴史の封印を憂い、歌の世界で『書紀』に一矢を報いようとしてきた家持の、家持なりの戦いが今、終わったのである。

実は、この歌を作った同じ日に、三首の歌を作っている。「病に臥して無常を悲しび、修道を欲《ほり》して作る歌二首」と、「壽《いのち》を願ひて作る歌一首」である。

うつせみは**数**なき**身**なり**山川**の**清**《さや》けき**見**つつ**道**を**尋**ねな（巻二十・四四六八）
渡る**日**の**影**に**競**《きほ》ひて**尋**ねてな**清**《きよ》きその**道**またも**遇**《あ》はむため（同・四四六九）
泡沫《みつぼ》なす**假**《か》れる**身**そとは**知**れれどもなほし**願**ひつ**千歳**《ちとせ》の**命**を（同・四四七〇）

家持は、人間のはかなさを思い、山川の清きを見ながら道を尋ねたいと願う。さらに、渡る日の影に競って、清きその道を尋ねたいと願う。時の政治権力、藤原仲麻呂と競ってというほどの意味だろうか。そして、泡沫のような仮の身であるとは知っているが、なお願ってしまう千歳の命を、とうたうのである。

道——それは家持にとって仏道というより、人の世の真実を見究めたいという人間本来の求道を、清き「道」と称したのであろう。

仲麻呂の讒言によって一族の古慈悲は出雲守を解任された。そこで一族を諭し激励する歌を作る一方、同じ日に病に伏し、このような歌を詠んでいるのである。「族に喩す歌」が、いかに痛恨の「敗北宣言」であったかがしのばれるのである。

ここで一言ふれておきたい。家持は仲麻呂に敵し得ず、政治には不向きな人であった。一応そういうことになるだろう。だが、そう簡単に割り切ってよいか。家持が大伴一族を率いて行動を起こすには、彼の情勢を見る目は深く、鋭すぎたとも言える。というより何よりも、消された歴史の復権という家持の夢は大きすぎた。『日本書紀』が成立した今となっては、その夢のために戦うことは、それこそ見果てぬ夢だったのである。だから、うたうことによって鬱憤を鎮め、記録にとどめることによって、彼なりに『日本書紀』に抗《あらが》ってきたのである。

【「道」の人】

これ以後、家持は「道」の人として生きる決意を定め、はっきりとした意思の下で、人の世の真実を「視る人」に徹していく。

天平勝宝九（七五七）年、家持四十歳。正月に橘諸兄が亡くなった。六月二十三日の三形王《みかたのおおきみ》宅の宴で家持は詠んでいる。

移り行く時見る毎《ごと》に心いたく昔の人し思ほゆるかも（巻二十・四四八三）

そして、五日後の六月二十八日に橘奈良麻呂（諸兄の子）の乱が起きたのである。皇太子廃立の企てが発覚し、反仲麻呂派の人々が多数処刑された。大伴池主などの家持が親しくしていた人も多く、家持は二十三日の三形王の宴の頃には、すでにこの動静を知っていたに違いない。しかし彼らとは一線を画していたようだ。よほどの強い意思がなければ、こうした苦境を乗り切ることは出来なかったであろう。「族に喩す歌」以後、「道」の人に徹し、「視る人」となった家持が思われるのである。

つづく一首は、それを明らかに語る歌であろう。

咲く花は移ろふ時ありあしひきの山菅《やますが》の根し長くはありけり（同・四四八四）

左注に「右の一首は、大伴宿禰家持、物色の変化を悲しび怜《あはれ》びて作れり。」とあるが、奈良麻呂の乱を家持がいかに受け止め、身を処していたかがしのばれて興味深い。

こうして家持は、若い頃からそうであったように、花に心の慰めを見出すのである。

時の花いやめづらし**も**かくしこそ**見**《め》し**明**《あき》らめめ**秋立**つごとに（同・四四八五）

人の世は移りゆくけれど、季節の花は今年もまた、こうして美しく咲いている。秋になるごとに、このように眺めてこころを晴らそうというのだ。

八月に天平宝字と改元。十一月十八日内裏にて肆宴《とよのあかり》が催された。その時の皇太子（大炊王・淳仁天皇）と藤原仲麻呂の歌を家持は書き留めている。二人は、橘奈良麻呂の乱以後、家持が最も注目していた人たちであった。

皇太子はうたった。

天地を**照**らす**日月**の**極**《きはみ》**無**くあるべきものを**何**をか**思**はむ（同・四四八六）

日月の極みないように天皇の栄も極みない、というのである。仲麻呂はどうか。

いざ子どもたはわざな為《せ》そ天地の固めし國そ大倭《やまと》島根は（同・四四八七）

いざ人々よ、たわけたわざをしなさるな。天地の神々の固めた国であるぞ大和島根は、というのだ。仲麻呂は今、勝者の威力を大上段に振りかざし誇示して見せた、というところか。

私には、この歌はとくに家持に放った怒号のように思われる。仲麻呂の眼には家持は、「遠天皇の御世」を顕彰した例の聖武の詔には感涙しながら、今度の乱では巧みに身を処し、氏族の命脈を保った許し難い奴、と映じていた。そんな家持への怒りと憎しみの感情が、「天地の固めし国そ大和島根は」という言葉になって迸《ほとばし》り出たのではないか。それは、「遠天皇の御世」の「歴史」を一蹴する、「神話」の讃美でもあった。

家持はどう思ったか。自らの憂愁の戦いの終焉を改めて確認したのではなかったか。それから一か月後の十二月十八日、三形王宅の宴で静かにうたっている。

あらたまの年行き還《かへ》り春立たばまづわが屋戸に鶯は鳴け（同・四四九〇）

【高円宮絶唱】

天平宝字二（七五八）年、家持四十一歳。二月、式部大輔中臣清麿朝臣の宅で親しい者たちが集まり、宴が開かれた。家持も三首詠んでいる。

はしきよし今日の主人《あろじ》は磯松の常にいまさね今も見るごと（同・四四九八）

八千種《やちくさ》の花は移ろふ常磐《ときは》なる松のさ枝《えだ》をわれは結ばな（同・四五〇一）

君が家の池の白波磯に寄せしばしば見《み》とも飽かむ君かも（同・四五〇三）

移ろいゆく花よりも松。今日の主人は磯松のように常に変わらずおいで下さい。しばしば見ても見飽きないあなたです、というのである。勝宝九年六月の三形王宅の宴でうたった「咲く花は移ろふ時ありあしひきの山菅の根し長くはありけり」を思い出す。家持は変わっていない。奈良麻呂の乱を乗り越え、一族の多くの者を失い、いよいよ堅固になっていったのではないか。

この時、親しい者たちの話題は自然に聖武天皇の思い出に移っていったのであろう。「興に依りて各々高圓《たかまと》の離宮處《とつみやどころ》を思ひて作る歌五首」は印象深い歌群だ。

高圓の野《の》の上《うへ》の宮は荒れにけり立たしし君の御代遠そけば

大伴宿禰家持

（同・四五〇六）

高圓の尾《を》の上の宮は荒れぬとも立たしし君の御名《みな》忘れめや

大原今城眞人《おほはらのいまきのまひと》

（同・四五〇七）

高圓の野邊《のべ》はふ葛《くず》の末つひに千代に忘れむわが大君かも

中臣《なかとみのきよまろ》 清麿朝臣（同・四五〇八）

はふ葛の絶えず偲《しの》はむ大君の見《め》しし野邊には標結《しめゆ》ふべしも

大伴宿禰家持（同・四五〇九）

大君の継ぎて見《め》すらし高圓の野邊見るごとに哭《ね》のみし泣かゆ

甘南備伊香眞人《かむなびのいかごのまひと》（同・四五一〇）

聖武の崩御から二年。宮の荒廃を嘆く家持の歌に応えて大原今城眞人、中臣清麿朝臣はうたう。宮は荒れても君の御名はどうして忘れようか。千代に忘れられないわが大君であることよ。家持はうたう。絶えずお偲びしたい大君の御覧になった野辺には、記念に標縄を結うべきだと思う。甘南備伊香眞人は感極まったようにうたう。大君が今も御覧になるらしい高円山の野辺を見るたびに、私は泣けてしまう。聖武を心から敬慕した四人の絶唱である。

彼らは何故これほどまでに聖武を追慕したのか。それはやはり、あの「産金詔書」で「大夫《ますらほ》の心思ほゆ大君の御言《みこと》」を聞いたからであろう。「大君は消された歴史を心に留めておられた。そして、歌集を始め、さまざまな形で、その鎮魂贖罪《ちんこんしょくざい》を心にかけておられた」。彼らはその一事の故に、そして二度と甦ることはないと思うが故に、これほどまでに聖武を慕ったのではなかったか。

それにしても「高円宮絶唱」は、万葉集の最後のハイライトであると思わずにはいられない。この日の宴の歌のあと、家持の歌は三首のみ。それで万葉集は結ばれる。一首は、二月十日の藤原仲麻呂宅での家持の「渤海大使小野田守朝臣《をののたもりあそみ》等に餞《うまのはなむけ》する宴《うたげ》の歌一首」であるが、「誦まず」とある。

六月、家持は因幡国守に任ぜられる。七月五日、大原今城眞人の宅で開かれた「因幡守大伴宿禰家持に餞する宴」で、家持は万感を込めてうたった。

秋風のすゑ吹き靡《なび》く萩の花ともに插頭《かざ》さず相《あ》ひか別れむ（同・四五一五）

そして最後が、「三年春正月一日、因幡《いなば》國の廳にして、饗《あへ》を國郡の司等に賜ふ宴《うたげ》の歌一首」である。

新《あたら》しき年の始の初春の今日降る雪のいや重《し》け吉事《よごと》（同・四五一六）

初春の降り積む雪に託して、家持は新しき年の吉事の重なることを祈念したのである。時に家持、四十二歳であった。

⑶ その後の家持

さんさんと陽光が降り注ぐ雄略天皇の歌から始まった万葉集は、しんしんと雪が降り積む家持の初春の歌で幕を閉じた。

万葉集に、ひとすじの「永久の挽歌」の刻印を見るならば、家持がここで幕を閉じたのは、まさに絶妙であったと思わずにはいられない。

第二番歌の舒明天皇から淳仁天皇の天平宝字三（七五九）年まで、ほぼ百三十年、この間に『古事記』『日本書紀』は成立し、「国初めの歴史」は「高天原神話」に敗れたのである。

人々は、その意識に強弱はあれ、こうした特異な時代の風と無縁ではなかった。人麻呂、赤人、黒人らは、この風を精一杯受け止め、それぞれに「時代の風」の歌をうたった。家持の頃の時代の風には消された大神の怨霊の響きが交じり、歴史と神話の戦いの最終ラウンドに向かっていたかにみえる。そして、ついに聖武天皇は、大仏造顕とともに、大神に連なる家の者たちの心に思いをはせ、大伴氏等を顕彰したのである。

家持の願いは、ひととき叶ったかにみえた。だが、聖武天皇の死とともに虚しく消え去った。そして今、藤原仲麻呂が高らかに勝鬨《かちどき》をあげたのである。もはや家持には抗する術はなかった。家持は仲間たちと万感の思いで聖武を偲んだ。そして、因幡国へ赴いたのである。

こうして辿ってみると、葬られた歴史への止み難い熱情を抱いて生きた家持は今、精魂尽き果てたことがよくわかる。もはや小さな燈となっていた「そらみつ大和の国」への思いは今、因幡国の降りしきる雪の中で静かに鎮められたのである。そうだとすれば、因幡国への赴任は家持にとって僥倖《ぎようこう》であったとさえ言えるかもしれない。

家持は、自らの憂愁の戦いが終わったことを了解し、歌筆を擱《お》いた。そして、この時から、彼が集め編纂していた万葉集は、再び甦ることのない「そらみつ大和の国」への「永久の挽歌」となったのである。

【家持と歌】

家持の膨大な歌は、貴重である。四七九首――万葉歌人の中の最多であり、人麻呂（八四首と人麻呂歌集歌三六五首、『万葉集歌人事典』雄山閣）を凌いでいる。それは、吹き荒れる「時代の風」に翻弄されながら強靭な意思で自らの人生を切り拓いていった一人の男の、歌による稀な記録といってもよいだろう。

いつからか彼は、怒り、傷つき、懊悩《おうのう》する自らの心を克明にうたい、記録にとどめた。歌の巧拙ではない。「時代の風」の中でどう生きたかという記録の歌である。だから家持は、あえて自身の歌を切り捨てるにしのびなかったのではないか。そのようにさえ思われる。

さらに言えば、特異な時代の真相を浮かび上がらせるために、敗者の無念の心を真に伝えるべく、彼は自らの存在のすべてを賭けてうたった。それほど全身全霊を投げ打って、彼なりに『日本書紀』を告発したのだと言ってもよい。

家持は、自らの生と人生にまつわりついて離れない「時代の風」と戦うために、歌を必要とした。「家持は長歌制作に関しては復古調で、すでに長歌の文学的生命は衰えつつあったと思われる時代にもかかわらず、前々代の長歌をつとめて勤勉に模倣して、いくつもの長歌を作った。しかし、それはいささか空しい行いであったようだ。」（『万葉集歌人事典』「大伴旅人」の項）とも言われるが、私はあえて言いたい。家持には「永久の挽歌」をうたうために、自らの歴史観・国家観・世界観をうたうために、たとえ時代遅れであろうとも長歌が必要だったのだ、と。

周知のようにこの後の家持の歌は一首も伝わっていない。大きな謎とされているのだが、それは家持にとって歌とは何であったかという問題にもつながってくる。

もとより家持は、折々の花やこまやかな日々の風景を愛し、人を恋する歌人ではあった。興の趣くままにうたった、そうした歌もたくさん残している。

だが、今言ったように、いつ頃からか彼にとって歌は「時代の風」と戦う手段となっていった。彼は「そらみつ大和の国」のために、太刀の代わりに歌を武器として戦わずにはいられなくなった。そして、夢は敗れ去ったのだ。もはや武器は無用になった。いわば家持の歌は「そらみつ大和の国」に殉死したのである。家持が歌よりも愛したもの、それこそ「真実の歴史」だったと私は思う。

そうだとすれば、この後の家持の歌が一首も伝わらないというのもごく自然に了解できる。彼の歌は、あの初春の降り積む雪の中で、すでに亡骸《なきがら》となったのだから。

自分が乗り合わせた時代の船は今、未来へ向かって航行していく。船には『日本書紀』が積まれ、ポールには「天照大神」がはためいている。この船をひっくり返すことは、もはや不可能である。家持は「山菅の根」と化して少しでも長く、この船の行方を見つめて行きたいと念じる。思えば最後の「新しき年の始」の歌には、すでにそうした心境が反映されていると言っていいかもしれない。雪の因幡国もまた、船の中の一隅であった。だから船人の一人として、この船の新たなる年の航海の吉事を請い願ったとも言えるであろう。

この後も船は揺らぎながら、時代は光仁から桓武の平安の世へと進んでいく。薩摩守（四十八歳）、大宰少弐（五十歳）、民部少輔（五十三歳）、相模守（五十七歳）、伊勢守（五十九歳）、左大弁兼春宮大夫（六十四歳）、陸奥按察使鎮守府将軍（六十五歳）、持節征東将軍（六十七歳）——家持は淡々と自らの職務にいそしんでいったかにみえる。

そして延暦四（七八五）年八月二十八日、六十八歳の生涯を閉じたのであった。

ところが死後に意外な事態に見舞われた。それから二十余日後、いまだ葬式もしないうちに藤原種継暗殺事件の謀反人の疑いをかけられ、除名処分となったのである。許されたのは二十一年後の大同元（八〇六）年三月十七日、桓武天皇の崩御の日であった。

いったい晩年の家持に何が起きたのか。彼が命を懸けて編んだ万葉集はどうなったのか。いかなるプロセスを経て万葉集は世に出たのだろうか。謎は多い。家持の悲運と万葉集の誕生については、改めて終章で語りたい。

第五章　三輪山へ捧ぐ

「そらみつ大和の国」と讃えられたニギハヤヒ大神の眠る山、三輪山。神の山として畏敬されてきたこの山をうたった歌は数多い。なかでも三輪山の神に捧げた絶唱といえば、額田王《ぬかたのおおきみ》の歌に尽きるだろうか。

(1) 額田王絶唱

味酒《うまさけ》　三輪《みわ》の山　あをによし　奈良の山の　山の際《ま》に　い隠るまで　道の隈《くま》　い積るまでに
つばらにも　見つつ行かむを　しばしばも　見放《さ》けむ山を　情《こころ》なく　雲の　隠《かく》さふべしや
（巻一・一七）

反歌
三輪山をしかも隠すか雲だにも情《こころ》あらなも隠さふべしや（同・一八）

三輪山

「額田王の近江國に下りし時作る歌」として知られている。

額田王は惜別の思いを込めてうたう。三輪の山を奈良の山際に隠れるまで、しっかりと、片時も目を離さずに見ておこうと思ったのに、雲が隠して見られない。どうか雲よ、情をもって隠さないでおくれ。

三輪山は、国初めの大神《おおかみ》が鎮まる山である。そうした大和の国の魂ともいうべき山に別れを告げて近江へ下るのである。それも単なる旅ではない。天智二（六六三）年、白村江《はくすきのえ》の戦いで日本軍は大敗し、百済《くだら》は滅亡した。それが引き金となって諸事情を考慮し、同六（六六七）年、近江遷都が強行されたのである。

大神は、どう思っておいでだろうか。心ならずもお別れして行かねばならないけれど、大神よ！　どうか、この遷都が無事でありますようお守りください。そんな、切なる祈りのようなものが、この歌には漂っている。額田王にとって三輪山はその時、ただ懐かしい山というだけではない。深い祈念を込めずにはいられない、心の拠り所だったのである。

額田王は、大神の御前にぬかづくかのように、一心に三輪山を拝し続けて近江へ下って行った。三輪山が古来いかなる山であったかを、何と鮮やかに今に伝える歌であろうか。

なお天智天皇は近江に遷都すると、さっそく日枝山（比叡山）に三輪大神を勧請《かんじょう》したのであった。日吉大社の西本宮の起源である。

往古は新しく土地を開いたり、官庁を置いたりする時には大神を祀るのが慣例となっていたらしい。三輪山に初めて大神を祭祀し、列島の開拓と統一に乗り出した十代崇神天皇時代の大神ゆかりの神社は、ざっと数えただけでも三十社近くある（『全國神社名鑒』全国神社名鑑刊行会編纂、史学センター発行、以下『神社名鑑』とする）。大神の絶大な力が知られよう。

⑵　十市皇女の死

額田王には娘が一人いた。天武天皇との間に生まれた十市皇女《とおちのひめみこ》である。十市皇女は大友皇子《おおとものみこ》（天智の子）の妃であった。そのため壬申《じんしん》の乱（六七二）の嘆きのヒロインとして知られているが、彼女の悲運はそれだけではなかった。どうやら三輪大神と格別の関わりを持ったが故に、数奇な運命を辿らねばならなかった人でもあったようだ。
彼女の作歌は万葉集にはない。だが、ゆかりの歌が四首載っている。それらから浮かび上がるのは、癒し難い憂愁と連れ立って生きた、孤独な一人の女性の面影である。

【十市皇女の憂愁と死】

十市皇女は、天武四（六七五）年二月十三日、阿閉皇女《あへのひめみこ》（元明天皇）と共に伊勢神宮に赴いている。その時、波多《はた》の横山の巌を見て吹芡刀自《ふふきのとじ》が作ったという歌が載っている。

河上《かはのへ》のゆつ岩群《いはむら》に草生《む》さず常《つね》にもがもな常處女《とこをとめ》にて（巻一・二二）

この歌から浮かぶ十市皇女はかなり落ち込み、鬱《うつ》状態であったかのようにみえる。だから吹芡刀自は、河のほとりの生き生きした霊力にみなぎった岩群を引き合いに出して、いつまでも若い乙女であってほしいと懸命に十市皇女を励ましたのであろう。
しかしそうだとすれば、この時の十市皇女の深い憂愁は何故だろうか。大友皇子との死別などによる、いわば壬申の乱の後遺症に由来するのだろうか。どうもそれだけではなかったようだ。彼女は三輪大神の祟りに怯えていたらしいのである。
十市皇女は、伊勢行きから三年後の天武七（六七八）年四月七日に急死している。『日本書紀』

によると、是の春に天神地祇を祠《まつ》ろうとして斎宮を倉橋の河上に興《た》てた。夏四月七日、斎宮に行幸しようとして、百寮列を成し乗輿も出て行こうとした、まさにその時に、十市皇女がにわかに発病し、宮中で亡くなった。このため行幸は取り止めとなり、遂に神祇を祠ることが出来なかった。十三日に新宮の西庁の柱に落雷があった。十四日に十市皇女を赤穂に葬った。天皇は臨席して哀悼の意を表した、というのである。

神祇祭祀に向かう間際の十市皇女のあまりにも唐突な死である。古くから自殺説が考えられてきたというのも当然であろう。だが、そうだろうか。つづいて新宮西庁の柱に落雷があったことが記されている。これは、打ち続く不気味な事件を、人々が何かの祟りと見ていたことを示唆しているようでもある。私は、以前『夢殿の闇』（河出書房新社）で考察したように、十市皇女は三輪大神の祟りを受けて急死したのだと考えている。

【高市皇子の歌】

それを証す歌が、「十市皇女薨《とをちのひめみこかむあが》りましし時、高市皇子尊《たけちのみこのみこと》の御作歌《みうた》三首」である。

高市皇子《たけちのみこ》は天武の長子。壬申の乱では大活躍し、天武亡き後の朝廷では持統天皇も一目置いた人だ。二人はいつからか親密な仲だったらしい。高市皇子が詠んだ歌は、三首のうち二首が「三輪大神」にちなんだ歌である。

三諸《みもろ》の神の神杉《かむすぎ》夢《いめ》にだに見むとすれども寝《い》ねぬ夜ぞ多き（巻二・一五六）
三輪山の山邊《やまべ》真麻《まそ》木綿《ゆふ》短木綿《みじかゆふ》かくのみ故《ゆゑ》に長しと思ひき（同・一五七）
山振《やまぶき》の立ち儀《よそ》ひたる山清水《やましみづ》酌《く》みに行かめど道の知らなく（同・一五八）

一五六は難解な歌として知られているが、岩波版では「三輪山の神杉を見るように、せめて夢にだけでも十市皇女を見ようとするけれども、皇女を失った悲しみに、眠れない夜が多いことである」と訳され、一五七は「三輪山の山の辺にある真麻の木綿は短いが、そのように皇女の生命も短いものであったのに、私は長いものだと思っていた」と訳されている。

このように解すれば、黄色い花の咲く山清水（黄泉）までも行きたいが道がわからないという三首目の歌とともに、恋人を失った高市の悲痛な思いを吐露した歌となるだろう。しかし、では高市皇子はなぜ「三諸《みもろ》の神杉《かむすぎ》」や「三輪山の真麻木綿《まそゆふ》」を引き合いに出して、十市皇女への悲哀をうたったのか、ということが疑問になってくる。十市皇女にまつわる思い出があるとすれば、それは何だったのだろうか。

この問いに応えてくれるのが、江戸後期の国学者、伴信友である。

【「大三輪神」祟り説】

伴信友は『長等の山風』で、ほぼ次のように解いている。

「前に皇女が、大三輪神（すなわち三諸の神の事なり。）の御心と思われる不祥（よからぬ）の夢を見て、忌しい由を語っていたのに、まことに怪しく畏きさまにて薨じられたので、真にその神の祟であることを覚《さと》り畏《かしこ》み、かつ慕い哀み夜の夢には、三輪の神杉のみ見えて、快寝の夜は無くなってしまった」。

なぜ三輪の神杉のみ夢に見たのか。それは高市皇子が十市皇女から「大三輪神（三諸の神）の御心と思われる不祥の夢」を見たと聞いていたから、つまりそうした事実が、この歌の伏線になっているると、信友は言っているのである。

一五七歌も、信友はほぼ次のように解く。

「これも皇女が三輪の神山の辺で、木綿のことに短いのを見られたか、神から賜わった夢を見たとか語られて、命の短いことの誨の兆だと畏れ悲しんでおられたのを、皇子はそうした夢の故で、どうしてそんな事があろうかと平然と思われていた。ところが、その誨のごとくこのようににわかに亡くなられたので嘆き悲しんでおられるのである」。

そして言うのである。「此二首のおもむきをもて、大三輪の神の祟を受給ひたりけむとは、おしはかり奉らるゝなり、」（『伴信友全集』巻四、國書刊行會編、ぺりかん社）

興味深い解釈である。単なる三輪山を拝借して詠んだ歌ではない。三輪山の「神杉」も山の辺の短い「木綿」も比喩ではない。十市皇女が見た「不祥の夢」の象徴である、と言うのだ。そしてこの二首の趣から、十市皇女は「大三輪の神の祟」を受けたのだと推測するのである。

【天武の思惑】

ところで、ここにはまだ一つの謎が残っている。

十市皇女に祟ったのは大三輪の神であったとしよう。しかし、いったいなぜ大神は、よりによって十市皇女に祟ったのか。そもそもなぜ十市皇女は三輪大神にまつわる「不祥の夢」を見たのか。十市皇女は何ゆえに祟りを受けずにはいられなかったのか、ということだ。あるいは、大神と十市皇女との間には何か格別の関わりがあったのではないだろうか。それも大神を忿怒させるような痛ましい出来事が。

一応そう考えられるのだが、ここで私が注目するのは、大神《おおみわ》神社の相殿に祀られている「大己《おおな》貴《むち》神・少彦名《すくなひこな》神」である。祭祀の年代は明らかではないが、私は天武天皇の勅命によって、ごく早い時期に祀られたのではないかと推察する。そして、この祭祀を任命されて遂行したのが十市皇女ではなかっただろうか。

古来、こうした役目には皇女が選ばれることになっていたらしい。天照大神（伊勢神宮）や大和大国魂神（大和神社）を奉遷した、豊鍬入姫《とよすきいりひめ》（崇神皇女）、倭姫《やまとひめ》（垂仁皇女）、渟名城入姫《ぬなきいりひめ》（崇神皇女）のように。

高《たか》応《お》神社（岡山県真庭市）の記録によると、「天武天皇大社の勅があり、各所に大己貴神の勧請があり、高応神社もその中に含まれ、天武天皇神田を寄付された。」という（『神社名鑑』）。どうやら各地の大社に指令を出し、大己貴神アピールの発端をなしたのは天武だったようだ。

そこで大神神社である。相殿の合祀はやはり天武であろう。「記紀」で三輪大神を饒速日命《にぎはやひのみこと》から大己貴神へ改変するに先立って、天武は大神の眠る神山に楔《くさび》を打ち込んだのではなかったか。

そして十市皇女である。彼女が天武天皇の命によってこの役目を施行したとすれば、自分の宮に踏み込まれた大神が黙っておられるはずはない。太古から大神に仕えてきた三輪の祝《はふり》たちの無念は言うに及ばない。権力に歯向かうわけにはいかない。相手は壬申の乱を制し、絶大な権力を誇示する天武天皇である。祝たちは燃え上がる怨念を胸奥深く鎮めて、この理不尽な使者を迎えた。

十市皇女は、もとより大神の敬虔な信仰者だったであろう。母があれほど深い祈念を歌に託した大神なのだから。十市皇女の心の痛みは察するにあまりある。

先ほど見たように、十市皇女は天武四年に伊勢神宮へ赴いている。この伊勢行きは、こうした大役を果たした後の、いわば奉告のための伊勢行きだったのかもしれない。もしこれが前なら、そして彼女が大友皇子との悲惨な別れなどで沈んでいたとするなら、それほどノイローゼ気味の十市皇女をわざわざ伊勢へ派遣することもなかろう。これはぜひとも十市皇女が行かねばならなかった。だが、心身とも弱っている。そこで阿閉皇女がお供したのではないか。

伊勢行きから三年後、十市皇女は急死した。高市皇子に大神の不吉な夢などを話し、慰めを得たりしたけれど、ついに大神の祟りを払い除けることは叶わなかったようだ。

母は、大神へ深い祈念を込めて絶唱を捧げた。娘は、心ならずも大神の怒りを一身に受け、身も心も疲れ果てていのち尽きた。

額田王と十市皇女。二人は三輪大神と不可思議な糸で結ばれた悲愁の母子であったと言えるだろうか。

思えば母子は、時代の大きな歯車を回す役目を背負って生きねばならなかった。その役目は辛く、苦しいものであった。歯車に踏みにじられ、滅び行く者の怨念と連れ立たねばならなかったからだ。いのちを賭して初めて遂行できるものだったのである。十市皇女の死に、私はそんな感慨を抱く。

⑶　三輪高市麻呂の慟哭

万葉集には、ちらっと姿を垣間見ただけなのに、なぜか忘れ難い人がたくさんいる。私にとって三輪高市麻呂《みわのたけちのまろ》は、そんな一人である。

彼は歌人というより、ある一つのエピソードによって強烈な印象を与えてやまない人である。

【持統の伊勢行幸】

それは持統天皇六（六九二）年三月の伊勢行幸の際の出来事であった。

二月十一日、持統は伊勢に行幸する旨を諸官に伝え、その準備をするように命じた。するとその日、高市麻呂はただちに表《ふみ》を奉じ、天皇の伊勢行幸を農時の妨げになるからと諫《いさ》めた。だが、天皇は聞き入れなかった。そこで彼は冠位を脱いで朝廷に差し出し、重ねて諫めた。「農作《なりはひ》の節《とき》、車駕《き》、未《いま》だ以《も》て動《ゆ》きたまふべからず」、と（『日本書紀』）。しかし天皇は再度の諫言《かんげん》に従わず、ついに伊勢に行幸したのであった。

こうして、十年後の大宝二（七〇二）年正月十七日、高市麻呂は長門守となって赴任することになり、泊瀬川のほとりで親しい者たちと別れの宴を開いた。

「大神大夫《おほみわのまへつきみ》の長門守に任《ま》けらえし時に、三輪川の邊《ほとり》に集《つど》ひて宴《うたげ》する歌二首」は、この折りの歌である。

三諸《みもろ》の神の帯ばせる泊瀬《はつせ》川水脈《がはみを》し絶えずはわれ忘れめや（巻九・一七七〇）

後《おく》れ居てわれはや恋ひむ春霞たなびく山を君が越えいなば（同・一七七一）

前歌は、この日の主人、大神大夫高市麻呂の歌であろう。彼は万感を込めてうたった。三諸の神が帯にしてめぐらしておられる泊瀬川の水脈が続く限り、私はあなたがたを決して忘れることはないでしょう。

それは、去り行く自分に代わって三諸の神を守り続けてくれという、悲痛な心の叫びであっただろう。彼は、この歌によって三諸の神の永遠のいのちを祈念したのだ。大神は今、まさに風前の灯と化そうとしている。だからこそ、これほどの思いでうたわずにはいられなかったのだと、私は思う。

友の一人は、あとに残される者の嘆きをうたった。春霞の彼方へ高市麻呂は消えて行く。出来るなら追いかけて行きたいほどだが、自分はあとにとどまらねばならぬ。どうしたらよいか。友の歌にはそんな心細さが込められている。

三輪川のほとりで催された寂寥ただよう別れの宴。嗚咽《おえつ》が聞こえてくるようだ。

【高市麻呂の敗北】

高市麻呂は、壬申の乱では天武方で功を立て、天皇崩御の際には誄《るい》を奏した。彼が天武方に与したのは、大和の古い豪族の大方がそうであったように、天智天皇の新しい律令体制に不満だったからだ。ところが、期待を寄せた天武は、天智にもまして強い意思で天皇制律令国家の建設を推し進めた。

高市麻呂の夢は砕け散っていった。まだ『古事記』も『日本書紀』も生まれてはいない。だが、すでにこの頃、大神神社には大己貴神・少彦名神が合祀され、三輪大神の姿は揺らぎ、聖なる山は装いを変えつつあった。

史料の収集も始まっていた。持統五（六九一）年には大三輪・石上・春日・佐伯・紀・穂積氏など十八の氏に詔して、その祖先の墓記を上進せしめている。十八氏は古い豪族ばかりだ。彼らはどんな思いだったか。史書がどのようなものになるかはわからない。とすれば、それは歴史編纂という大義名分の前に証拠書類を没収されるに等しかったのだから。

高市麻呂が持統の伊勢行幸に猛反対したのは翌年である。こうしてみると彼が真向から対立したのは、単に「武骨」で、「保守的な気質」だったからというようなものではない。冠位を投げ打ってまでも持統を諫めたのは、何よりも三輪大神の子孫として、大神の教えを守って生きる者の誇りからであったにちがいない。

大神は、どのような思いで大和の国を造られたのか。高市麻呂が諫言した「農作《なりはひ》の節《とき》、車駕《きみ》、未《いま》だ以《も》て動《ゆ》きたまふべからず」というのも、おそらく大神の教示の一つとして三輪氏に伝わっていたのであろう。

そして、高市麻呂は冠位を投げ打ってまでの持統との闘いに敗れた。それは三輪大神が持統天皇に敗れた、ということでもあったのである。高市麻呂は深い悲愁とともに、移り変わる時代の凄まじさを痛感したのではなかったか。

【上石津の大神神社】

それを物語るかのように、岐阜県大垣市上石津町に高市麻呂の創祀という大神《おおみわ》神社がある。「延喜式内社で、持統天皇が伊勢国に行幸の際、右大臣三輪朝臣高市麻呂の創建」(『神社名鑑』)と伝わっている。

上石津町は、中山道の関ヶ原宿から分かれて東海道の伊勢・桑名に至る、伊勢街道ぞいにある。この付近は高市麻呂ゆかりの地だったのだろう。彼は大神の落日を知るが故に、仲間との結束を求めて今一つ社を建て、大神のいのちの水脈の永遠を願ったのだろうか。

相殿に神倭磐余彦《かむやまといわれひこ》天皇・比売多々良五十鈴比売命《ひめたたらいすずひめのみこと》が祀られている。天延元（九七三）年、近くに創建されたが、承久元（一二一三）年の大暴風雨で社殿が流され、当社の御手洗水に流れついたので合祀したという（『岐阜県の地名』）。面白いではないか。二百八十年ほどのちになって神武と皇后が近くに祀られ、さらに百四十年ほど経って義父のもとへ合祀されたというのである。平安時代にはまだ、大神と神武にまつわる伝承は、はっきりと知られていたかにみえる。

上石津町を訪れたのは一九九六年五月十五日だった。当時私は『覇王転生——十一面観音とニギハヤヒ』（河出書房新社）に取り組んでおり、桜井の大御輪寺《だいごりんじ》の十一面観音を調べていて上石津の大神神社を知ったのである。

その日の思い出は今も鮮やかだ。いつものように思い立って母と出かけたのだが、名神高速道路の関ヶ原インターを出ると、観光バスが前を行く。どこへ行くのかと後をついて行くと満開の千珠ぼたん園だった。薬草弁当などの店が並び、広い野山は別世界のような光景である。予期せぬ行楽気分に母と私はひととき酔いしれた。養老山脈笙ヶ岳の北斜面に自生の一之瀬のホンシャクナゲ群落（国天然記念物）があり、上石津は花の町だったのである。

道路ぞいに面した、がっしりした神社のたたずまいが懐しくよみがえってくる。帰途は東名阪自動車道の桑名インターへ出た。

【三輪明神と十一面観音】

大御輪寺について述べておきたい。

大御輪寺は三輪の大神《おおみわ》神社の神宮寺であり、大神寺とも称され、三輪神道を称し一大勢力を誇った。伝承では十一代垂仁天皇の時代の建立とされ、本尊の十一面観音は生身入定した三輪明神の若宮の御影と称され、戸を開いて最初に拝見したのは聖徳太子だという（「三輪大明神縁起」『続群書類従第二輯下』）。明治の神仏分離の際に廃され、本堂は摂社大直禰《おおたたね》子《こ》神社の本殿となった。そして本尊の十一面観音は桜井市の聖《しょ》林寺《うりんじ》に移された。フェノロサが激賞したことで名高い国宝である。

大御輪寺の十一面観音（聖林寺蔵）

ところで『今昔物語（巻二十）』に記された三輪高市麻呂の話によると、大御輪寺は高市麻呂が持統天皇の時代に自らの家を寺としたものだという。近年の大直禰子神社の社殿解体修理の結果、社殿は奈良時代の仏堂を増改築したもので、創建は飛鳥川原寺（天武時代）と同時期と考えられるという。そうなると大御輪寺の旧本堂であった現在の大直禰子神社の本殿は、高市麻呂の邸宅遺構かもしれない。

それにしても興味深いのは大御輪寺の伝承である。大御輪寺の十一面観音は「三輪明神の若宮の御影」というのだ。つまりそれは、三輪明神＝十一面観音、ということであろう。実は大神神社のもう一つの神宮寺である平等寺（桜井市三輪）の本尊がやはり十一面観音であり、五八一年聖徳太子が賊徒を平定するため三輪明神に祈願して賊徒平定後十一面観音を刻んで寺を建立し、大三輪寺と称したのにはじまる、と伝わっている（「絵葉書由緒記」平等寺発行）。

私はこうした伝承に基づき、いろいろ調べてみた結果、三輪明神＝十一面観音。そして、この等式の生みの親は聖徳太子だったと確信している。どうやら十一面観音は、「そらみつ大神」の化仏として作られたのが始まりだったようなのである。

【移り行く時を生きて】

『日本霊異記』は高市麻呂について、すぐれて長くつづいている神氏は、幼年から学を好み、忠にして仁あり、潔くして濁ることがなく、ひでりの時には自分の田口の水を塞いで百姓の田に施してきたと記し、さすが神氏とたたえられてきた、と言っている。彼は大神を敬慕し、その子孫として自らの行動を律し、誇り高く生きた。だからこそ、後世まで語り継がれたのであろう。

長門守となって赴任した翌年六月、左京大夫として帰還。慶雲三（七〇六）年二月六日没。五十歳であった。

天平勝宝九（七五七）年六月二十三日の三形王の宴で、大伴家持はうたっている。


移り行く時見る毎《ごと》に心いたく昔の人し思ほゆるかも（巻二十・四四八三）

移り行く時を見るごとに心は痛み、つくづくと昔の人がしのばれるというのである。この歌、「移り行く時」を生きなければならぬのは昔も今も変わらない、といった感慨を詠んだ歌だと私は解するのだが、そうだとすれば、この時の家持の脳裏を去来する「昔の人」には高市麻呂もいたであろう。

高市麻呂は、まぎれもなく「移り行く時」を生きた「昔の人」であった。高市麻呂の慟哭《どうこく》は、家持によって正しく受け止められたはずである。

持統の伊勢行幸の際の一連の歌（巻一・四〇―四四）の左注に、例の高市麻呂の故事が記されている。有名だったからであろうが、しっかりと書きとめたのは、やはり高市麻呂に心を寄せていたからではなかったか。

高市麻呂の慟哭から家持の歌に至る、六十五年の移り行く時の流れを思うのである。

(4) 三輪山をうたう

三輪山は、さまざまな姿で人々の暮らしと連れ立ち、万葉の歌に登場している。

味酒《うまさけ》を三輪《みわ》の祝《はふり》がいはふ杉手《て》触《ふ》れし罪か君に逢ひがたき（巻四・七一二）

三輪の祝《ほふり》（神官）が斎《いつ》き祀っている杉に手を触れた罪でしょうか、君に逢いがたいのは、というのである。丹波大女娘子《たにはのおほめをとめ》（伝不詳）が大伴家持に贈った三首の歌の一首である。

この歌には、三輪山ゆかりの事象がすべて登場している。「味酒《うまさけ》」「三輪の祝《はふり》」、そして「杉」。三輪山といえば、何と言っても「みわの神杉」。山頂に高山とよぶ社があり、そこに奥の杉と称する神杉があった。この名木があったところが弥和《みわ》の霊畤《まつりのにわ》である（『大美和万葉集』神社発行小冊子）。「みわの神杉」は、まさに大神の霊魂の象徴であり、それ故「すぎの社」とも言われてきたのである。

磯城瑞籬宮《しきのみずかきのみや》（桜井市金屋）を営んだ崇神天皇は、神勅によって「大物主大神」を祀った。このとき大神の掌酒《さかびと》に任命された高橋活日《いくひ》は、祭典の日、「この神酒《みき》はわが神酒《みき》ならず倭《やまと》なす大物主《おおものぬし》の醸《か》みし神酒《みき》いく久《ひさ》いく久《ひさ》」と謡った。大祭式と酒まつりにのみ奉奏《ほうそう》される神楽「杉の舞」は最も格式の高い荘重な神楽とされ、今もこの歌が謡われている。

「三輪の祝」も有名であった。「祝の山」「祝の杉」などともうたわれ、いかに神職が一心に大神に仕えていたかがしのばれる。

丹波大女娘子は、慕っているのになぜ君と結ばれぬのかと、自分に問う形でうたっている。このあとに家持の「娘子《をとめ》に贈る歌七首」がつづく。その一首。

千鳥鳴く佐保の河門《かはと》の清き瀬を馬うち渡し何時か通はむ（巻四・七一五）

家持は二十代前半であろうか。ひたひたと忍び寄る憂愁を封じ込めて、丹波大女娘子との恋に束の間の炎を燃え立たせていたかにみえる。若い時であった。

次に柿本人麻呂歌集から二首。

我が衣色《ころも》どり染《そ》めむ味酒《うまさけ》三室《みむろ》の山は黄葉《もみち》しにけり（巻七・一〇九四）

味酒《うまさけ》の三諸《みもろ》の山に立つ月の見が欲《ほ》し君が馬の音《おと》そ爲《す》る（巻十一・二五一二）

三室山の見事な黄葉。君との逢瀬に引き出された三諸山の月。美しく、厳粛で、ロマンチックではないか。

「舎人皇子《とねりのみこ》に献る歌二首」の一首。

春山は散り過ぐれども三輪山はいまだ含《ふふ》めり君待ちかてに（巻九・一六八四）

この歌は歌集歌かどうか今一つ不確かなのだが、私は人麻呂の歌と解したい。舎人皇子は、『日本書紀』の編者として名高い人だ。人麻呂は皇子を春の三輪山へ誘っていたのだろうか。

ちなみに舎人皇子は、後世の称賛とは裏腹に、苦難の道を歩んだ人だったようだ。彼は『日本書紀』の編纂を、罪の意識におびえながら成し終えたかにみえるのである。法隆寺の背後の松尾山に松尾寺（大和郡山市）がある。『略記』（寺発行）などによると、舎人皇子は松尾山にこもり、『日本書紀』の成就と、自らの厄除けを祈願。養老二（七一八）年に奇瑞《きずい》があったため松尾寺を建てたというのである。

人麻呂との春の邂逅は、いつ頃のことだったのだろう。三輪山を仰ぎながら、二人は何を語り合っただろうか。

長屋王《ながやのおおきみ》にも、ひときわ照り輝く三輪山の黄葉を詠んだ歌がある。

味酒《うまさけ》三輪の祝《はふり》の山照らす秋の黄葉《もみち》の散らまく惜しも（巻八・一五一七）

長屋王は高市皇子の子。不比等没後一時代を画するが、藤原氏に計られ神亀六（七二九）年、自殺に追いやられた。悲運の人であった。時に五十四歳。

長屋王は「三輪の祝の山」と詠んでいる。大神に仕える祝とも懇意だったのかもしれない。

三輪山は『古今和歌集』にも姿が見える（新編日本古典文学全集、小学館、以下同）。紀貫之に「春の歌とてよめる」という印象的な一首がある。

三輪山《みわやま》をしかも隠《かく》すか春霞《はるがすみ》人に知られぬ花や咲くらむ（巻二・九四）

額田王の「三輪山をしかも隠すか雲だにも」を思い出すが、紀貫之は春霞が三輪山を隠しているると言って残念がっているのではない。その奥には「人に知られぬ花」が咲いているのだろう、というのである。

紀貫之であるが、紀氏は五十猛《いたける》命（スサノオの次男）を祖とする出雲族であり、ニギハヤヒの大和国建設には大きな役割を果した。ところが、そうした紀氏の歴史もまた、「記紀」では消されてしまったのである。貫之は終生、癒しがたい憂愁と連れ立ってきたにちがいない。

ところで、「人に知られぬ花」とは、どんな花であろうか。それは大神を讃えて咲く、孤高の花であろう。そしてまた、それは貫之の心の奥深く咲く、祈りの花でもあったのではないか。

『古今集』にはもう一首、不思議な歌が載っている。

わが庵《いほ》は三輪《みわ》の山もと恋《こひ》しくはとぶらひ来《き》ませ杉《すぎ》立てる門《かど》（巻十八・九八二）

私の庵は三輪山の麓。杉の立っている門ですよ。恋しくなったら訪ねてきてください、というのである。

「よみ人しらず」の歌だが、いつしか三輪大神の「神詠」と伝えられてきた。あたかも悲憤の大神の絶唱とも言うべき歌ではないか。時代をこえて人々の心を捉えてきた古今伝授秘伝歌である。

第六章　伊予の温泉の歌

舞台を伊予の温泉に移したい。額田王《ぬかたのおおきみ》のあの有名な歌を思い出すからだ。

⑴　額田王の歌

熟田津《にきたつ》に船乗《ふなの》りせむと月待てば潮《しほ》もかなひぬ今は漕《こ》ぎ出でな（巻一・八）

船出しようと月を待っていると、潮の具合もよくなってきた。さあ漕ぎ出そうというのである。勇壮な気迫と緊張に満ちた歌だ。熟田津は道後温泉近くの三津浜（松山市）とも言われている。『日本書紀』によると、斉明天皇は百済《くだら》の救援要請に応じ新羅《しらぎ》遠征を決意。天皇自らが率いる遠征軍は斉明七（六六一）年一月六日難波を進発。筑紫へ向かう前に寄り道して一月十四日に伊予の熟田津の石湯行宮（道後温泉）に停泊した。そして二か月余の滞在の後、いよいよ筑紫へ向かうことになった。この歌は、その時の船出の歌である。

ちなみに熟田津を船出した一行は、三月二十五日に娜大津《なのおおつ》（博多港）に到着。斉明天皇は磐瀬《いわせの》行宮《かりみや》に滞在している。そして五月九日に朝倉　橘　広庭　宮《あさくらのたちばなのひろにわのみや》に遷《うつ》ったのだが、ここで悲劇が起きた。斉明天皇は七月二十四日に朝倉宮で崩じたのである。

こうしてみると、遠征軍は前途に待ち受ける悲劇を知る由もなく、額田王の雄々しい歌とともに伊予の港から出立したことになる。

(2) 伊予の温泉とは何か

ここで、おそらく誰もが不思議に思うのは、決意も新たに新年早々難波から出発した遠征軍が、なぜ途中寄り道してまで伊予の温泉へやって来たのか、ということだろう。いったい、伊予の温泉とはどういう所だったのか。

実は斉明天皇にとってここは思い出の地であった。舒明十一（六三九）年、当時皇后であった斉明は、天皇と一緒に伊予温湯宮に行幸している。そうだとすると亡き夫をしのんで、かつての思い出の地に立ち寄ったかにみえる。しかし、この切迫した遠征に向かう折に、そんな心の余裕などあっただろうか。それに、そもそも舒明天皇はなぜわざわざ遠い伊予の温泉までやって来たのか、ということが疑問になってくる。

ここで注目したいのが『風土記（逸文）』の「伊予国」の記事である。天皇方の伊予の湯の行幸が五度あるという。景行天皇と八坂入姫、仲哀天皇と神功皇后、聖徳太子、舒明天皇と皇后、斉明天皇と後の天智・天武で行幸五度という。そうだとすると、舒明天皇の前にすでに三度の行幸があったことになる。いったい、彼らはなぜこんなにも度々この地を訪れたのか。

【松山市の神社】

私は思う。久米氏・大伴氏の所でもみたように、それはやはり伊予が強力な土豪の地であり、出雲族の進出によって早くから開け、「そらみつ大和の国」以来の軍事の要衝だったからであろう。松山市の神社を訪ねるだけでもそれがわかる。その祭神は、ほぼ大山積《おおやまつみの》（祇）命《みこと》と饒速日命《にぎはやひのみこと》で占められているのだ。

大山積命は瀬戸内海の大三島に鎮座する大山祇《おおやまずみ》神社の祭神であり、スサノオの神名と解されることが多い。妃の稲田姫一族の姿が見えるのも、それ故であろうか。まず出雲岡（崗）神社（湯神社と共に鎮座）の祭神が奇稲田姫命。忽那《くつな》七島鎮守の八幡神社（温泉郡中島町、現・松山市）も上代に忽那の島に到来し定住した人々が稲田姫を祀ったのが始まりとされ、のちに忽那一族は島の水軍の長として南海の豪族となっている。

一方、「そらみつ大和の国」とのつながりを示すのはニギハヤヒである。たとえば諸山積《もろやまづみ》神社。初め物部氏が饒速日命・神八《かむや》井耳命《いみみのみこと》を祀ったが、のちに越智氏が大山積命を合祀したという。

さらに国津《くにつ》比《ひ》古命《このみこと》神社。古くは「櫛玉饒速日命《くしたまにぎはやひのみこと》神社」と称し、祭神は天照国照彦天火明櫛玉《あまてるくにてるひこあめのほあかりくしたま》饒速日尊《にぎはやひのみこと》・宇摩志麻治命《うましまちのみこと》。応神天皇の頃に風早の国造に任ぜられた物部阿佐利の創祀と伝わっている。隣りの櫛玉比売命《くしたまひめのみこと》神社の祭神は天道日女命《あめのみちひめのみこと》・御炊屋姫命《みかしきやひめのみこと》。それぞれ天香山命《あめのかやまのみこと》（尾張氏・海部氏）、宇摩志麻治命（物部氏）の母神である。

興味深いのは正八幡神社だ。現在地の八幡山は、御霊山（日の神を祀る）、月の社（月の神を祀る）、御串《みくし》の社（櫛玉神・饒速日命を祀る）の三つの森が存在したので名を知られるという（以上『神社名鑑』『愛媛県の地名』）。日神・月神と親し気に鎮座する饒速日命の姿を記憶にとどめておきたい。

ところで、ちょっと気になるのが「月」。松山の神社には、なぜか「月」が寄り添っているようなのだ。八幡山の「月の社」、阿沼美《あぬみ》神社の「月読神」。湯《ゆ》神社は「湯月大明神」とも称した。

そこで思い出すのが額田王の歌。「熟田津に船乗りせむと月待てば」というのだから、月夜の船出であった。夜の船出は天平八（七三六）年、新羅に派遣された使者の歌（巻十五・三五九九）にも見える。あるいは伊予の熟田津の船出は、月の出と潮の具合や、

大山祇神社

月にちなむ何らかの故事の関係で、古くから月夜の船出が慣例だったのかもしれない。月神の姿は、それを語っているようでもある。

【景行天皇から聖徳太子まで】

五度の行幸を見てみたい。

トップを切って伊予の湯を訪れたという十二代景行天皇であるが、自ら軍隊を率いて大掛りな九州遠征に出かけている。大分県竹田市の周辺では激しい戦闘が繰り広げられたようで、禰疑野《ねぎの》神社（竹田市）など景行ゆかりの社は多い。おそらく遠征に先立って伊予へ入り、援軍を要請したのではないか。湯神社の創祀が景行天皇と伝わっている。

次に伊予の湯を訪れた十三代仲哀天皇と神功皇后の来湯の目的も、三韓遠征などの軍事支援にあったことは間違いない。

伊佐爾波《いさにわ》神社は行在所の旧跡に勧請したとされる。朝日八幡神社も行在所の跡に持統天皇の時代に地主神を祀ったといい、社宝に「人丸木像」がある。玉生《たまう》八幡大神社（伊予郡松前町）は、神功皇后が三韓より還幸の際に御佩玉を久斯美玉と称して納め、郡司が奉祭したと伝わっている（以上『神社名鑑』）。

では、聖徳太子の伊予来湯はどうであろう。太子は法興六（五九六）年十月、伊佐爾波の岡に碑文を建てたという。『風土記』によると、温泉や傍らの大きな椿の樹や、毎朝鳴く鳥の声などを讃美し、この素晴らしい地を忘れずに大切にして政治を行っていく、といった趣旨のものだったようで、伊予の湯をことのほか讃美している。休養に訪れたのだろうか。まさかそうではあるまい。来湯の翌年には新羅に遣使しているのだから、やはり神功皇后らと同様、新羅遠征のための軍事要請だったと思われる。

欽明天皇五六二年に任那《みまな》日本府が新羅に滅ぼされて以来、新羅遠征は大和朝廷の懸案事項だった。五九二年に推古天皇が即位し、太子は摂政となった。伊予来湯はその三年後である。翌年新羅に遣使。推古八（六〇〇）年につづき、同十年再び遠征軍を起こしたが将軍の来目皇子《くめのみこ》が筑紫で病没し、目的は叶わなかった。

こうしてみると太子は、摂政になると同時に、果敢に新羅遠征に取り組んでいる。だから景行天皇以来の軍事の要衝である伊予を、自らわざわざ訪れたのであろう。碑文を伊佐爾波の岡に立てたのも、太子がいかにこの地に願いを託していたかを示す証と解することもできよう。

だが、五八七年に蘇我馬子と共に物部守屋を滅ぼした太子である。この地での軍事要請が景行天皇や神功皇后のように首尾よく行ったとは考えられない。遠征軍の二度の挫折はそれを示唆しているとも言える。

太子は伊予国を自ら訪れてみて、長い時が育んできたそらみつ大神と豪族たちとの根強い絆を直に感じ取り、彼らを支配することの難しさを改めて知ったのではないか。天皇の命令と法の力で彼らを動かすことが出来るならばどんなによいか。こうして、悩める太子の脳裏に浮かんできたのが日向族のアマテラスを旗印とする、全く新たな建国の構図だったとしても不思議ではない。

【舒明天皇と皇后】

四度目の舒明天皇と皇后は、舒明十一（六三九）年十二月十四日行幸、四か月ほど滞在している。聖徳太子より四十三年後であるが、やはり太子の遺志を継いだ新羅遠征のための軍事要請だったと思いたい。『風土記』によると、天皇の御殿の戸口近くに椹《むくのき》と臣《おみ》の木とがあり、鵤《いかるが》と此米《しめ》とが集い止まったので、天皇は聖徳太子の碑文に思いをはせて、この鳥のために枝に稲穂などを掛けて養われたという。

一見、伊予の湯での優雅な保養とでもいうようなムードだが、実情はそうではなかった。天皇直々の訪問にもかかわらず、要請は首尾よく運ばなかったらしい。それを示唆するのが「高市岡《たけちのをか》本宮《もとのみや》に天の下知らしめしし天皇の代」、即ち舒明天皇の代の歌として万葉集に載る「讃岐国安益《さぬきのくにあやのこ》郡《ほり》に幸《いでま》しし時、軍王《いくさのおほきみ》の山を見て作る歌」（巻一・五）だ。

「山を越して来る風に衣の袖が吹きかえるので、帰るという言葉を思い、家に帰ることばかり思われる」という長歌につづいて、反歌が添えられている。

山越《こ》しの風を時じみ寝《ぬ》る夜おちず家なる妹《いも》を懸《か》けて偲《しの》ひつ（巻一・六）

軍王《いくさのおおきみ》は伝不詳。「讃岐国安益郡」への行幸というのも不審であり、編者は左注に、あるいはここから伊予の温湯へ廻られたのであろうかと記しているが、ともあれ軍のスペシャリストとして同行したのであろう。

それにしても軍王の望郷の念の何と激しいことか。いささか異様に思える軍王の郷愁は、やはり長い滞在にもかかわらず成果ははかばかしくなかったことなど、軍王がわざわざ出向いてきた甲斐がなかったといった虚無感とでも言おうか、そんな諸々の思いが彼を故郷へと駆り立てたのではなかったか。

【斉明天皇】

さて、ここまで辿ってきた今、もはや斉明天皇の来湯の目的は明らかであろう。景行・神功・太子・舒明につづいて最後に登場し、悲劇的な幕を閉じたのが斉明だったのである。

最初に述べたように、天皇は斉明七（六六一）年七月二十四日、朝倉宮で崩じている。聖徳太子の時の将軍、来目皇子《くめのみこ》の死を思い出させるが、斉明天皇の死は尋常ではなかったらしい。『日本書紀』によると、朝倉社の木を斬り払って宮を造ったために神が忿《いか》って殿を壊し、宮の中に鬼火が現われたので死ぬ者が多かったという。朝倉社の神の祟りとしか思えぬ不審死だったのだ。

それにしても衝撃的な斉明天皇の死である。背景には急速な時流の変化に不満を抱く、筑紫の豪族たちの不穏な動きがあったのではないか。とすれば遠征軍は新羅と戦う前に、古くからの豪族たちに敗れたと言ってもよいだろう。天智二（六六三）年、白村江《はくすきのえ》の会戦で日本軍は大敗し、百済は滅亡。天智天皇は防備を固める一方、大津宮に遷都したのであった。

振り返ってみれば斉明と天智は、神功・欽明以来の半島経営という、いわば「そらみつ大和の国」の「遺産」を必死に守ろうとしたのであった。だが、太子に端を発した天皇制律令国家への歩みは、豪族たちの反感を呼び、十分な協力を得られなかった。それればかりか遂には天皇の死という大きな犠牲を払い、虚しく「遺産」を失ってしまったのである。

「天皇制律令国家」と「そらみつ大和の国」の闘いは、ともに血みどろであった。前者が後者を葬り去るには、多大な返り血を浴びずにはいられなかった。そう言えるだろうか。

こうしたプロセスを共に経た天武天皇は、壬申の乱で勝利を収めると新生国家プランを強力に推し進めていく。こうして古来のさまざまな「遺産」は息の根を止められ、消え去っていくのである。伊予の湯も、もはや不要であった。それは強力な勢力を誇った「そらみつ大和の国」の軍事基地と、この地方の豪族たちの受難の始まりでもあったのである。

今、このように辿ってみると、あの額田王の勇壮な船出の歌は複雑な相貌を帯びてくる。

それは、栄光の歴史に彩られた「熟田津」への、最後の讃歌だったのだろうか。それとも、最初の挽歌だったのだろうか。

⑶　山部赤人の歌

いつの頃か、山部赤人が伊予の温泉へやってきたらしい。「伊豫の温泉《ゆ》に至りて作る歌一首」がある。

皇神祖《すめろき》の　神の命《みこと》の　敷きいます　國のことごと　湯はしも　多《さは》にあれども　島山の　宜《よろ》し
き國と　こごしかも　伊豫の高嶺《たかね》の　射狭庭《いざには》の　岡に立たして　歌思《おも》ひ　辭思《ことおも》はしし　み湯
の上《へ》の　樹群《こむら》を見れば　臣《おみ》の木も　生《お》ひ継ぎにけり　鳴く鳥の　聲も変らず　遠き代に　神《かむ》
さびゆかむ　行幸處《いでましどころ》　（巻三・三二二）

反歌
ももしきの大宮人《おほみやひと》の飽田津《にきたつ》に船乗《ふなのり》しけむ年の知らなく　（同・三二三）

赤人がいつ、何の目的で伊予の温泉を訪れたかは定かでない。ともあれ彼は、いつの日にか伊予の温泉を訪れ、甚だ感激深い歌を残したのである。

伊予の岡に立った赤人は、聖徳太子の故事に思いをはせ、うたう。太子が伊予の高嶺の射狭庭《いざにわ》の岡に立って歌や言辞を考えたという温泉の樹立の群れを見ると、臣《おみ》の木も生い茂り、鳴く鳥の声も変わっていない。遠き代まで、永く神々しい姿を保っていくであろう行幸処《いでましどころ》である、と。そして反歌では、額田王の歌をしのび、大宮人が船出したという昔は、もはやいつのことかわからなくなってしまった、とうたうのである。

伊予の温泉を訪れた赤人の脳裏を去来するのは、かつて、はるばるこの地へやって来た聖徳太子や舒明天皇、斉明天皇らの姿であった。赤人は、彼らが伊予の温泉へやって来たのは「島山の宜《よろ》しき国」であったからとうたっているが、もちろん、知っていたはずである。なぜ彼らがこの湯を訪ねて来たのかを。

【山部氏の故郷】

実はこの辺りは、赤人の故郷でもあったのである。

山部氏の先祖は伊予来目部小楯《くめべおだて》と言い、二十代安康天皇に殺害された市辺押磐皇子の子、憶計《おけ》王・弘計《をけ》王（仁賢・顕宗天皇）が播磨の国に隠れていたのを発見した功績により「山部」の氏名を賜わったとされる。「来目部」は伊予国に久米郡があるので、小楯は伊予の来目（久米）郡の出身だったのではないかという。松山市近郊にかつてあった群集古墳は古くから来目部小楯の古墳と伝えられ、播磨塚と呼ばれたという。こうしてみると、どうやら赤人もまた、久米氏・大伴氏と同じく、親・ニギハヤヒ系氏族に連なる人だったようである。

さて、そうだとすると赤人は、先祖の故地を訪ねたことになる。赤人の伊予の温泉への思い入れが、尋常ではなかったことだけはたしかであろう。

赤人の生没年は不詳だが、年代のわかる最も古い歌が神亀元（七二四）年、最後の歌が天平八（七三六）年とされる。私は伊予の歌を藤原不比等（六五九―七二〇）存命中の歌と考えているのだが、仮りに七二〇年頃とすれば、赤人が伊狭庭の岡に立った時には、太子の来湯からはおよそ一二四年、斉明天皇の船出からは六十年近くの時が流れている。

赤人は思ったであろう。往古の大和の国の要衝であった故郷の温泉は今、静かにたたずんでいる。悲壮な覚悟でこの地を訪れた太子や天皇も、みな世を去っていった。すべては遠いまぼろしではないか。

だが、赤人は思い直す。ゆかりの森の木々は生い繁り、鳥の声も変わらない。たしかに、ここは「行幸處」だったのだと。

ここで改めて赤人の歌を読み返すとき、密やかにただよう往古の伊予への哀惜に気づく。「遠き代に神さびゆかむ行幸處」という結びは、それを強く感じさせる。行幸の地が遠き代まで神々しい姿を保っていってほしいという願いには、伊予という「歴史の故地」への深い思いが込められてはいないだろうか。

そう解するならば、この歌は少し音色が複雑になってくる。太子たちの来湯をしのぶ鎮魂の音色にもう一つ、古《いにしえ》の「歴史的舞台」であった、伊予の温泉への鎮魂の音色が聞こえてくる。

赤人の伊予の温泉の歌は、私には哀しみの二重奏のように聞こえる。

第七章　赤人の二重奏

しばらく山部赤人の歌を辿りたい。まずは伊予から、旧き都・明日香へ――。

(1) 神岳に登りて作る歌

万葉集で「伊豫の温泉《ゆ》に至りて作る歌」の次に載っているのが、「神岳《かむをか》に登りて、山部宿禰赤人の作る歌一首」である。

三諸《みもろ》の　神名《かむな》備《び》山《やま》に　五百枝《いほえ》さし　繁《しじ》に生《お》ひたる　つがの木の　いや継ぎ継ぎに　玉かづら
絶ゆることなく　ありつつも　止《や》まず通はむ　明日香《あすか》の　舊《ふる》き京師《みやこ》は　山高み　河雄大《とほしろ》し
春の日は　山し見がほし　秋の夜《よ》は　河し清《さや》けし　朝雲《あさくも》に　鶴《たづ》は乱れ　夕霧《ゆふぎり》に　河蝦《かはづ》はさわ
く　見るごとに　哭《ね》のみし泣かゆ　古《いにしへ》思へば（巻三・三二四）

反歌

明日香河川淀《あすかがはよど》さらず立つ霧の思ひ過ぐべき恋にあらなくに（同・三二五）

【わが心の明日香】

赤人はうたう。常にやまず通いたいと思う明日香の旧都は、山が高く、河は雄大で、春の日は山が美しく、秋の夜は河音がさやかだ。朝雲に鶴は乱れ舞い、夕霧に河蝦《かわず》はしきりにさわいでいる。それを見るたびに涙があふれてくる。古《いにしえ》を思うから。

そして、念を押すように付け加えるのである。自分が旧い都に寄せる恋心は、明日香川の川淀ごとに立っている霧がやがて消え去ってしまうように、心から消え去ってしまうような淡いものではないのだ、と。

言うまでもないことだが、ここで赤人は神岳から眺める現実の明日香をうたっているのではない。「古」を思い、涙あふれる赤人の心の眼に映じている明日香、「わが心の明日香」をうたっているのである。

そうだとすれば、いったい赤人の「わが心の明日香」、その源である涙を誘う「古」とは何であったのか、ということになる。いったい「古」に、明日香に何があったのだろうか。なぜ、そのような「明日香の古」が、これほどに赤人を嗚咽させ、明日香への思慕の情をかき立てるのだろうか。

赤人は、それらについて、この歌では何も語らない。だが彼は、どこかで語っているのではな

山部赤人（『國文学名家肖像集』）

いだろうか。だからこそ、心ある人にはわかるだろうという思いを込めて、これほどの絶唱をうたったのではないか。

そう思う時にふたたび浮かび上がってくるのが「伊豫の温泉《ゆ》に至りて作る歌」である。最初に言ったように、明日香の歌は伊予の歌の次に出てくる。一見すると、歌の舞台が移っただけのようでもあり、同じ赤人の歌ということで、それに作歌年もこの順だったから並べて置かれたのだろう、と軽く考えがちである。

だが、果してそうだろうか。私は、両歌は密接な関係を持っていると考える。そして編者の家持は、両歌に込めた赤人のメッセージを的確に読み取り、この二首の歌は一組として考えるべきだと解して、伊予の歌につづいて明日香の歌を載せたのだと思うのである。

おそらく赤人は、伊予から帰ってまもなく明日香の歌を詠んだのであろう。その意味では「明日香の歌」は、「伊豫の歌」が前にあって始めて納得ができる。そんな、ある意味不思議な歌と言ってよいのではなかろうか。

【陰の明日香】

さて、そうであれば、赤人の「わが心の明日香」の「古」とは何であったのか。もはや繰り返すまでもないだろう。先ほどみてきたばかりだ。それは、新羅遠征という「そらみつ大和の国」の「遺産」を遂行するために、天皇らがはるばる伊予の温泉から筑紫まで赴き、繰り広げてきた「古」のドラマである。

雄々しく遠征に出かけて行った彼らは、このふるさと明日香の人であり、ここから伊予の温泉へ赴き、さらに斉明天皇は異郷の地で果てたのであった。そして日本軍は大敗し、「遺産」を失ったのである。

赤人は、改めて思う。「遺産」を守るために力を尽くして戦い、敗れ去った明日香の人びと。彼らは、今はふるさとの山河に抱かれ、静かに眠っている。斉明、天智、天武、持統、遠征の途次に生まれた大伯皇女や大津、草壁皇子たち。彼らのふるさと明日香——。

こうして今、神岳に立つ赤人の眼に映じているのは、神と讃えられた天武・持統の「光の明日香」ではない。「そらみつ大和の国」の「遺産」のために戦い、傷つき、力尽きた、いわば敗者であった彼らの「陰の明日香」である。

赤人は、天武・持統が封印した「陰の明日香」に涙し、激しく恋したのである。だから今、明日香は赤人の涙の中で哀しみに彩られ、山も、河も、鶴も、河蝦も、美しく、気高く、謳い上げられたのである。

このように解するならば、この歌は、「陰の明日香」へ捧げられた、類稀なる挽歌ではないだろうか。

(2) 明日香の神名備山とは

ここで少し寄り道をして、「神岳《かむおか》」について考えてみたい。

赤人は、明日香の歌を「神岳に登りて」作ったのであった。そこで、赤人が登った「神岳」はどこか、ということになるのだが、長歌は「三諸の神名備山に」と歌い始めているから、「神岳」は明日香の神名備山だったようである。

私はこれまで、明日香の神名備山といえば甘樫《あまかしのおか》丘だろうと思っていた。明日香を展望するのに最適な丘であり、親しみやすい丘である。ところが、明日香の神奈備山は甘樫丘の他にも雷丘《いかずちのおか》など諸説があって、定まっていないという。

岩波版では「神岳」を「雷岳」としている。雷丘は、飛鳥川を挟んで甘樫丘と向かい合う一〇メートルほどの小丘である。北に雑木林、南は竹林という。

以前、わが国最初の尼僧、善信尼ゆかりの向原寺（旧豊浦寺）を訪ねたことがあった。飛鳥史料館からまっすぐ西へ向かい、雷丘のすそをぬけ、飛鳥川を渡ると豊浦になる。向原寺は飛鳥川近くにあった。今にも雨の降り出しそうな空模様のせいもあってか、雷丘はこんもりとした黒い塊のように見えた。この時の印象が強いのか、雷丘が神名備山だという実感が湧かない。赤人がこの丘に登って明日香をしのんだといわれても違和感があるのだ。

【神名火の歌】

歌に詠まれた「明日香の神名備山」は、四季折々の木々や花に包まれた、温かな人の息遣いが聞こえてくるような山である。

葦原の　瑞穂《みづほ》の國に　手向《たむけ》すと　天降《あも》りましけむ　五百萬《いほよろづ》　千萬神《ちよろづかみ》の　神代より　言《い》ひ續《つ》ぎ
来《きた》る　神名火の　三諸《みもろ》の山は　春されば　春霞立ち　秋行けば　紅《くれなゐ》にほふ　神名火の　三諸
の神の　帯にせる　明日香《あすか》の川の　水脈《みを》速《はや》み　生《お》ひため難き　石枕《いはまくら》　蘿生《こけむ》すまでに　新夜《あらたよ》の
さきく通はむ　事計《ことはかり》　夢《いめ》に見せこそ　劒刀《つるぎたち》　斎《いは》ひ祭れる　神にし坐《ま》せば（巻十三・三二二七）

反歌

神名火《かむなび》の三諸《みもろ》の山にいつく杉思ひ過ぎめや蘿生《こけむ》すまでに（同・三二二八）
斎串《いくし》立て神酒《みわ》坐《す》ゑ奉《まつ》る神主部《かむぬし》の髻華《うず》の玉蔭《たまかげ》見れば羨《とも》しも（同・三二二九）

作者不詳の歌であるが、この歌の「神名火の三諸の山」は、春霞や黄葉の美しい山である。

それにしてもこの歌、杉や神酒などの三輪大神のシンボルが詠み込まれていて、「三諸の神の帯にせる明日香の川」がなければ、あの桜井の三輪山と間違うほどだ。明日香の「神名火の三諸の神」が三輪大神として信仰されていたことを、何と鮮やかに告げている歌であろうか。

幣帛《みてぐら》を　奈良より出《い》でて　水蓼《みづたで》　穂積に至り　鳥網《となみ》張る　坂手を過ぎ　石走《いはばし》る　神名火山《かむなびやま》に
朝宮に　仕へ奉《まつ》りて　吉野へと　入り坐《ま》す見れば　古《いにしへ》思ほゆ（同・三二三〇）

反歌

月日《つきひ》は行きかはれども久《ひさ》に経《ふ》る三諸《みもろ》の山の離宮地《とつみやところ》（同・三二三一）

やはり作者不詳の歌である。都が平城京へ移った後に、わが君のお供をして吉野へ同行した際の歌であろうか。興味深いのは作者が神名火山の「朝宮」に奉仕していることだ。この「朝宮」は「三諸の山の離宮地」として、すでに久しい年月を経てきたらしい。

こうしてみると、これらの歌から浮かぶ明日香の神名火の三諸の山は、人々に愛された山であり、山には古くから離宮があり、人々はあの桜井の三輪山のごとく信仰していたことが知られよう。

【甘樫丘】

ここで甘樫丘である。甘樫丘は本来、一四八メートルの豊浦山一帯を指すが、現在では東北方最高の丘を甘樫丘と称し、その西に連なる丘尾に甘樫坐《あまかしにいます》神社（大字豊浦）が鎮座している。十九代允恭天皇は天下の氏姓の乱れを愁い、ここに探湯瓮《くかへ》を据えて盟神探湯《くかたち》を行い氏姓を定めたとされる。

甘樫坐神社は湯起請の神といわれ、武内宿禰が祀ったものだという。現在でも豊浦・雷両大字が氏子となり、例祭には故事にちなんで盟神探湯の儀が行われている（『奈良県の地名』他）。

ほぼこれが甘樫丘のプロフィールであるが、甘樫丘が神名備ならば三輪大神（大物主神）が鎮座しているはずではないか。そう思われるのだが、現在の甘樫坐神社の祭神は大禍津日神他で、大物主神の姿はない。しかしどうだろう。天武天皇が明日香に都を置いてから祭神が改変され、近くの鳥形山の飛鳥坐《あすかにいます》神社を巻き込んで手が加えられたのではないだろうか。

調べてみると、その形跡があるようなのだ。飛鳥坐神社の祭神の中に大物主神の名が見える。そして鳥形山は飛鳥の神名備とも言われてきたのである。『西国名所図会』の飛鳥坐神社の図を見ると、鳥形山の頂上にはびっしり小祠が並び、その右端の大きい祠の上に「三輪出雲」と記載がある。大物主神にまつわる複雑ないきさつを語っているようで私には興味深い。

【瑜伽神社と飛鳥の神名備】

ところで、実は甘樫丘にとって決定的な証拠とでもいうような、一つの史実に出会ったのである。それは甘樫坐神社と奈良市の瑜伽《ゆうが》神社にまつわる行事である。甘樫坐神社の「盟神探湯」に対し、瑜伽神社では一月一日に「御湯立式」が行われるというのだ。これは上代、正邪をさばくため、神に誓って熱湯に手を入れさせたという盟神探湯に由来するという行事で、盟神探湯の遺風である湯起請が、神楽の形に変わったものとされる（『奈良の年中行事』市発行・小冊子）。

ちなみに瑜伽神社は、平城遷都とともに平城飛鳥の鎮護の神として奉祀したのに始まり、元来飛鳥神奈備に鎮座されたので元宮に対し今宮と称していたが、中世興福寺勢力下にあって社名を瑜伽とし、境内地の飛鳥山も瑜伽山と変わったという（『神社名鑑』）。祭神は宇賀御魂《うがのみたま》神であるが、おそらく後世の改変であろう。神紋の「裏菊」もなにやら暗示的である。

ともあれ瑜伽神社は、平城飛鳥神名備に「今宮」と称して鎮座したというのである。元宮と今宮、盟神探湯と御湯立式。こうしてみると「明日香神名備」は、やはり甘樫丘ということになるのではなかろうか。

飛鳥寺付近の古名に真神原《まがみはら》がある。ここから見る甘樫丘は三輪山のような円錐形を成しているといわれる。

三諸《みもろ》の　神名火山ゆ　との曇《ぐも》り　雨は降り来《き》ぬ　雨霧《あまぎ》らひ　風さへ吹きぬ　大口の　眞神《まかみ》の原ゆ　偲《しの》ひつつ　帰りにし人　家に到りきや（巻十三・三二六八）

作者不詳歌であるが、「三諸の神名火山」から一気に天気が崩れ出してきた日の情景が、目に浮かぶようではないか。

以上から私は、赤人がある日登って「古《いにしへ》」に思いをはせたという「神岳《かむおか》」は、やはり甘樫丘ではなかったかと思ってみるのである。

⑶ 不盡山の歌

赤人といえば、やはり思い出すのは百人一首でおなじみの富士の歌であろう。巻第三に「山部宿禰赤人《やまべのすくねあかひと》、不盡山《ふじのやま》を望《みさ》くる歌一首」がある。

天地《あめつち》の　分《わか》れし時ゆ　神《かむ》さびて　高く貴き　駿河《するが》なる　布士《ふじ》の高嶺《たかね》を　天《あま》の原　振《ふ》り放《さ》け見れば　渡る日の　影《かげ》も隠《かく》らひ　照る月の　光も見えず　白雲《しらくも》も　い行きはばかり　時じくそ　雪は降りける　語り継ぎ　言ひ継ぎ行かむ　不盡の高嶺は（巻三・三一七）

反歌

田兒《たご》の浦ゆうち出《い》でて見れば眞《ま》白《しろ》にそ不盡の高嶺に雪は降りける（同・三一八）

この歌は、おそらく東国への旅の道で赤人が偶然に遭遇した、雪の降り積むある日の不盡山を詠んだのであろう。だが彼は、その折の感動をただ単に素直にうたっただけだろうか。私にはそうは思えない。

私は赤人の歌を調べているうちに、赤人の歌の多くが、二重奏ともいうべき複雑な音色を帯びていることに気がついた。そして、この不盡の歌も、まさにこの歌こそ、赤人の真骨頂ともいうべき二重奏の歌の典型ではないかと思うようになったのである。背景には私の自説「伝承が語る神々」が絡んでおり、また梅原猛氏の『さまよえる歌集』（集英社）の第五章「富士と天皇制」に心ひかれたこともあって、いささか大胆すぎる見方かもしれないが、記しておきたい。

【虫麿の不盡山の歌】

まず注目したいのが、赤人の歌につづく、左注に「高橋連蟲麿の歌の中に出づ」とある「不盡山を詠《うた》ふ歌一首」である。編者が親切に並べて載せてくれたように、赤人の「不盡山の歌」を語るにはどうしても不可欠な歌である。

高橋虫麿は赤人とほぼ同じか、やや先行する奈良時代初期の歌人とされている。『新撰姓氏録』によると饒速日命《にぎはやひのみこと》を遠祖とする子孫であったようで、私には興味深い人でもある。

なまよみの　甲斐《かひ》の國　うち寄する　駿河《するが》の國と　こちごちの　國のみ中ゆ　出で立てる　不盡《ふじ》の高嶺《たかね》は　天雲《あまくも》も　い行きはばかり　飛《と》ぶ鳥も　飛びも上《のぼ》らず　燃ゆる火を　雪もち消《け》ち　降る雪を　火もち消《け》ちつつ　言ひもえず　名づけも知らず　霊《くす》しくも　います神かも　石花《せ》の海と　名づけてあるも　その山の　つつめる海そ　不盡《ふじ》河と　人の渡るも　その山の　水の激《たぎ》ちそ　日の本の　大和《やまと》の國の　鎮《しづめ》とも　座《いま》す神かも　寶とも　生《な》れる山かも　駿河なる　不盡の高嶺は　見れど飽かぬかも（巻三・三一九）

反歌

不盡《ふじ》の嶺《ね》に降り置く雪は六月《みなづき》の十五日《もち》に消《け》ぬればその夜《よ》降りけり（同・三二〇）

不盡の嶺を高み恐《かしこ》み天雲もい行きはばかりたなびくものを（同・三二一）

赤人の歌も虫麿の歌も、ともに気高く貴い不盡山をうたっている。だが、二人の作歌の姿勢には根本的な違いがある。

まず虫麿の歌であるが、どうだろう。不盡山を目の当たりにした時、大方の人はまず思うのではないか。何と神々しい！　どう表現したらよいか、とても一言では言い尽くせない。後世の画家たちも、葛飾北斎など富嶽百景を描いた。それほど描いても描き切れない不盡の山。こうしてみると、虫麿の歌には誰もが共感するのではないだろうか。

虫麿の歌はいう。不盡山は甲斐と駿河の国の真中にそびえ立ち、天雲も行くことをはばかり、飛ぶ鳥も飛び上がらず、燃ゆる火を雪で消し、降る雪を火で消しつつ、言いもえず、名づけも知らず、霊妙な神の山である。まさに「日の本の　大和《やまと》の国の　鎮《しずめ》とも　座《いま》す神かも　宝とも　生《な》れる山かも」。そして、「駿河なる　不盡の高嶺は　見れど飽かぬかも」と結ぶのである。さらに反歌では、不盡山にちなむ伝承を詠み、不盡の嶺が高くて恐れ多いので、天雲もはばまれてたなびいている、とうたっている。

虫麿の歌には、不盡山の言い尽くせぬ魅力を何とか伝えたいという思いがこもっている。これだけ語っても、まだ語り足りない。作者は、そう思ったことだろう。だから長歌の最後を、「見れど飽かぬかも」と結ばずにはいられなかった。それこそ、百聞は一見に如かず、である。虫麿の歌は、要するにそれが不盡山だと、言っていることになる。

【赤人の歌】

では、赤人の歌はどうだろう。彼ははっきりと、「語り継ぎ　言い継ぎ行かむ　不盡の高嶺は」と結ぶ。虫麿の歌のように、不盡の山は言い尽くし難い魅力に富んでいて「見れど飽かぬかも」と言うのではない。不盡の山はいつまでも神々しい。「語り継ぎ、言い継いで行こう」と言うのである。それは赤人が、不盡という山の神髄を見たからであろう。だから、彼のとらえた不盡山の姿をいつまでも語り継ぎ、言い継いで行こうとうたったのである。

そうだとすれば、赤人の心の眼に映じた不盡とは、どういう山なのか。

天地の分れた時から神々しく、高く貴い駿河の不盡山。渡る日の影も隠れ、照る月の光も見えず、白雲も行きとどこおり、つねに雪が降っている。そういう神々しい不盡山である。

何と簡潔な不盡山であろう。虫麿の歌によって、言い尽くせぬ不盡、見飽きぬ不盡に共感していたけれど、赤人は「不盡はつねに雪が降っている山だ」と言うのである。それをいつまでも語り継ぎ、言い継いで行こうというのだ。つまり、不盡は雪！

ところで、ここでやはり気になるのである。これまで見てきたように、赤人の歌は単純ではない。それは二重奏の歌と言ってよかった。そうだとすると、この不盡の歌はどうだろう。単に「雪の不盡山」の賛歌と解するだけでよいのだろうか。

私には、「雪」の主旋律に重なり合うようにして、今一つの旋律が密かに奏でられているように思われる。それは、不盡が有する「大和の鎮護神」という旋律、もしくはテーマである。

【雪と大和の鎮護神】

たとえば赤人は、「渡る日の　影《かげ》も隠《かく》らひ」「照る月の　光も見えず」とうたっている。この「日の影」「月の光」であるが、赤人は単なる自然の日・月としてうたったのだろうか。

私は、赤人の歴史観が込められた、象徴的な日・月だと考える。なぜなら日も月も、古くから日神・月神として仰がれ、いつの頃からか偉大な祖先神に仮託されてきたからだ。松山市の正八幡神社を思い出す。八幡山には御霊山（日の神を祀る）、月の社（月の神を祀る）、御串の社（櫛玉神・饒速日命を祀る）の三つの森があり、日神・月神と饒速日命《にぎはやひのみこと》との深いゆかりを示していた。

　では今、赤人の時代はどうだろうか。この不盡山の歌は赤人の万葉集初登場の歌であり、続いて「伊予の温泉の歌」「明日香の神岳の歌」が載っている。この三作は藤原不比等の存命中の歌ではないかと私は推察しているのだが、だとすれば、まだ『日本書紀』は成立していない。しかし日神は、すでに人麻呂が「日並皇子挽歌」でうたったように、「天照らす日女」とされており、後章で見るように、日神をアマテラスに奪われたニギハヤヒは、月神として広く仰がれていたらしいのである。

　そして、虫麿の歌が不盡山を「日の本の　大和《やまと》の國の　鎮《しづめ》とも　座《いま》す神かも　寳とも　生《な》れる山かも」とうたっているように、すでにこの頃不盡山には「大和の国の鎮護神」という意識が定着しつつあったかにみえる。

　となると、これは厄介な問題である。いつか不盡山に「日神」天照大神が祀られる日が来るかもしれない。そして、それをめぐって「月神」を奉じる人たちとの間に争いが生じることもあるのではないか。そこで赤人は、そうした来るべき時代の動きを意識してこの歌を詠んだのではないかと、私は思うのである。

　彼は不盡山がそうした鎮守神争いに巻き込まれるのを予知し、その渦から不盡を守り抜こうとした。だから赤人は、日にも月にも与しない、いわばそれらを超絶した孤高の不盡をうたったのではないだろうか。

日の影も隠れ、照る月の光も見えず、ただ雪だけが降っている。日も月も押し隠して、ただ雪だけが降り積む不盡山を、語り継ぎ、言い継いで行きたいと念じたのである。この結びには、赤人の強い祈念が込められているように思われる。だから続く反歌で、念を押すように、真白な不盡、雪が降り積む不盡の姿を平明に、力強く謳い上げたのであろう。

日にも月にも勝る、不盡は雪！　赤にも黄にも染まらない真白な不盡こそ、虫麿の歌のいう「大和の国の鎮」、「宝とも生れる山」にふさわしい。赤人の深く隠れた心をこのように解するならば、これは何と見事な答えであろうか。

不盡山には、いつからか神話の木花佐久夜毘売命《このはなさくやびめのみこと》が鎮座してきた。「日の本の大和の国の鎮とも座す神」が木花佐久夜毘売命とは意外な感じがしないでもないが、神話では大山祇神の娘である。大山祇神は、伊豆国一の宮の三嶋大社（三島市）の祭神であり、富知六所浅間《ふちろくしょせんげん》神社（富士市）にも祀られている。この社は五代孝昭天皇二年の創祀といい、十代崇神天皇の時に勅幣を賜わったという古社である（『神社名鑑』）。

時の政権が「天照大神」を堂々と不盡の大神、「日の本の大和の国の鎮」の神とするには、さすがにさまざまな確執があったのかもしれない。

いずれにせよ、不盡の山は日神も月神も拒んだ！　まさに赤人がうたったように「渡る日の影」も「照る月の光」も隠れてしまったのである。

赤人の不盡山の歌は、悠久の時を越え、今日まで人々に愛唱されてきた。人の心は日月に揺れても、真白な雪は消えることなく生きつづけ、「世界遺産」にまでなったのである。赤人の祈念は叶ったと言えるだろうか。

(4) 玉津島の歌

「伊予の温泉の歌」「明日香の神岳の歌」「不盡山の歌」とたどってきた今、私は改めて思う。こうしてみると、赤人は歴史歌人とも言えるのではないか。はっきりと「歴史」を語ることはない。語るのは山や川などの自然の風物であり、それらを「端整」、「清澄」にうたうだけである。しかし赤人は、うたう前にまず歴史を観ている。そうして得た独自の歴史観を深く秘めて対象を見つめ、その歴史観の中に謳い上げる。そうした歌人が赤人ではないか。

それを鮮やかに語るのが、「玉津島の歌」であろう。

若の浦に潮満ち来れば潟《かた》を無み葦邊《あしべ》をさして鶴《たづ》鳴き渡る（巻六・九一九）

神亀元（七二四）年冬十月五日、聖武天皇の紀伊国行幸の折に赤人が作った長歌につづく反歌の一首である。

若の浦に潮が満ちて来て潟が無くなったので、葦辺をさして鶴が鳴きながら渡っていく。鮮やかな情景が浮かんでくる。一幅の美しい画を見るようである。よく引き合いに出されるのが、高市黒人の歌だ。

櫻田へ鶴《たづ》鳴き渡る年魚市潟《あゆちがた》潮干《しほひ》にけらし鶴《たづ》鳴き渡る（巻三・二七一）

「赤人の方は知的・説明的であるが、ひたひたと満ちくるあげ潮に追われて鶴群の葦辺に移動するさまを描く手法には、同語の繰返しによる歌謡的な黒人の技巧が整理されていて、洗練された歌境がうかがわれる」（『万葉集歌人事典』雄山閣）とされる。

そうであろう。しかし、黒人と赤人の歌の決定的な違いは、黒人の歌は画にはならないということだ。そこでは主役の鶴は、日々の日常の中で生きている、いわば無数の鳥たちの一群にすぎない。黒人の目は、そんな鶴の光景を見ている。それは名もなき人々の日常の繰り返しの営みを見る目である。そこには格別な調べも色彩もない。額縁の中にピタッとおさまるような光景ではないのである。

では、赤人の若の浦の鶴は、なぜ美しいのか。それは単に赤人と黒人の技巧の違いなどといったものではない。若の浦の鶴群は、赤人の歴史を観る目によって見られているからである。つまり赤人は、若の浦の鶴群を自らの歴史観の枠組の中で見ている。だから若の浦の鶴群は、赤人の歴史の目に染まって格別の鶴となるのである。

【玉津島の神】

では、赤人が観たのはいかなる歴史だったのか。それは長歌が告げている。

やすみしし　わご大君《おほきみ》の　常宮《とこみや》と　仕へまつれる　雑賀野《さひかの》ゆ　背向《そがひ》に見ゆる　沖つ島　清き
渚《なぎさ》に　風吹けば　白波騒き　潮干《ふ》れば　玉藻《たまも》刈りつつ　神代より　然《しか》そ尊《たふと》き　玉津島山
（巻六・九一七）

赤人は沖つ島の清らかな光景を謳い上げ、「神代より　然《しか》そ尊《たふと》き　玉津島山」と結ぶ。

ここで問題はこの結びである。いったい玉津島山はどのようなところだったのか。なぜ神代からこのように尊い島山だったのだろうか。それはやはり玉津島山には太古から神が祀られていたから、だから尊い島山だったのであろう。

和歌の浦には、いつの頃からか玉津島神社が鎮座していた。祭神は稚日女尊《わかひるめのみこと》・息長足姫尊《おきながたらしひめのみこと》（神功皇后）・衣通姫尊・明光浦霊であるが、神功皇后は、三韓遠征の際に玉津島神の神助があったことから崇敬深く、後に自らも祭神に加わった。衣通姫（十九代允恭天皇の妃）は仁和二（八八六）年の合祀である。

こうしてみると、太古の玉津島の神は稚日女尊一柱だったことになる。玉津島には遠い昔から稚日女尊が鎮座していた。だから尊い島山だったのである。では、稚日女尊とは、いかなる神であろうか。

【稚日女尊】

稚日女尊は「神代紀第七段一書」にちらっとその姿が見える。神衣を織っていた時、素戔嗚尊《すさのおのみこと》の乱暴な仕業によって機《はた》から堕ち、織機で体を傷つけ「神退りましぬ」とある。さらに「神功皇后摂政元年二月条」に、皇后が難波へ帰還の際、務古水門に泊したとき、稚日女尊が「吾は活田長狭国に居らむとす」と神誨したといい、神戸市の生田神社の創始とされている。

どうやら相当の神ではあるらしいのだが、それが不思議なことに『日本書紀』は父祖など何も記すことがなく、系統不明のままの人物なのだ。不審であるが、神社の由緒などが語る彼女のプロフィールは、とても印象的である。

稚日女尊は、「丹生都比売《にぶつひめ》」とも称したようである。神功皇后の新羅遠征の際に稚日女尊が霊威をあらわしたので、応神天皇は紀北の地に丹生都比売神社（伊都郡かつらぎ町天野）を定めた。その関係で応永年間（一三九四―一四二七）頃まで毎年、丹生都比売神社の祭礼に御輿が玉津島まで渡御したという。

丹生都比売神社発行の『略記』によると、丹生都比売神は「丹生明神」とも称し、「丹生都比売大神は稚日女尊（わかひるめのみこと）といい、伊勢皇大神宮にお祀りしてある」という。また丹生都比売は丹の神であり、神功皇后の遠征の際に赤土を示して勝利に導いたといい、織物の祖神でもあり、和歌山県のワカヤマ―ワカノウラ―ワカヒルメ、伊都郡のイト（糸）、みな大神の神恩を忘れないための名称である、ということだ。何と魅力的な女神であろうか。

それにしても丹生都比売神は稚日女尊といい、伊勢の皇大神宮にお祀りしてあるというのである。天照大神は大日孁尊《おおひるめのみこと》とも称する。そうだとすれば大日孁尊に対する稚日女尊――あるいは彼女は外宮《げくう》の豊受《とようけ》大神ではないか、そんな想いがちらついてくる。

ちなみに丹生都比売は空海が敬愛した女神として知られている。空海は弘仁六（八一五）年、丹生都比売神社の境内に曼陀羅庵を建て、真言密教の修法道場とした。そして、当時神社の狩場であった今の高野山にこの庵を移し、金剛峯寺と改め仏教弘布の根本道場とした。そのため丹生都比売は高野山の地主神でもある。

空海の誕生寺として知られる善通寺（香川県善通寺市）の五社明神の中に雲気《くもけ》明神があり、祭神の豊宇気《とようけ》大神は空海とゆかりの深い神と伝えられてきた。丹生都比売はやはり豊受姫の別称と解されてきたようでもある。

大いなる謎に包まれた稚日女尊であるが、天照大神と深いゆかりを有し、丹生明神とも称された格別の女神であったことを、今は記憶にとどめておきたい。

【玉津島行幸】

さて、聖武天皇の玉津島行幸である。神亀元（七二四）年十月五日に大和を出発した聖武天皇は、十有余日玉津島の頓宮に滞在。神社の背後の小高い岩山（奠供山）に登って海を望み、その風土をめで、詔して「弱浜《わかのはま》」の名を「明《あ》光浦《かのうら》」と改名。さらに番人を置いて荒れるのを防がせ、春秋には宮人を遣わし、山海の珍味を捧げて玉津島の神・明光浦之霊をお祭りするよう命じている。そして滞在中に、名草郡の大領を国造とし従三位を与えたり、紀伊国の国郡司などに禄を賜い、百姓の今年の調庸を免《ゆる》したりして、紀伊国に特別な配慮を行ったのであった。

聖武天皇の玉津島行幸の目的が玉津島の神、稚日女尊の祭祀にあったことは明らかであろう。しかし不審な気がしないでもない。神亀元年二月四日、元正天皇は首《おびと》皇子に譲位、聖武天皇は即位すると直ちに三月吉野宮へ行幸、そして十月の玉津島行幸となったのである。

なぜ即位から一年も立たない、何かと慌しい時期に、玉津島へ行幸したのか。なぜそれほどまでに、玉津島神の祭祀を心にかけていたのだろうか。あたかも聖武政権の出発に際してぜひとも行なっておかねばならぬ、最重要の政治的課題だったようにさえ思われるのである。

しかし、これも先ほどふれたような、伝承が語る稚日女尊のプロフィールを思うならばわかるような気がする。伊勢の天照大神と並び称されるほどの女神が『日本書紀』から消されているのだ。それに姫の遺跡地に祀られた神社も放置されたままであった。これでは姫の霊は鎮まらないのではないか。

折しも奈良朝廷は、養老四（七二〇）年五月に『日本書紀』が撰上されると同時に、暗雲に包まれ始める。三か月後の八月には絶大な権勢を誇った藤原不比等が急逝し、翌五年十二月には元明太上天皇が崩御。加えて雷や地震などの天変地異が打ちつづき、ついに元正天皇は首皇子に譲位したのであった。まるで『日本書紀』の成立と同時に、朝廷は祟《たた》り神に取り憑かれたかのようではないか。

そんな最中に即位した聖武天皇が、玉津島の神の鎮魂祭祀を思い立ったとしても不思議ではない。こうして稚日女尊は、改めて「明光浦之霊」と讃えられ、手厚く祭祀されることになったのであろう。ちなみにこの伝統は後世までつづいたらしい。この社は例祭・月次祭以外の特別な祭祀行事を行なわない。これは氏子を持たず、古来、直接朝廷の尊敬を受ける神社だったことに由来するといわれている。

【美しい二重奏】

ここで山部赤人である。深慮の人である赤人は、もとよりこうした聖武行幸の目的を知り尽くしていたであろう。

若の浦を眺める赤人の心の眼には今、稚日女尊の姿がほのかに映じていた。だから「清き渚」「白波」「玉藻」という清らかな、純なるイメージが自然と赤人に宿ったのであろう。だから、あの若の浦の鶴群は今、赤人の目には、姫も見たであろう「神代より　然《しか》そ尊《たふと》き　玉津島山」の鶴群と映じている。玉藻も、鶴も、赤人には貴く、懐かしい。姫の霊が宿る玉藻であり、鶴たちなのだから。

こうして赤人は、「神代より然そ尊き玉津島山」の額縁の中に、群れ飛ぶ鶴に託して、稚日女尊の姿を描いた。私には「鶴」の主旋律に寄り添うようにして、稚日女尊を寿《ことほ》ぐもうひとつの旋律が聞こえてくるような気がする。

そして思うのである。「玉津島の歌」もまた、美しい二重奏ではないか、と。

(5) 春日野に登りて作る歌

最後にもう一首、赤人の不思議な歌を見ておきたい。「山部宿禰赤人、春日野《かすがの》に登りて作る歌一首」である。

春日《はるひ》を　春日《かすが》の山の　高座《たかくら》の　三笠の山に　朝さらず　雲ゐたなびき　容鳥《かほどり》の　間《ま》なく数《しば》鳴く　雲居なす　心いさよひ　その鳥の　片恋のみに　晝はも　日のことごと　夜《よる》はも　夜のことごと　立ちてゐて　思ひそわがする　逢《あ》はぬ兒ゆゑに（巻三・三七二）

反歌

高桉《たかくら》の三笠の山に鳴く鳥の止《や》めば継がるる恋もするかも　（同・三七三）

【高座】

この歌、何と言っても注目したいのが「高座《たかくら》」である。冒頭の「春日《はるひ》」は春日の山の枕詞。「高座」は三笠山にかかる枕詞であるが、これが少々不可解なのだ。

そもそも高座とは何であろうか。諸説あるようだが、それは天皇の玉座である「高御座」のことだとも言われている。私はこの説にひかれるのだが、そうだとすれば、いったい赤人はなぜ、そんな厳めしい言葉を三笠山の枕詞として使ったのだろうか。三笠山は「天皇の山」だと宣言していることになるではないか。

ちなみに「高御座」は集中二首。いずれも大伴家持の歌である（巻十八・四〇八九、同・四〇九八）。この二首を、どちらも「高御座《たかみくら》　天の日嗣《あまひつぎ》と」と詠み始めている。

三笠山を詠んだ歌は十三首ほどあるが、枕詞は「春日なる」三首、「着る」二首、「大君」二首、「雨隠り」一首、枕詞なし五首。意味あり気なのは「大君」だが、作者不詳歌（巻七・一一〇二）と大伴家持の歌（巻八・一五五四）である。原語はそれぞれ「大王」「皇」だから、「高座」とほぼ同義に解してよいかもしれない。

三笠山は、背後に春日山を背負い込むような、二八三メートルの美しい笠形の山である。麓の春日大社は、和銅三（七一〇）年、平城遷都と共に藤原不比等が氏神の鹿島神を春日の三笠山に迎え、春日神と称したのが創始と伝わっている。祭神は武甕槌命《たけいかづちのみこと》・経津主命《ふつぬしのみこと》・天児屋根命《あめのこやねのみこと》・比売《ひめ》神《がみ》。藤原一統の氏神社である。

さて、そうだとすると三笠山は「天皇の山」ではない。「高座」の枕言葉はどうみてもおかしいといわなければなるまい。いったい赤人は、いわゆる「藤原春日神の山」を、なぜ「高座の三笠の山」とうたったのだろうか。

どうやらこの日、春日野に登って歌を作る赤人の脳裏を去来していたのは、眼下に鎮まる「藤原春日神」ではなかったらしい。それは「高座」の冠を捧げずにはいられない、今は姿なき「三笠山の神」だったらしいのである。

【片恋の二重奏】

歌を見てみよう。

「高座《たかくら》の三笠の山」には、毎朝雲が動かずにたなびき、「容鳥《かほどり》」（郭公《かっこう》という）が絶え間なく鳴いている。その雲のように心はいざよい、その鳥のように片恋するばかりで、逢うことの叶わない児のために、昼も夜も居ても立ってもいられない思いを私はしている、というのである。

ここで気づくのは、赤人はこの歌で二つの「片恋」をうたっているということだ。一つは「高座の三笠の山」と、雲及び容鳥の片恋。もう一つは、逢えない児と、焦がれる赤人の片恋である。

「高座の三笠の山」を恋する雲や容鳥の思いは深く、強い。決して浮薄なものではない。雲は毎朝恋い慕って動かずたなびき、容鳥の声は止む時がない、と赤人はうたう。そして自分もまた逢わぬ児へ、まさにそのような恋をしているというのである。

ここで肝要なのは、雲や鳥の三笠山への恋を「片恋」と言っていることだ。いったい、なぜ片恋なのか。

私は思う。それは、彼らが切なく恋い続けている、「高座の三笠の山」の神はいつからか姿が見えず、もう逢うことが叶わないからだろう。永久の片恋であるが故に、彼らの恋慕はますます募り、止む時がない、ということではないか。そして赤人は、自分の片恋を、彼らの「高座の三笠の山」の神への片恋になぞらえているのである。

このように解するならば、この歌は「高座の三笠の山」と、雲及び容鳥の永遠に叶わぬ恋をうたうのが「主」で、赤人の恋は「従」、つまり彼らの引き立て役ではないか。さらに一歩を進めるならば、赤人は「逢《あ》はぬ児」を連れて、雲や鳥の「高座の三笠の山」への恋慕に加わっている。つまり赤人もまた、「高座の三笠の山」がまさに彼の「逢わぬ児」であること、だから永遠に恋い焦がれずにはいられないことを告白しているのではないだろうか。

そうだとすればこの歌は、雲や鳥と赤人が「高座の三笠の山」へ寄せた、片恋の二重奏とも言えるだろう。

たとえば次の歌と比べてみたい。

君が着る三笠の山に居《ゐ》る雲の立てば継がるる恋もするかも（巻十一・二六七五）

作者不詳歌。赤人の歌の類歌である。三笠山にかかっている雲が消えるとすぐかかって絶えないような、止む時もない恋をしているというのであるが、枕詞の「君が着る」が示すように、作者にとっては「君との恋」が「主」、「三笠の山と雲」は「従」である。つまり作者は、自分の恋の比喩に「三笠の山と雲」を使っているのである。重心は自分の恋。だから「君が着る三笠の山」とうたったのだ。

【高座春日神】

ここで大きく立ち現われてくるのは、もちろん、赤人及び雲や鳥がこれほどまでに恋焦がれた片恋の相手である。どうやらそれは、「高座」がふさわしい高貴な神であったが、「藤原春日神」の鎮座によって三笠山から追われた神であるらしい。そうだとすれば、本来の三笠山の神、いわゆる「高座春日神」はどなたなのだろうか。

実は春日山のまわりを調べてみると、今も明滅している「高座春日神」の姿に出会うのである。たとえば春日大社の参道の左右の町に漢国《かんごう》神社と率川《いさかわ》神社がある。三笠山を南北から仰ぐ位置に、あたかも門番のように鎮座している両社の祭神はそれぞれ大物主大神他、及び大神と妃神と子神である。推古天皇の時、大三輪君白堤が勅を奉じて祀ったのが始まりといい、率川神社は今なお桜井の大神神社の境外摂社である。

目を転じると、春日山の東麓に広がる柳生街道ぞいの集落は、神戸《かんべ》四《し》箇郷《かんごう》といい、往古から春日社領であったため「神戸」を称し、春日社役のみを勤めたという。坂原（阪原）・楊生（柳生）・大楊生（大柳生）・邑地を言ったようで、原初から「高座春日神」を支えてきた、いわば親衛隊ともいうべき肝煎りの郷であった。「高座春日神」は、「藤原春日神」鎮座の後も、こうした郷の人たちの強い援護に支えられてきたのであろう。

大柳生の夜支布山口神社の祭神は素盞嗚命。柳生の氏神は八坂神社。そして阪原の長尾神社の祭神が饒速日命である。長尾神は春日山の五峰の一つ長尾峰（水谷峰）にも祀られ、春日水神信仰の中心として厚い信仰を集めてきたのであった。本殿（国重文）は、いつの頃か春日大社から拝領したものという。

神戸四箇郷の入り口にある忍辱山円成寺《にんにくせんえんじょうじ》は、そうした人々が「高座春日神」を奉じて集う独特の信仰の場であったようだ。興味深いのは山号の「忍辱山」。忍辱《にんにく》とは六波羅蜜の六種の修行の一つで、もろもろの侮辱や迫害を忍受してやまないことという。「高座春日神」を奉じる者たちの強く、深い闘争心がこもったような山号ではないか。忍辱町の氏神も素盞嗚尊社・八王子社である。

さて、これだけでも「高座春日神」がどなたなのか想像がつくだろう。

私は、三輪大神とも、大和大国御魂大神とも称された、「そらみつ」伝承のニギハヤヒ大神こそ、雲や鳥や赤人が恋い慕った「高座春日神」だったと思うのである。

【永久の挽歌】

それにしても、大胆な歌である。当時の心ある人には「高座の三笠の山」が何を語っているかは、よくわかったであろう。

思えば赤人が二重奏の微かな旋律にいつもこめていたのは、「そらみつ大和の国」への想いであった。伊予の歌も、明日香の歌も、そこで彼がしのんだのは、天皇制律令国家を形成した偉大な天皇ではない。「そらみつ大和の国」の「遺産」を守ろうとして敗れた彼らだった。赤人は、勝者の彼らを讃えたのではない。敗者であったからこそ、慰霊の歌を捧げたのである。平たく言えば、今は日の出の勢いの王者にも弱い時があったというので、そうした弱き日の彼らに同情を寄せたのだと言ってもよい。

こうした姿勢をどう解したらいいだろう。表面的には政権側に立っているように見える。だが彼は、かつての「強者」側に身を置いている。だからこそ「敗者」のために涙したとも言えるのではないか。

赤人は、強大を誇った藤原不比等時代の歌人として、政権に対する立場を確立していた。政権に寄り添いながら、「そらみつ大和の国」の鎮魂を秘かな音色で奏でるという、まことにしたたかな立場であった。

ところが彼は今、そうした、したたかさを捨てた。赤人は、この歌で初めて、二度と甦ることのない「そらみつ大和の国」への尽きせぬ思慕を、主旋律で、堂々とうたったのだと私は思うのである。

しかし、そうだとすれば、ぜひとも知りたいのは赤人の心境をそのように変化させた原因である。いったい何があったのだろうか。

私は、不比等の死ではなかったかと思う。

巻第三に「山部宿禰赤人、故太政大臣藤原家の山池《しま》を詠《うた》ふ歌一首」がある。

古《いにしへ》のふるき**堤**は**年深**み**池**のなぎさに**水草**《みくさ》**生**《お》ひにけり（巻三・三七八）

亡き不比等邸の庭の今昔を感慨深くうたっているのだが、「春日野に登りて作る歌」は、この歌の六首前に載っている。こうした配列はともあれ、赤人が春日野に登ったのは、やはり不比等没後しばらく経った頃だったと思う。打ち続く天変地異などで、世上に不穏な空気が流れ始めていた頃であろう。

だから赤人は、不比等在世中の「不盡山」、「伊予の温泉」、「明日香の神岳」の歌とは違って、大胆に「高座の三笠の山」への永久の挽歌をうたったのではなかったか。

【春日若宮の誕生】

ここで私の想像はふくらむ。

「高座の三笠の山」は、何と大和の人々に恋い慕われてきたことか。赤人は、雲も容鳥も毎日絶え間なく恋い焦がれているとうたった。そうした根強い求愛が、ついに「高座春日神」を三笠山へ呼び戻すことになったようだ。

三笠山の「大神」は再び甦った！　「春日若宮」として再誕したのである。若宮が本社第三殿に初めて祀られたのは長保五（一〇〇三）年。その後、長承四（一一三五）年、鳥羽上皇の命で三笠山の中腹の現在地に鎮座したとされる。

若宮神は、一般には天押雲根命（天児屋根命の御子）とされているが、これはどうも怪しいのだ。たとえば、『大和名所図会』は若宮の祭神について、「ある記に曰く、吉田家の記録には瓊々杵尊《ににぎのみこと》といふ。しかれども若宮神主ただ一家の秘説にして、他に知る事なし（春日社記）。」と記している。それに奈良県には春日若宮神を祀るたくさんの神社があるが、多くの場合、出雲系の神々と一緒に鎮座している。どうやら人々は、若宮＝天押雲根命という公式を本当には信じていなかったようなのだ。

若宮の名高い祭礼「おん祭」は、保延二（一一三六）年、関白藤原忠通が五穀豊穣を祈願し、大和一国をあげて執行したのが始まりとされ、日本最古の「文化芸能まつり」とも称されている。

「高座春日神」――国初めの大神の再誕だったからこそ、またたく間に大和国内に広がっていったのであろう。そうでなければ平安末期に生まれた、いわゆる新しい神のお祭りを、どうして大和一国を挙げて執行することが出来ようか。おん祭には「高座春日神」ゆかりの「笠」「松」「翁」など、いくつものポイントが揺らめいている（前掲『神々の謎』、「春日大社」）。

赤人が「高座の三笠の山」へ捧げた永久の哀惜歌は、大和の人々の哀惜歌でもあったのである。不盡山の歌と言い、三笠山の歌と言い、赤人の歌の秘める不思議な力を、今更のように思うのである。

第八章　吉野宮行幸の歌

吉野宮行幸の歌は、万葉集の中でも異色の歌群であろう。それは美しい吉野の山河に刻まれたこの国の歴史の薄明の闇を、多彩な音色で奏でている。

【吉野とは】

まず吉野であるが、『日本書紀』に応神天皇の吉野宮行幸の記事があり、『古事記』では大雀命（仁徳天皇）にちなむ吉野の故事が記され、つづいて『古事記』『日本書紀』に雄略天皇の吉野宮行幸が載っている。吉野はいわば「そらみつ大和の国」の故地であったと言ってよいだろうか。

ところで、初めにぜひとも述べておきたい一つの伝承がある。それは「記紀」には記されていないが、彼らより前に一人の女神が吉野に降り立っていることだ。「丹生明神」とも称された、あの丹生都比売である。「玉津島の歌」のところで、稚日女尊の別称としてちらっと名が見えた人だ。

実は前述した高野山麓の天野の丹生都比売神社に、古くから伝わる「丹生大明神告門《にふのだいみようじんののりと》」がある。「天野告門」ともいい、原本は失われ、後世の転写本が伝わっている。成立時期は不明だが、寿永年中（一一八二―八五）の高野山文書に引用されているので、それ以前の古文であることは明かで

吉野の桜（写真右上は金峯山寺）

あるとされる（『神道大辞典』［平凡社版］臨川書店）。

それによると、丹生都比売は吉野の「川上水分ノ峯」に降り立ち、ここを起点として大和を巡行したという。「川上水分ノ峯」は諸説あるが、東吉野村小《おむら》の地と考えられ、往古から丹生川上神社（中社）が鎮座している。

そこで、この「告門」に従うならば、「そらみつ大和の国」の吉野の宮の始源には、丹生都比売という記紀には見えない女神が深々と影を落としているようなのだ。つまり彼女こそ「吉野宮」の創始者と言ってもよいだろう。

丹生川上神社の現在の祭神は罔象女《みずはのめ》神ほか。創始も天武天皇四（六七五）年とされており、丹生都比売の面影は何もないようにみえる。だが丹生川上神社は古来、「丹生明神」と称されてきたこと、神殿内に平安初期と末期の女神像が安置されていることなど、古くは丹生都比売の宮であったことを語っているのではないだろうか。

私は吉野宮行幸及び行幸歌を考える時、丹生都比売の存在は欠かせないと思っている。「神代」といい、「古」というとき、そこには「記紀」から消された「まぼろしの女神」ともいうべき丹生都比売の姿が揺曳《ようえい》していると思いたいのだ。

さて、こうした幽遠な吉野が再び脚光を浴びるのは、雄略天皇から一世紀近くを経た飛鳥時代である。斉明天皇が吉野宮を再建。次いで天武天皇の壬申の乱の際の拠点となった。圧巻は持統天皇である。持統の行幸は在位十一年間で三十一回にも及ぶ。いったい、何故それほどまでに吉野へ通いつめたのか。いろいろ推測されているが、いまだに定説を見ない謎である。

(1) 柿本人麻呂の歌

巻第一に「吉野の宮に幸しし時、柿本朝臣人麿の作る歌」二首及び反歌が、収録されている。いつの行幸のものかは定かでないが、持統天皇のお供をした時のものである。まず一首。

やすみしし　わご大君の　聞《きこ》し食《め》す　天《あめ》の下に　國はしも　多《さは》にあれども　山川の　清き河《かふ》内《ち》と　御心《みこころ》を　吉野の國の　花散らふ　秋津《あきづ》の野邊《のべ》に　宮柱《みやはしら》　太敷《ふとし》きませば　百磯城《ももしき》の　大《おほ》宮人《みやひと》は　船並《な》めて　朝川渡り　舟競《ふなきほ》ひ　夕河渡る　この川の　絶ゆることなく　この山のいや高知らす　水激《たぎ》つ　瀧の都は　見れど飽《あ》かぬかも（巻一・三六）

反歌

見れど飽かぬ吉野の河の常滑《とこなめ》の絶ゆることなくまた還《かへ》り見む（同・三七）

【花散らふ秋津の野邊に】

これは「吉野宮」と、宮を営んだ「持統天皇」への讃歌である。吉野宮は、古の吉野宮の故地に斉明・天武・持統にわたって新たに再建されてきたのであろう。そうだとすると、ここで人麻呂は、いわゆる丹生都比売ゆかりの古《いにしへ》の故地に建てられた持統天皇の吉野宮を讃えているのである。

人麻呂は、吉野の山川に心を寄せて、秋津の野辺に御殿を営んだ持統を讃えた。大宮人たちの舟遊びを描写して皆も喜んでいることをうたい、この川の永久の流れのように、この山の高く立派なように、いよいよ高く立派に治められる吉野の瀧の御殿はいくら見ても見飽きない、絶えることなく繰り返しまた来てはながめよう、というのである。

一見、晴れやかな吉野宮の讃歌のようにみえるが、どうだろう。気になるのは、「花散らふ 秋《あき》津《づ》の野邊《のべ》に」という句である。持統の御殿は、「花のしきりに散る秋津の野辺に」宮柱を太くしっかりと地に打ち込んで営まれた、というのである。

この行幸の時節はいつ頃だったのか。実際に花がしきりに散っていたのだろうか。それにしても、何故わざわざ「花散る野辺に」と詠む必要があったのだろう。宮を讃える歌に「散る」という語はマイナスのイメージだと思うのだが。

私はなぜかこの句に違和感を抱いていたのだが、それはどうも私だけではなかったらしい。実は『拾遺和歌集』（第三勅撰集、撰者花山院、寛弘二［一〇〇五］年〜四年頃成立）に、「人麿《まろ》」の歌として「吉野《よしの》の宮に奉《たてまつ》る歌《うた》」が載っている（新日本古典文学大系、岩波書店）。

ちはやぶる　我《わ》が大君《おほきみ》の　きこしめす　天《あめ》の下《した》なる　草の葉も　うるひにたりと　山河の
すめる河内《かうち》と　御心《みこころ》を　吉野《よしの》の国《くに》の　花ざかり　秋津《つ》の野辺《のべ》に　宮柱《ばしら》　ふとしきまして
も、しきの　大宮人は　舟ならべ　朝《あさ》河わたり　舟《ふな》くらべ　夕河《ゆふかは》わたり　この河の　絶《た》ゆる
事なく　この山の　いや高《たか》からし　玉《たま》水の　たきつの宮こ《（みや）》　見れど飽《あ》かぬかも

（巻九・五六九）

万葉集の歌の異伝であるが、注目したいのは「吉野《よしの》の国《くに》の花ざかり秋津《つ》の野辺《のべ》に」と詠まれていることだ。つまり宮殿は、花ざかりの秋津の野辺にしっかりと建てられた、というのである。こうしてみると、やはり「花散らふ」の詞は古くから人々に不審を抱かれてきたのではないだろうか。

そこで考えてみたい。いったい人麻呂は、なぜ「花散らふ秋津の野辺に」とうたったのだろうか。

【秘されたドラマ】

誰もが不審に思うような枕詞を、人麻呂ほどの歌人が不用意に使ったとは思えない。あの「そ

らにみつ」のときも深い思慮があった。やはり人麻呂は、はっきりとした意思の下で「花散らふ秋津の野辺に」と詠んだのであろう。そして、普通にはマイナス語かもしれないが持統には逆に賛辞となる、そんな確信があったのではないか。

ここで大きく立ち現われてくるのが丹生都比売である。思えば持統の吉野宮が建つ「秋津の野辺」は、丹生都比売が最初に宮を営んで以来の、いわゆる「そらみつ大和の国」の聖地であった。そうだとすれば、かつて咲き誇っていた古の「花」は散り、新たな持統の御殿が宮柱も太く立派に出現したのである。そう解するならば、「花散らふ」という詞はなるほどと肯ける。「花ざかり」ではむしろ的はずれなのだ。

要するにここで人麻呂は、「秋津の野辺」を舞台にして繰り広げられた、新旧の秘された闘いを見ていたのである。それは結局のところ、「そらみつ大和の国」の丹生都比売と「天皇制律令国家」の持統天皇との闘いであり、この闘いの勝利を誓って、持統天皇は新たな宮を築いたのである。だから人麻呂は、持統天皇の御殿をこれほどに讃えたのであろう。

私は今、このように解してみる。そして思う。おそらく「花散らふ」の詞に込められたこうしたドラマは、人麻呂と持統天皇だけが分かり合える凄烈なドラマだったにちがいない、と。

ふと、一つの思いが去来する。丹生都比売にシンボライズされるような「そらみつ大和の国」の人と歴史を、「天皇制律令国家」の史的・理論的根拠のために、『古事記』『日本書紀』から抹殺するのである。持統の心の葛藤は並大抵のものではなかったはずだ。持統を三十一回にも及ぶ吉野宮行幸に駆り立てたのは、いわばそのための禊《みそぎ》ではなかっただろうか。
第二首の歌に移ろう。

やすみしし　わご大君　神《かむ》ながら　神《かむ》さびせすと　吉野川　激《たぎ》つ河内《かふち》に　高殿を　高知りまして　登り立ち　國見をせせば　疊《たたな》づく　青垣山《あをかきやま》　山神《やまつみ》の　奉《まつ》る御調《みつき》と　春べは　花かざし持ち　秋立てば　黄葉《もみち》かざせり　逝《ゆ》き副《そ》ふ　川の神も　大御食《おほみけ》に　仕《つか》へ奉《まつ》ると　上《かみ》つ瀬に　鵜川《うかは》を立ち　下《しも》つ瀬に　小網《さで》さし渡す　山川も　依りて仕ふる　神の御代かも　（巻一・三八）

反歌

山川も依りて仕ふる神ながらたぎつ河内《かふち》に船出せすかも　（同・三九）

この歌では、さらに進んで初めて御殿の主、持統天皇が姿を見せる。人麻呂はうたう——わが大君は神であらせられるままに、神として振舞われるとて、吉野川の激しい淵の辺りに高殿を立派にお作りになり、登り立って国見をなさると、青垣山は春は花、秋は黄葉を山の神の貢物として捧げ、川の神も鵜川を催し、小網を差し渡している。山も川も相い寄ってお仕えしている。まさしく神の御代であることよ。
そして反歌では、そのように山川が相寄って仕える神にまします大君は、激流の吉野川の深い淵に船出されることである、とうたうのである。

姿を見せた持統天皇は、まさしく現人神《あらひとかみ》である。神でありながら神として振舞う持統天皇の姿を、人麻呂は吉野の山や川、宮人などを総動員してうたい上げているのである。

それにしても、何と見事な「大君讃歌」であろうか。人麻呂は、吉野を舞台とした持統天皇の人知れぬ闘いのドラマを見てきた人だ。端的にいえば持統天皇は、「丹生都比売」を超える「神」にならねばならないという宿命を背負っていた。

そう思って読むと、この二首の吉野宮行幸歌は、単なる「大君讃歌」ではない。持統天皇がそうした自らの宿命を果たすべくいかに凄まじい気迫で闘ったか、それを今に伝える歌と言ってもよいだろう。

すべてを知り尽くした人麻呂だったからこそ、うたうことが出来た。いわば人間味溢れる「大君讃歌」だったと私には思われる。

⑵ 高市黒人の歌

持統天皇は、十一（六九七）年、文武天皇に譲位、太上天皇となった。退位してからの吉野宮行幸は一度だけだったようだ。大宝元（七〇一）年六月二十九日から七月十日にかけて吉野宮へ赴いている。なぜこの年に行幸したのかということだが、大宝元年は持統にとって格別の意味があったからだ。

まずこの年は、壬申の乱から三十年という節目の年にあたっていた。だから時期も、旗揚げした六月に合わせて吉野への行幸ということになったのだろう。帰京後の二十一日には、壬申の乱の功臣たちに食封を賜っている。そして、さらに重要なのは、この年の八月には大宝律令が完成していることだ。

思えば天武天皇が壬申の乱を制してから三十年、その記念すべき年に大宝律令が完成し、天武・持統の悲願であった天皇制律令国家は堂々たる姿を現わしたのである。

そこで吉野である。持統は思ったであろう。吉野はある意味、まさに「天皇制律令国家」の生みの親ではないか。夫・天武の門出の母体となり、自分の熾烈な闘いを許容し、こうして今、夢を実現させてくれたのだから。

そこで大宝元年、持統は久々に吉野へ赴くことになった。そうだとするとそれは、晴れやかな祝賀ムードを内に秘めた、昔馴染みの地への報恩感謝の行幸。一応、そう考えてもいいだろう。


【呼子鳥】


ところが、実はどうもそうではなかったようなのだ。

巻第一に「太上天《おほき》皇《すめらみこと》、吉野の宮に幸《いでま》しし時、高市連《たけちのむらじ》黒人《くろひと》の作る歌」が収められている。

大和《やまと》には鳴きてか来《く》らむ呼子鳥《よぶこどり》象《きさ》の中山呼びそ越ゆなる（巻一・七〇）

黒人については後述するが、それにしても人麻呂の行幸歌とは何という違いだろう。黒人は吉野にいながら、吉野の山も川も持統天皇の姿も眼中にはない。彼の心は「呼子鳥」に寄り添っている。あの象の中山を越えて行った呼子鳥はどこへ行くのだろう。大和にはもう呼子鳥が来ているだろうか。吉野の呼子鳥から大和の呼子鳥へと、彼の思いは広がっていく。

黒人の吉野宮行幸歌は、呼子鳥に託した、大和郷愁歌とでも言えようか。それは吉野が、黒人にとって何ら心ひかれる格別なもののない地だったことを告げていることにもなろう。

大宝元年の行幸歌はこの一首のみなので、他にどのような歌が詠まれたのかはわからないが、それにしても黒人の歌は暗示的である。私には、この時の持統の心の姿を表現しているようにも思われる。

この時の持統天皇の心の目に映じた吉野は、どのような姿だったであろう。山も川も生気を失い、哀しみの音色を奏でていたのではないか。少なくとも人麻呂が「花散らふ秋津の野辺に」とうたった頃のような、ドラマチックな輝きはなかった。寂寥とした悲愁ただよう戦跡・吉野は、喪に服しているかに見えた。

もし、そうだとしたら、吉野にいるのが堪え難かったであろう。早く大和へ帰りたい。そんな思いが持統の心によぎったとしても不思議ではない。思えば持統は、翌年十二月に没している。最晩年の吉野宮行幸である。いかに剛毅な持統といえども、人生の終末期の悲哀が襲いかかってきたということもあったかもしれない。

ちなみに藤原不比等はこの年、多武峯《とうのみね》の談山《だんざん》神社に鎌足の木像を安置し、聖霊院を建てている。不比等にすれば天皇制律令国家の記念すべき建国の年であった。父を顕彰する意味を込めて祀ったのであろう。

不比等はこれ以後、養老四（七二〇）年の『日本書紀』成立までの二十年間、新国家のさらなる完成に向けて邁進していく。この年はまた、文武天皇と宮子（不比等の女）の間に首皇子（聖武）が誕生した年でもあった。

戦う同志であった、持統と不比等の対照を思うのである。

【文武・長屋王の歌】

なお、この年には持統に先だって二月に文武天皇が吉野宮へ行幸している。文武の吉野宮行幸は、翌大宝二（七〇二）年七月にもあった。

巻第一に「大行天皇、吉野の宮に幸しし時の歌」が二首載っている。

み**吉野**の**山**の**嵐**の**寒**《さむ》けくにはたや**今夜**《こよひ》もわが**獨**り**寝**む（巻一・七四）

宇治間山《うぢまやま》**朝風寒**し**旅**にして**衣貸**《ころもか》すべき**妹**《いも》もあらなくに（同・七五）

前歌は左注に「或は云はく、天皇の御製歌《おほみうた》」とある。後歌は長屋王《ながやのおおきみ》の歌だ。歌の風景から察すると、大宝元年二月の行幸時の歌であろうか。それにしても、二人の歌は何と荒涼としていることだろう。寒さにふるえ、孤独に打ちひしがれているようではないか。吉野どころではない、といった感じである。

吉野宮行幸は、大宝二年七月の文武の行幸で一応の休止符を打つのだが、それを予知するかのような歌と言ってもよいのではないだろうか。

(3) 笠金村の歌

吉野宮が再び脚光を浴びるのは二十一年後である。養老七(七二三)年五月、元正天皇が吉野へ赴いたのであった。元正の行幸は四日間である。気楽な旅であろうはずはない。いったい、なぜ元正は、長いあいだ忘れられていたかにみえる吉野宮行幸を、この時期に突如として思い立ったのか。答は聖武天皇の玉津島行幸のところで述べた。『日本書紀』が成立するや否や朝廷を覆い始めた不気味な暗雲が、持統の壮絶な闘いによって消された女神・丹生都比売を甦らせたために、元正は矢も楯もたまらず、二十一年の歳月を飛び越えて吉野へ赴いたのであろう。

だから政権を受け継いだ聖武もまた、神亀元(七二四)年二月に即位すると、何はさておき三月に吉野を訪れ、さらに十月の玉津島行幸となったのであった。
こうしてみると、『日本書紀』成立後の「吉野」は、不安に戦《おのの》く朝廷に忍び込みいつしか天皇まで動かす、まるで陰の権力者とでもいった風情ではないか。

【笠金村の歌】

養老七年の元正天皇の行幸に同行した笠金村の歌が載っている。

瀧《たぎ》の上《へ》の　御《み》舟《ふね》の山に　瑞《みづ》枝《え》さし　繁《しじ》に生《お》ひたる　栂《とが》の樹《き》の　いやつぎつぎに　萬《よろづ》代《よ》に　かくし知らさむ　み吉野の　蜻《あき》蛉《づ》の宮は　神《かむ》柄《から》か　貴《たふと》くあるらむ　國《くに》柄《から》か　見が欲《ほ》しからむ
山川を　清《きよ》み清《さや》けみ　うべし神代ゆ　定めけらしも（巻六・九〇七）

反歌二首

毎年《としのは》にかくも見てしかみ吉野の清き河内《かふち》の激《たぎ》つ白波（同・九〇八）
山高み白《しら》木《ゆ》綿《ふ》花《はな》に落ち激《たぎ》つ瀧《たぎ》の河内《かふち》は見れど飽かぬかも（同・九〇九）

金村の歌は、やはり人麻呂の歌とは決定的に違っている。それは吉野の神と国へ捧ぐ鎮魂の讃歌といってもよいだろう。

人麻呂は吉野の山川を総動員して、瀧の御殿はいくら見ても見飽きぬとうたった。それは「持統天皇の吉野宮」の讃歌であった。

それに対し、金村がここで讃えているのは吉野の「神柄《かむから》と国柄《くにから》」であり、清らかな「山川」である。蜻蛉《あきづ》の宮が貴いのも、見たいと思うのも、吉野の神と国の尊厳によるというのである。そして、神代からここに宮を定められたのは、山川の澄んだ、清らかさによるものだろうと納得しているのである。

つまり蜻蛉宮の主役は、吉野の「神」と「国」になっている。そして蜻蛉宮のルーツは「神代」にあることをうたっているのだ。人麻呂が、持統天皇に仕えるとうたった吉野の山川は今、それ自体が讃美されているのである。

だから反歌でも、この優れて清らかな吉野の山川は見飽きることがない、毎年見たいものだとうたう。人麻呂が瀧の御殿は見飽きない、くり返しまた来てながめようとうたったのとは全く違う。宮に尊厳があるのも、宮を見たいと思うのも、吉野の「神柄」「国柄」によるというのだから、蜻蛉宮を挙げて吉野の神と国と山川を讃美していることになろう。

【皆人の命もわれも】

金村はつづいて神亀二（七二五）年五月の聖武天皇の吉野宮行幸にも従い、うたっている。

あしひきの　み山もさやに　落ち激《たぎ》つ　吉野の川の　川の瀬の　清きを見れば　上邊《かみべ》には
千鳥數《しば》鳴き　下邊《しもべ》には　河蝦《かはづ》妻呼ぶ　ももしきの　大宮人《おほみやひと》も　をちこちに　しじにしあれば
見るごとに　あやにともしみ　玉葛《たまかづら》　絶ゆること無く　萬代《よろづよ》に　斯《か》くしもがもと　天地《あめつち》の
神をそ祈る　畏かれども（巻六・九二〇）

反歌二首

萬代《よろづよ》に見とも飽かめやみ吉野の激《たぎ》つ河内《かふち》の大宮所《おほみやどころ》（同・九二一）
皆人の命もわれもみ吉野の瀧《たき》の常磐《ときは》の常ならぬかも（同・九二二）

金村は、この歌でも元正天皇の時と同様、山や川、千鳥や河蝦《かわず》、大宮人たちが織り成す、吉野の得も言えぬ光景を絶讃している。そして、万代までもこうあって欲しいと天地の神に祈ることである、畏れ多いけれども、と結んでいる。

さらに反歌では、大宮の地は万代までも見ても見飽きることはないと繰り返し詠み、皆人の命も、われの命も、ともに吉野川の瀧のあたりの磐《いわ》のように、永久に変わらずにあってくれないものであろうかと願う。吉野の地の荘厳さにうたれた金村は今、皆人とわれの命の永久にあれかし、と祈るのだ。

人麻呂歌の主人公が「持統天皇」であり、「天皇の栄え」だったとすれば、金村歌の主人公は

「皆人の命もわれも」であり、「すべての人々の栄え」である。

ここで私はちょっと気になる。いったい金村はなぜ吉野の地で、そんなにも皆人とわれの永久の命を祈らずにはいられなかったのだろうか。あるいは彼は吉野の地に立った時、吉野の神と国の嘆きを我が身に感じ、畏怖したというようなことはなかったか。そこで祈らずにはいられなかった。今、自分が見ているこの平穏な光景が、どうか永久に続きますように。吉野の山よ、川よ、神々よ、どうか罪深い皆人とわれに永久の命をお与えください、と。

このように解するならば、金村の吉野宮行幸歌は、元正天皇の時の歌もそうであったが、聖武天皇に至ってさらに鎮魂の音色が深まったとも言える。

私は、この歌は、聖武天皇の心を心として、吉野の神と国に捧げた慰霊、贖罪《しょくざい》の歌だと解したい。

⑷ 山部赤人の歌

神亀二（七二五）年五月の行幸時の山部赤人の歌が、笠金村の歌に続いて二首載っている。その中の一首。

やすみしし　わご大君《おほきみ》の　高知らす　吉野の宮は　疊《たた》なづく　青垣隠《あをかきごも》り　川波の　清き河内《かふち》そ
春べは　花咲きををり　秋されば　霧立ち渡る　その山の　いやますますに　この川の　絶

ゆること無く　ももしきの　大宮人《おほみやひと》は　常に通はむ（巻六・九二三）

反歌二首

み吉野の象山《きさやま》の際《ま》の木末《こぬれ》にはここだもさわく鳥の聲かも（同・九二四）

ぬばたまの夜《よ》の更《ふ》けゆけば久木《ひさき》生《お》ふる清き川原に千鳥しば鳴く（同・九二五）

さらに天平八（七三六）年六月、やはり聖武天皇の行幸に従い、詔に応えて作った歌一首（同・一〇〇五）がある。赤人の万葉集最後の歌とされている。その反歌一首。

神代より吉野の宮に在り通《がよ》ひ高知《たかし》らせるは山川をよみ（同・一〇〇六）

【吉野の永遠の主】

まず神亀二年の最初の長歌。人麻呂のように吉野宮がいかに素晴らしい吉野の地にあるかを述べ、永遠の栄を祈っている。よく言われるように、人麻呂の歌の影響を受けているかにみえる。だが、その後は違う。二首の反歌は島木赤彦が激賞したことで有名である。

島木赤彦は「万葉集の観賞及び其批評」で、赤人の観照の行きついた境地を幽遠の語で評し、この二首の歌をもって人生の寂寥相・幽遠相に入っていると激賞した、というのである（『万葉集歌人事典』)。

私も、吉野の歌としてはまさに画期的な歌だと思う。それは何よりも吉野の「主人公」である。人麻呂は「持統天皇」、黒人は「呼子鳥」、金村は「皆人とわれ」であった。では、赤人の吉野の主人公は誰か。「ここだもさわく鳥の声」及び「清き川原にしば鳴く千鳥」であろう。

思えば吉野の木末の鳥や、夜の清き川原で鳴く千鳥は、吉野の悠久の昔からの主ではないか。そうだとすれば赤人は、ここで「永遠の吉野の主」を登場させたとも言えるのである。

それはまた、赤人独自の目が捉えたものでもあろう。玉津島の「鶴」や、不盡山の「雪」のように。ともあれ、ここに清き川原で夜鳴く千鳥という、悠久の昔からの吉野の主人公が今、初めて赤人によって表舞台に姿を現わしたのだ。

なお後の反歌「神代より吉野の宮に在り通ひ」の「神代」であるが、赤人はいかなる意味で使っているのだろうか。おそらく吉野の黎明の時代という意味だと思うのであるが、ここで私の想像は広がる。

古橋信孝氏の『誤読された万葉集』(新潮社)の「11　斎藤茂吉の解釈にも問題はある」に誘われてふと気づいたのであるが、ヤマトタケルの白鳥伝説に象徴されるように、鳥は古来、人間の魂とも考えられてきた。そうだとすると夜の清き川原でしきりに鳴く千鳥の声、象山の木末でさわぐたくさんの鳥の声とは何であろう。それはまた、「神代」の人々の霊魂のざわめきではないだろうか。

夜の帳《とばり》が降り、清き川原に千鳥がしきりに鳴いている。赤人の心はいつしか「神代」へと誘われていく。彼は静かに瞑目する。夜の吉野は「神代」の人々の声や息づかいがざわめいている。こうして赤人は、彼の心が捉えた「神代」の人々の霊魂の躍動をうたったのである。

このように解するならば、長歌で風光明媚な吉野と、そびえ立つ吉野宮を讃えた赤人は、反歌では「神代」の人々の霊を鎮めたとも言えるだろう。

赤人の吉野の歌には、昼と夜、表と裏がある。やはり赤人の歌は二重奏である。もちろん、彼の心の重心が夜と裏にあることは言うまでもない。何よりも聖武天皇の鎮魂贖罪の吉野宮行幸の歌だったのだから。

(5) 旅人と家持の歌

最後に大伴旅人と家持の歌を見ておきたい。二人は父子でありながら、それぞれの個性と信念に従い、激動の時代を生き抜いた。吉野宮行幸の歌は、期せずしてそうした父子の姿を語っていると言ってもよいだろう。

【大伴旅人】

巻第三に「暮春の月、芳野《よしの》の離宮に幸《いでま》しし時、中納言大伴卿、勅を奉《うけたま》はりて作る歌一首」がある。

み吉野の　芳野の宮は　山柄《やまから》し　貴《たふと》かるらし　川柄し　清《さや》けかるらし　天地と　長く久しく
萬代《よろづよ》に　變らずあらむ　行幸《いでまし》の宮（巻三・三一五）

反歌

昔見し象《きさ》の小河《をがは》を今見ればいよよ清《さや》けくなりにけるかも（同・三一六）

旅人は、笠金村らと一緒に行幸に従ったことがあったらしい。何年の「暮春の月」かは不明だが、旅人の経歴を考慮すると、養老七年の元正か神亀二年の聖武か、いずれかの行幸であろう。六十歳前後の頃だ。「未だ奏上を経ざる歌」と注があるから何らかの事情で発表しなかったらしい。この歌、吉野の宮は山の格が貴く、川の性格がさやかであるから、天地とともに長く久しく万代まで変らずにあるだろう、というのであるが、思い出すのは笠金村の歌だ。よく似ている。しかし、どうだろう。二人の作歌姿勢には微妙な違いがあったのではないか。私には旅人の歌は、心ここにない形式的な行幸歌のように思われるのだが。

どうも旅人は行幸を利用して、忘れ得ぬ自らの吉野への旅を楽しんでいたかにみえる。反歌はそれを素直に告白しているようでもある。それもわかろうというものだ。旅人の吉野への思慕は尋常ではなかったらしいのだ。

大宰府滞在中に薩摩へ巡視した時に詠んだ「帥大伴卿の、遙かに吉野の離宮《とつみや》を思ひて作る歌一首」がある。

隼人《はやひと》の湍門《せと》の磐《いはほ》も年魚《あゆ》走《はし》る吉野の瀧《たぎ》になほ及《し》かずけり（巻六・九六〇）

さらに都への尽きせぬ郷愁をうたった「帥大伴卿《おほとものまへつきみ》の歌五首」（巻三・三三一―三三五）がある。「寧楽《なら》の京《みやこ》」や「香具山の故《ふ》りにし里」などをうたっているのだが、そのうちの二首が吉野の歌なのだ。その一首。

わが**命**も**常**にあらぬか**昔見**し**象**《きさ》の**小河**《をがは》を**行**きて**見**むため（巻三・三三二）

昔見た象の小河を今一度見たい、命よ永遠にあれ、というのである。
旅人が帰京したのは天平二（七三〇）年十二月、翌年七月二十五日に没している。二度も「昔見し象の小河」とうたい、吉野の清々しい小河を愛し続けて逝った旅人。万葉集から浮かび上がる豪放磊落《らいらく》で清廉な旅人の心の原点に、ふと触れたような気がして感慨深い。

【大伴家持】

家持には「吉野《よしの》の離宮《とつみや》に幸行《いでま》さむ時の為に、儲《ま》けて作る歌一首」と短歌二首がある。

高御座《たかみくら》　天《あま》の日嗣と　天《あめ》の下　知らしめしける　皇祖《すめろき》の　神の命《みこと》の　畏《かしこ》くも　始め給ひて　貴くも　定め給へる　み吉野《よしの》の　この大宮に　あり通《がよ》ひ　見《め》し給ふらし　物部《もののふ》の　八十伴《やそとも》の　男も　己《おの》が負《お》へる　己が名負《なお》ひて　大君の　任《まけ》のまにまに　この川の　絶ゆることなく　此の山の　彌《いや》つぎつぎに　かくしこそ　仕へ奉《まつ》らめ　いや遠永《とほなが》に（巻十八・四〇九八）

古《いにしへ》を思ほすらしもわご大君吉野の宮をあり通《がよ》ひ見《め》す（同・四〇九九）

物部《もののふ》の八十氏人も吉野川絶ゆることなく仕へつつ見む（同・四一〇〇）

天平感宝元（七四九）年五月十四日に、家持が興に乗って作った歌である。なぜ、聖武天皇の吉野宮行幸を想定してこのような歌を作ったのか。この頃、彼の心は久々に弾んでいた。前にも述べたように、この年二月に陸奥国から黄金が献上され、四月一日天皇は東大寺に行幸し、盧遮那仏に産金を報告、国民に喜びを分つ詔を発した。この中で天皇は、大伴氏の「そらみつ大和の国」時代からの労を讃えたのである。それが家持にはうれしかった。そこで五月十二日に「陸奥国《みちのく》より金《くがね》を出《いだ》せる詔書を賀《ほ》く歌」を作り、二日後に「興に依りて」この吉野宮行幸の歌を作ったのである。

これは、いかに家持がこの時、舞い上がっていたかを語るものであろう。聖武天皇への敬愛がみなぎっているひとときであった。ひょっとして、天平八年から途絶えている吉野宮行幸を聖武天皇が再開するならば、と夢見て遊び心で詠んでみたのではないか。

この歌、まず注目したいのが「高御座《たかみくら》」。第七章で述べたように、万葉集中でこの枕詞が使われたのは、赤人の「高座《たかくら》」の他は、家持の二首のみ。その一首がこの歌である。

なぜ、この厳めしい枕詞を家持は冒頭に掲げたのか。

赤人が「高座の三笠の山」と詠むことで、「そらみつ大神の三笠の山」であることを指したように、ここで家持も「高御座《たかみくら》 天《あま》の日嗣」と詠むことで、「そらみつ大神の天の日嗣」であることを告げたのだと私は解したい。

それにしても、何と興味深い歌であろうか。家持の思い描く吉野宮行幸とはどういうものであったかが、はっきりと詠まれている。

「そらみつ大神」の日嗣として天下を治めてこられた古《いにしえ》の天皇が畏《かしこ》くも始められ貴《とうと》くも定められた吉野のこの大宮に、いつも通い、吉野の景勝を眺められるらしい。文武の多くの官人たちも、それぞれ自分の名を負って、大君のご命令のままに、この川の絶えることなく、この山のようにいよいよ永く続いて、永遠に今あるごとくに仕え奉ることであろう、というのである。

家持がうたう吉野宮行幸の何と盛大で、晴れやかなことか。わが大君を中心に文武の多くの官人が、それぞれの家の名を誇りとして行幸に加わるのだ。行幸の主役は、大君と群臣。どちらが欠けても行幸は成り立たない。両者が一体となって、始めてこの行幸が成り立つのである。

家持がこのとき思い浮かべていたとすれば、それは高らかに「そらみつ」をうたった、あの雄略天皇の吉野宮行幸ではなかっただろうか。

家持は今、聖武によってひととき甦った「そらみつ大和の国」への追憶から、こうした古の吉野宮行幸の夢をうたった。だが、聖武は家持がこの歌を作った七年後に没し、家持の夢はまぼろしと消えた。

しかし私にはこの歌は、遊び心の歌であったにもかかわらず、吉野宮行幸の歌として独特の生彩を放っているように思われる。なぜならこの歌は、期せずして今は亡き「そらみつ大和の国」の吉野宮行幸に捧げられた、永久の挽歌となっているかに見えるからだ。

第九章　高市黒人の孤愁

異色の吉野宮行幸歌で鮮烈な姿を見せた、高市黒人《たけちのくろひと》を訪ねてみたい。

高市黒人は、どういう歌人だったのだろうか。万葉集に載る歌は十八首、すべて短歌である。持統・文武天皇の頃の人、柿本人麻呂とほぼ同時代、もしくはやや後の人とされる。これが公式的なプロフィールである。

歌人としての黒人については、誰もが異口同音に語っている。「漂泊の世界」「個の寂寥《せきばく》の世界」「漂泊の魂」を歌った人である、と。そして、この点が人麻呂の歌との違いとして、さまざまに論じられている。

たとえば大岡信氏は記している。黒人の歌の基調である孤独感、寂寥感などの要素は、「人麻呂の歌では表面にほとんど出てきていない。つまりその点が、高市黒人が近代にいたってとりわけ旅の詩人としての人気を得はじめた理由とも関わってくるのであろう。そこには、近代人の個我の孤独の意識に相呼応する古代人の旅愁の表現があったのである。」（『万葉集』岩波書店）

【さすらう魂の歌】

まずは歌を見てみよう。

黒人は、持統天皇の最晩年の二回の行幸に同行している。一度目は、前述した大宝元（七〇一）年の吉野宮行幸である。不思議な歌であった。

大和《やまと》には鳴きてか来《く》らむ呼子鳥《よぶこどり》象《きさ》の中山呼びそ越ゆなる（巻一・七〇）

象の中山を呼子鳥が越えていく。どこから来てどこへ行くのだろう。黒人のさすらう心は、行方知れぬ呼子鳥に寄り添い、ひととき安らいでいるかのようだ。黒人は今、吉野にいて、吉野にいない。持統天皇と共にいて、お側にいない。あたかも孤愁ただよう独りの旅人のようである。

二回目は、大宝二（七〇二）年十月から十一月にかけての参河《みかわ》行幸である。この時の歌一首。

何処《いづく》にか船泊《ふなは》てすらむ安禮《あれ》の崎漕《さきこ》ぎ廻《た》み行きし棚無《たなな》し小舟《をぶね》（同・五八）

黒人は今、夜の行在所《あんざいしょ》で寛《くつろ》いでいるのだろうか。一人、ひそかに瞑目する彼の脳裏を、昼に見た安礼の崎（静岡県引馬野の崎という）を漕ぎ巡って行った、棚のない小舟が去来する。あの小舟は今頃、何処に船泊まりしているだろうか。

ここでも黒人は幾多の官人たちと共にいながら誰ともいない。彼の心は、昼間に見た小舟から離れない。吉野の「呼子鳥」は「棚無し小舟」と化して、彼のさすらう心にひとときの憩いを与えているのだ。さすらう魂は、さすらうかに見えるものを求めてさすらう。持統行幸という公けの行事に、どうやら彼はいつものごとく、孤愁の衣を纏って付き従ったようである。

巻第三の「高市連《たけちのむらじ》黒人《くろひと》の羈旅《たび》の歌八首」は、さすらう魂の珠玉の歌であろう。

旅にして**物恋**《こほ》しきに**山下**《やました》の**赤**《あけ》のそほ**船**《ぶね》**沖**へ**漕**《こ》ぐ**見**ゆ（巻三・二七〇）
桜田へ**鶴**《たづ》**鳴**き**渡**る**年魚市**《あゆち》**潟**《がた》**潮干**《しほひ》にけらし**鶴**《たづ》**鳴**き**渡**る（同・二七一）
四極山《しはつやま》うち**越**え**見**れば**笠縫**《かさぬひ》の**島漕**《こ》ぎかくる**棚無**《たなな》し**小舟**《をぶね》（同・二七二）
磯《いそ》の**崎漕**《こ》ぎ**廻**《た》み**行**けば**近江**《あふみ》の**海八十**《やそ》の**湊**《みなと》に**鵠**《たづ》**多**《さは》に**鳴**く（同・二七三）
わが**船**は**比良**《ひら》の**湊**に**漕**《こ》ぎ**泊**《は》てむ**沖**へな**離**《さか》りさ**夜更**《ふ》けにけり（同・二七四）
何処《いづく》にかわれは**宿**らむ**高島**の**勝野**《かちの》の**原**にこの**日暮**れなば（同・二七五）
妹もわれも**一**つなれかも**三河**なる**二見**《ふたみ》の**道**ゆ**別**れかねつる（同・二七六）
とく**来**ても**見**てましものを**山城**の**高**の**槻群**《つきむら》**散**りにけるかも（同・二七七）

漂泊の旅人が旅空で心誘われるのは、山下や島影に見える「赤《あけ》のそほ船《ぶね》」や「棚無《たなな》し小舟《をぶね》」、「鶴《たづ》」や「妹」である。彼らは、どこから来てどこへ行くのだろうか。今宵の宿はあるのだろうか。

何処に私は泊ろう。高島の勝野の原で日が暮れてしまった。

まさに行くあても帰る処もない、流転の旅人が黒人であったといえよう。

だが、そうだとしたら、やはり問わずにはいられない。いったい黒人はなぜ、これほどまでに漂泊せずにはやまなかったのか。故郷がないはずはない。たとえ現実の故郷を失ったとしても、心の故郷までも失ったのだろうか。

たとえば人麻呂であるが、後述するように彼の心の故郷は「そらみつ大和の国」にあった。真実の歴史は消されようとしているが、彼の心の中で生きつづけ、輝きを増していった。この「古の国」との懐かしい絆が生きていたからこそ、人麻呂は人間を愛することができたのである。

赤人はどうか。彼の心の故郷も、やはり「そらみつ大和の国」にあったと言うべきであろう。だから赤人は、自然を観照し、うたうことが出来たのである。

こうしてみると彼らの魂は、黒人のようにさすらってはいない。真に孤独ではなかったのである。ところが黒人の心の故郷は、「そらみつ大和の国」にも、新たな「天皇制律令国家」にもなかったのである。

では、なぜ黒人は「故郷」を喪失したのだろうか。

私は、生来の気質に加え、その生い立ちにあると思う。

【高市県主許梅の神懸かり】

高市氏は、大和国六県の一とされる高市県の統括者の家柄で、黒人はその氏人《うじびと》であったといわれる。壬申の乱の際に、高市郡大領高市県主許梅《たけちのあがたぬしこめ》なる人物が神懸かりして、高市社の事代主　神《ことしろぬしのかみ》および身狭社《むさのやしろ》の生霊　神《いくたまのかみ》を顕現し、さまざまなお告げをしたことが『日本書紀』に載っているが、黒人はこの許梅の近親者であろうといわれている。

ちなみに許梅の神懸かりの模様は、天武元年七月二十三日条によると、ほぼ次のようである。

大海人皇子軍が金綱井《かなつなゐ》で戦った時、高市県主許梅《たけちのあがたぬしこめ》が神懸かりして言うには、「吾《われ》は、高市社《たけちのやしろ》に居《を》る、名は事代主神《ことしろぬしのかみ》なり。又《また》、身狭社《むさのやしろ》に居る、名は生霊神《いくたまのかみ》なり」、「神日本磐余彦天　皇《かむやまといはれびこのすめらみこと》の陵《みささぎ》に、馬及び種種《くさぐさ》の兵器《つはもの》を奉《たてまつ》れ」、「吾は皇御孫命《すめみまのみこと》の前後《みさきしり》に立ちて、不破《ふは》に送《おく》り奉《まつ》りて還《かへ》る。今《いま》も且官軍《またみいくさ》の中《なか》に立ちて守《ま》護《も》りまつる」。また「西道《にしのみち》より軍　衆《いくさびとども》至《いた》らむとす。慎《つつし》むべし」。言い終わると許梅は正気に返った。そこで許梅を遣わして御陵《みささぎ》を祭《まつ》り拝《おが》ませ、馬及び兵器《つはもの》を奉り、又幣《みてぐら》を捧げて、高《たけ》市《ち》・身《む》狭《さ》二社《ふたやしろ》の神を礼《ゐやま》ひ祭った、というのである。

甚だ興味深い記事である。こうしてみると、高市県主許梅は大海人皇子軍の勝利の立て役者であることになるが、それ以上に興味深いのは、彼に神懸かりしたのが「高市社の事代主神と身狭社の生霊神」であり、「神武天皇の陵に馬及び種種の兵器を奉れ」、と告げたということだ。いったい、なぜ乱の最中に事代主神などが現われ、神武の陵を祭れと告げたのだろうか。不可解なお告げである。

【神懸かりのドラマ】

私は、率直に言って高市県主許梅の神懸かりの一件は、甚だ怪しいと思う。この一件は、ある意図をもって天武天皇によって仕組まれた、いわゆる「神懸かりのドラマ」であり、許梅は演じさせられたのではなかったかと考える。

そうだとすれば、天武の意図とは何か。

私は、今度改めてこの事件を知り、天武がすでに大海人皇子時代から、いかに用意周到に天照大神を最高神とする天皇制律令国家形成のために、さまざまな布石を打っていたかを知って驚いたのである。

どうやら天武は、天照大神の天石屋戸神話の舞台を、高市郡に作ろうとしたらしい。天照大神が天石屋戸に隠れた時、八十万神は「天高市」に集合し、対策を話し合ったというのであるが、橿原市曽我に「天高市《あめのたかいち》神社」がある。これなど、その一つであろう。

そこで神武天皇のアピールである。神武は初代天皇だというのに殆ど無視されていた。「天照大神―神武ライン」を柱とする新生国家では、天照大神と共に大きく羽ばたいてもらわねばならない。それと同時に天武が考えたのが、出雲系の神々の処遇である。これは大己貴命《おおなむちのみこと》とその子たち（事代主命《ことしろぬしのみこと》・阿遅須伎《あじすき》高日子《たかひ》根命《こねのみこと》・下照姫《しもてるひめ》）を出雲の代表神として、神武の大和入りを待ち受けていたという形にしよう。

では、彼らはどこで待ち受けていたのか。大己貴命は三輪山で、饒速日命《にぎはやひのみこと》に成り代わって大物主神として待ち受けてもらおう。では事代主命はどうか。彼はやはり高市県主の高市社に鎮座していただくことにしよう。神武が近くに眠っているのだから。

これが壬申の乱の頃までに練っていた天武天皇の構想のアウトラインであったと私は考える。そうだとすると、高市県主許梅と高市社は、こうした天武天皇の構想のポイントとして、すでに早くからプランに組み込まれていたことになろう。

【高市社】

高市社であるが、もともとは高市県主の氏神を祀る社であり、「高市社」と称されていたらしい。それが、許梅のお告げによって事代主神を祀る社が、おそらく乱後にもう一社創始され、その社も「高市社」と称されるようになったようだ。つまり高市氏の氏神を祀る「高市社」の近くに、縁もゆかりもない事代主神を祀る「高市社」が突如、出現したのである。

その後、両社がどのような経緯を辿ったのかはよくわからないが、「延喜式」神名帳には、高市《たけちの》御県《みあがた》坐《にいます》鴨《かもの》事代主《ことしろぬし》神社と高市御県《たけちのみあがた》神社が見える。

ちなみに高市氏の御県神社は、大和六御県神社の一であった。六御県（高市・葛木・十市・志貴・山辺・曾布）は天皇の蔬菜《そさい》などを納める直轄地で古い時代に置かれていたはずだから、そらみつ大神とゆかりの深い県だったとみられる。

高市氏であるが、高市御県神社の祭神は天津《あまつ》彦根命《ひこねのみこと》他。天津彦根命は、素戔嗚尊と天照大神の誓約の時に生まれ、天照大神の子とされた神話の神である。高市氏のいきさつを考えると、おそらく改変されたのであろう。

私は、高市氏は親・出雲系の南海の豪族で、饒速日命の大和入りに伴い、早い時期に大和入りした氏族ではなかったかと考えている。

ここで許梅《こめ》である。彼はこの時、突然こうしたプランへの協力を要請されたのだろうか。予知してはいたであろう。大海人皇子時代から折にふれて示唆があったと思う。事代主神を祀る社を新たに高市県に祀りたいというような形で。

もちろん高市氏の間では不満が爆発したであろう。何らゆかりのない事代主神の高市県への鎮座など、どうして賛同することができよう。だが、結局は逆らうことはできず、大海人皇子の方針に従わざるを得なかった。そして、その指令は乱の最中に思いがけない形でやってきた。許梅が神懸かりして事代主神を顕現し、さまざまな神意を述べる、そんなシナリオが用意されていたのだ。私は今、許梅の神懸かりの一件から、このようなドラマを描いてみるのである。


【国つ御神の荒廃】

ふたたび高市黒人にスポットを浴びせたい。

黒人は当時十代半ばほどだったか。許梅の苦汁の境地をよく知っていたであろう。一族の動揺、煩悶。時代の巨大な歯車に抗する術のない絶望、虚しさ。多感な少年は、子供心にも涙したにちがいない。

そうだとすれば、彼が深い孤独と寂寥《せきばく》に沈んだのはよくわかる。こうして彼の魂は漂泊する。権力も地位も名誉も、もはや彼には虚しい。彼は「公」と決別し、「個」の憂愁に身を沈めた。漂泊の世界の旅人となった。

黒人は若くして歴史がどのようにして改竄《かいざん》されていくのかを目の当たりにした。人は抗《あらが》う術なく、時の権力の要請に従わねばならぬのか。

「高市古人《たけちのふるひと》、近江の舊堵《きゅうと》を感傷《いた》みて作る歌　或る書に云はく、高市連黒人といへり」がある。

古《いにしへ》の人にわれあれやささなみの故《ふる》き京《みやこ》を見れば悲しも　（巻一・三二）

ささなみの國つ御《み》神《かみ》の心《うら》さびて荒れたる京《みやこ》見れば悲しも　（同・三三）

印象深い歌である。心の奥深くさざめく黒人の嗚咽《おえつ》が、どこに由来するかを端的に告げているからだ。

荒れ果てた近江京の廃墟を見た黒人は、悲しみに包まれる。自分は当時を知る昔の人ではないのに、自分にもまだ悲しみの感情が生きていたのかと、いささか驚いている。そうした熱い思いはもう自分にはないと思っていたからだ。

ところが、やはり実際に「故《ふる》き京《みやこ》」を見ると悲しみが込み上げてきた。自分でも不思議なこの悲しみはどこから湧いてきたのか。なぜ自分は「悲しい」のだろうか。黒人は突如として自分の奥処から込み上げてきた「悲しみ」の由来に思いをめぐらす。そして、うたうのである。

ささなみの国を守る神の心がすさんだために、荒れ果ててしまった京《みやこ》を見れば悲しい。

なぜ近江の宮は荒れ果てたのか。それは、ささなみの国を守る神の心がすさんだためである、というのである。それは、まさに黒人の漂泊する魂の嗚咽の源であった。ここで彼は、自らの故郷の「国つ御神《みかみ》」の心の「すさび」を重ねている。高市県を守るべき神の心はすさんでしまった。

近江京の建設に際しても、「国つ御神」への強引な権力の切り込みがあったであろう。だから、ささなみの国を守るべき神の心はすさんでしまった。だから都は廃墟と化したのだ。「国つ御神」が心楽しくなければ、どうして国が生き生きと守られよう。「国つ御神」を嘆かせて、どうして国が立派に、永く続くことがあろうか。

黒人はここで、近江京の荒廃は「国つ御神」の心を踏みにじったためだと暗に言っているのである。そのため「国つ御神」を仰ぐ人の心が離れた。つまり人と国の絆が切れた。「国つ御神」が心楽しくあらねばならない。そうであれば、自然に人心も寄ってくる。黒人は、国の荒廃の原点をはっきりと見たのである。

このように解するならば、この二首の歌は近江京に仮託した、黒人の「飛鳥京」への精一杯の抗議であると言うこともできよう。そして、黒人の孤愁がまさにこの点にあったこと、なぜ漂泊の旅人とならねばならなかったかを語っているのである。

彼は見知らぬ土地を旅する。漂泊する魂が、もし知らず識らず求めていたとすれば、それは心楽しい「国つ御神」との出会いであっただろうか。

【高橋虫麻呂】

ふと高橋虫麻呂を思う。山部赤人の不盡山の歌のところでちらっと姿を見せた人だ。彼は饒速日命を遠祖とする子孫であった。虫麻呂の「国つ御神」は黒人にもまして無残に壊滅していた。「伝説」の歌人として知られる虫麻呂だが、やはり「孤愁の人」であったことはまぎれもない。巻第九に「霍公鳥《ほととぎす》を詠む一首」がある。

鶯《うぐひす》の　生卵《かひご》の中《なか》に　霍公鳥《ほととぎす》　獨り生れて　己《な》が父に　似ては鳴かず　己《な》が母に　似ては鳴
かず　卯《う》の花の　咲きたる野邊ゆ　飛びかけり　来《き》鳴き響《とよ》もし　橘の　花を居《ゐ》散らし　終日《ひねもす》
に　鳴けど聞きよし　幣《まひ》はせむ　遠くな行きそ　わが屋戸《やど》の　花橘に　住み渡れ鳥
（巻九・一七五五）

反歌

かき霧《き》らし雨の降る夜《よ》を霍公鳥鳴きて行くなりあはれその鳥（同・一七五六）

犬養孝氏は、虫麻呂の「孤独の魂の実証として」この歌をあげ、次のように述べている。

「伝説をうたふのではなくて、習性ないし伝承をかりきたつて、霍公鳥、実は自己の宿命を描く。一見、鳥の歌であつて、そこには人間がゐる。旅の歌ではなくして、却つて虫麻呂の『旅』がある。あらはにしない中に、『孤愁のひと』がゐる。」（『萬葉の風土・続』塙書房）

虫麻呂は、特異な生い立ちの霍公鳥に、自らの悲しい宿命を重ね、自らの孤愁と漂泊の魂をうたい、涙しているのである。

思えば万葉の時代は、かつてない「国つ御神」の受難の時代であった。それゆえにまた、「孤愁の歌人」が生まれた時代でもあったのである。

【近代との共鳴】

巻十七に「高市連《たけちのむらじ》 黒人《くろひと》の歌一首」がある。

婦《め》負《ひ》の野《の》の薄《すすき》押し靡《な》べ降る雪に屋戸《やど》借る今日し悲しく思ほゆ（巻十七・四〇一六）

高市郡大領の一族の黒人は今、富も名誉もすべてを捨て去って越中の婦負の野（富山県婦負郡の野という）にいる。薄を押しなびかせて降る雪の夜に、宿を借りる今日は悲しく思われる、というのである。

黒人がなぜこの地にやってきたのかは定かでない。故郷の大和の高市県では一族の者たちが壬申の乱後の報酬を得て、ともかく平穏な日々を過ごしているであろう。そうした一族の栄達の暮らしに決別し、黒人は自ら選び、こうして雪の曠野をさすらっているかにみえる。そうだとすれば、それは自ら求めた漂泊の旅であった。それでも今日は悲しく思われるというのである。

左注に「此の歌を傳へ誦《よ》めるひとは、三國眞人《みくにのまひとい》五百國《ほくにこ》是れなり」とあるように、大伴家持が越中時代に採集した歌である。

家持は、黒人の良き理解者であった。高市氏の「国つ御神」の受難は『日本書紀』に記されていた。あたかも動かぬ証拠のように。家持は『書紀』を読むにつれ、事情を知るにつれ、黒人の寂寥の魂に深い共感を寄せたであろう。

黒人の忍び泣く魂は、「そらみつ大和の国」への慕情をも突き抜けて、一気に、人間と国家の根源にまで届いてしまったかのようだ。同じような運命に置かれた人麻呂が、国家への忠誠と反骨を二つながら生きたとすれば、あるいは虫麻呂が各地の伝説などの収集に心の安らぎを見出したとすれば、黒人はそうした行動の軸や安らぎの場を喪《うしな》い、すでに自覚なくして人間の生と人生の真実を希求し、永遠の心の支えを求めて漂泊し始めている。そのようにして、黒人は知らず識らず「近代」の戸口にまでやってきたかにみえる。

それにしても、またしても思わずにはいられない。万葉という時代が、日本の国のいかに劇的な転換期であったかを。巨大な歯車に押しひしがれた道の草、時代の奔流に浮かぶ小舟、それが黒人であり、彼の歌であった、と私は思う。

第十章　憂愁の皇子たち

高市黒人と対極にあったかにみえる、天武天皇の皇子たちの素顔に近づいてみたい。

(1) 二上山絶唱

飛鳥時代の悲劇のヒーローといえば、やはり大津皇子《おおつのみこ》であろうか。その非業の死はあまりにも名高い。巻第三に「大津皇子《おほつのみこ》、被死《みまか》らしめらゆる時、磐余《いはれ》の池の陂《つつみ》にして涕《なみだ》を流して作りまし御歌一首」がある。

ももづたふ磐余の池に鳴く鴨《かも》を今日のみ見てや雲隠《がく》りなむ（巻三・四一六）

大津皇子は天智二（六六三）年生まれ。文武に優れ、おおらかな人柄は人々を魅了した。朱鳥元（六八六）年九月九日天武天皇が崩御すると、十月二日に大津の謀反が発覚したとされ、翌日自尽して果てた。時に二十四歳。

巻第二に「大津皇子《おほつのみこ》、竊《ひそ》かに伊勢の神宮に下りて上り来まし時の大伯皇女《おほくのひめみこ》の御作歌《みうた》二首」がある。

わが背子を大和へ遣《や》るとさ夜深《ふ》けて暁露《あかときつゆ》にわが立ち濡《ぬ》れし（巻二・一〇五）

二人行けど行き過ぎ難き秋山をいかにか君が獨り越ゆらむ（同・一〇六）

ひとたび出逢ったら忘れられない、永遠の魂の歌である。

【一つの疑念】

二上山の雄岳頂上に大津皇子の墓がある。二上山は、奈良県当麻町と大阪府太子町にまたがる雄岳と雌岳の二峰からなる。大和盆地の西端に、東の三輪山に対峙して聳《そび》える山だ。雄岳山頂には古くから葛木二上《かつらぎふたかみ》神社が鎮座する。

二上神社の祭神は大国魂神。山上憶良が「好去好来《こうきよこうらい》の歌」で「倭《やまと》の大国霊《おおくにみたま》」とうたった、あの「そらみつ」伝承の饒速日命《にぎはやひのみこと》である。

そうだとすれば大津は大神に抱かれて眠っていることになるのだが、ここで私には長いあいだ抱いてきた一つの疑念があった。

大津皇子は、どうして二上山に眠ることになったのだろうか。持統天皇にとっては、夕日が沈む時、いつも礼拝せずにはいられない山ではないか。なぜそうした聖なる山へ大津皇子は鎮まることになったのか、という疑念であった。

実は今度、「薬師寺縁起」（「大津皇子の像（註二）」『保田與重郎選集第一巻』講談社）を知って、この謎が少しばかり解けたような気がしている。

【薬師寺縁起】

言い伝えによると、大津皇子は世を厭い、不多神山に籠っていたが、謀告により掃守司の蔵に七日禁固された。ところが皇子は急に悪龍になって毒を吐き、天下は鎮まらなかったので、朝廷はこれを憂い、皇子の師であった義淵に皇子のために寺を建てさせた。名を龍峯《りゅうほう》寺といい、寺は葛下郡にあり掃守寺がこれである、というのである。

『奈良県の地名』の「掃守寺《かもりでら》跡（當麻町大字加守）」の項に、建永二（一二〇七）年書写の醍醐寺本「薬師寺縁起」として、ほぼ同じ記事がみえ、掃守寺跡は、葛木倭文坐天羽雷命《かつらぎのしどりにいますあめのはずちのみこと》神社北西の堂《どう》の池と呼ばれる溜池の辺りで、池畔の四天王《してんのう》堂という小堂付近に礎石が残るという。掃守寺は、「明治維新頃に廃寺となり、あとに四天王堂が建てられたものらしい。竜峯寺は掃守寺の後身で、四天王堂は竜峯寺の名残とみられる。」ということだ。

それにしても不思議な縁起なのだが、これをどう解したらよいか。

私は次のような光景を思い描いてみる。

天武天皇没後、身に迫る危機を避けるべく、大津はかねてから交流があった掃守司を頼って二上山へ逃れてきた。だが時すでに遅く、掃守司には朝廷の手が伸びていた。掃守司は何らの術もなく、大津皇子は謀告され刑死した。そこで朝廷は義淵に、掃守氏の地に寺を建て、大津の冥福を弔うよう命じた。

掃守氏は二上山の東麓、現在の当麻町大字加守（現・葛城市）を本拠とする豪族であった。天《あめの》忍人命《おしひとのみこと》（天香山命の三世孫）の後裔と言われているから、饒速日命を太祖とする尾張氏族である。大津皇子は彼らの希望の星であっただろう。だが、彼らがまだ何の企てもしないうちに事は起きた。彼らが態勢を整える前に、持統派は素早く機先を制したのだ。そうだとすれば尾張氏らは、夢の間合いに敗れたとも言えるだろうか。

【二上山絶唱】

こうして掃守寺で供養されていた大津の霊は、やがて二上山の大国魂大神の傍らに移祀されることになった。古くから二上神社は掃守氏の祭祀社であった。加守集落の葛木倭文坐天羽雷命神社の相殿に、摂社の二上神社（祭神大国魂命）が祀られ、二上山頂の葛木二上神社遙拝所と伝わっている。

おそらく掃守氏は、彼らの信仰する大国魂大神の傍らへの皇子の移祀を、早くから願い出ていたにちがいない。しかし朝廷の許可が下りなかった。ところが、やがて願いが叶う時がきた。きっかけは、やはり持統三（六八九）年四月の草壁皇子の死であろう。持統天皇は草壁皇子の死を大津皇子の祟り、さらには大国魂大神の祟りと感得した。だから大神の傍らへの遷祀を認めた。何かそんな秘されたいきさつがあったのではないだろうか。

二上山の歌は意外と少ない。先の二首を含めた大伯（来）皇女の歌数首と作者不詳歌が三首ほど。人麻呂も赤人も家持も詠んでいない。

思えば二上山は憂愁の山であった。歴史から消された「そらみつ大神」と非業の死を遂げた大津皇子。二上山を仰ぐ時、誰もが悲憤の魂を思わずにはいられなかったであろう。それに時の政権への思惑も働いてくる。歌枕とするには重すぎたのかもしれない。

それだけに、大来皇女の絶唱が万感の思いを秘めて胸に迫ってくる。

巻第二には「大津皇子の屍《かばね》を葛城《かづらき》の二上山《ふたかみやま》に移し葬《はぶ》る時、大来皇女の哀しび傷《いた》む御作歌《みうた》二首」がある。そのうちの一首。

二上山

うつそみの人にあるわれや明日よりは二上山を弟世《いろせ》とわが見む（巻二・一六五）

大来皇女が二上山を弟の形見として過ごしたのは十年ほど。大宝元（七〇一）年十二月二十七日に世を去っている。時に四十一歳。

この年八月に大宝律令が完成。大来皇女は、あたかも新たな国の誕生を見届けるかのように、大神に抱かれて眠る愛する弟に殉じたのである。

⑵　日の皇子の憂愁

忍壁《おさかべ》・新田部《にいたべ》・長《なが》・弓削《ゆげ》皇子たち――「日の皇子」と称され、日神アマテラスの光に包まれた彼らは、それ故にまた、人知れぬ憂愁とともに生きた人たちであった。

【忍壁皇子】

たとえば忍壁皇子《おさかべのみこ》。彼は天武十（六八一）年三月に川島皇子《かわしまのみこ》（天智の皇子）らと「帝紀および上古諸事」の記定を任命されている。それは『日本書紀』につながる国史編纂事業の始まりであり、いわば彼は、天武王朝の史的根拠をはっきりと「記定」する事業の当事者に任命されたのである。
朱鳥元（六八六）年九月、天武が没した時、忍壁皇子の宮と民部省が炎上している。火は忍壁の宮から出たともいわれたらしい。天武政権への反発が、「記定事業」を進める忍壁へ向けられたということはなかっただろうか。
好むと好まざるとにかかわらず、時代の歯車を回さねばならない彼らは、いわば犠牲者でもあった。そして、そうした皇子たちを憐れみ、愛してさえいたのが柿本人麻呂だったのではないか。「日の皇子」に徹して生きる忍壁《おさかべ》、舎人《とねり》、新田部《にいたべ》、長《なが》の四皇子。なかなか「日の皇子」になりきれない弓削皇子《ゆげのみこ》。彼らに献じた人麻呂の歌を見ると、そんな思いを抱くのである。

【新田部皇子】

巻第三に「柿本朝臣人麿、新田部皇子《にひたべのみこ》に献《たてまつ》る歌一首」がある。

やすみしし　わご大王《おほきみ》　高輝《たかて》らす　日の皇子　栄えます　大殿のうへに　ひさかたの　天傳《あまつた》ひ来る　白雪《ゆき》じもの　往きかよひつつ　いや常世まで（巻三・二六一）

反歌一首
矢《や》釣《つり》山《やま》木《こ》立《だち》も見えず降りまがふ雪にうぐつく朝《あした》楽しも（同・二六二）

察するところ、人麻呂は新田部皇子の宮へ出入りしていたらしい。大殿の上に天から降ってくる白雪のように、いつまでも御殿に通い、お仕えしたいものだ。降りしきる雪の中を馬を走らせて御殿に来る朝は本当に楽しい、というのである。

新田部皇子は天武天皇の第七皇子。天平七（七三五）年没。略歴を見る限り、朝廷の一員としてさまざまな役割をつつがなく果たしたようであるが、意外な一面もあった。実は遷化《せんげ》した鑑真《がんじん》に大和上の称号を授け、備前国水田百町と親王の旧宅を施したというのである。

そうだとすれば、唐招提寺は新田部皇子の旧宅に戒院を建立したのが起源ということになるのだが、金堂の本尊が盧舎那仏、境内に竜王と菅公（天満神）が相会したという「二神相会《そうえ》の跡」があり、鎮守の水鏡神社の主神が菅原道真である。どちらかと言えば、反権力的イメージの強い寺として歩んできたようでもある。

それが新田部皇子の意思と関わりがあったのかどうかは別にしても、私には人麻呂が新田部皇子と会うのをあれほど楽しみにしていたのが分かるような気がする。白雪の降り積む朝の光景というのも、新田部皇子の清廉な姿を伝えて印象的である。

【長皇子】

長皇子《ながのみこ》は天武天皇の第四皇子。霊亀元（七一五）年没。弓削皇子の同母兄である。

「長皇子《ながのみこ》、皇弟《いろと》に與ふる御歌一首」（巻二・一三〇）など、集中五首の歌が載る。それらから浮かび上る長皇子は、思慮深く、力量豊かな人という印象である。

巻第三に「長皇子《ながのみこ》獵路《かりぢ》の池に遊《いでま》しし時、柿本朝臣人麿の作る歌一首」（巻三・二三九）がある。萌え出る春草のように愛らしい、称美すべきわが皇子であると、長皇子を讃えた長歌につづく反歌一首。

ひさかたの天《あま》ゆく月を網に刺しわご大王《おほきみ》は蓋《きぬがさ》にせり（同・二四〇）

月を天皇の後ろからさしかける傘に見立てて詠んでいるのだが、私は「月桂冠」を想起する。そして、人麻呂が長皇子をどのような人として愛していたかをしのぶのである。

【弓削皇子】

弓削皇子《ゆげのみこ》は、生来多感な性格もあって、兄のようには「日の皇子」の自分を受け入れて生きていくことが難しかったようだ。弓削皇子の歌は集中九首、そのうち吉野の歌が四首ある。吉野で弓削皇子は「古《いにしえ》」の懐古や生命の儚《はかな》さ、自らの死への予感などをうたっている。

そして今一つ、印象深いのは額田王との歌のやりとりである。

「吉野の宮に幸《いでま》しし時、弓削皇子《ゆげのみこ》、額田王《ぬかたのおほきみ》に贈與《おく》る歌一首」

古《いにしへ》に恋ふる鳥かも弓絃葉《ゆづるは》の御井《みゐ》の上《うへ》より鳴き渡り行く（巻二・一一一）

「額田王、和へ奉る歌一首　大和の都より奉り入る」

古に恋ふらむ鳥は霍公鳥《ほととぎす》けだしや鳴きしわが念《も》へる如《ごと》（同・一一二）

「吉野より蘿生《こけむ》せる松の柯《えだ》を折り取りて遣はす時、額田王の奉《たてまつ》り入るる歌一首」

み吉野の玉松が枝《え》は愛《は》しきかも君が御《み》言《こと》を持ちて通はく（同・一一三）

吉野の三首は不思議な歌である。いったい弓削皇子はなぜ、大和にいる額田王に「古《いにしへ》に恋ふる鳥の歌」や「蘿生《こけむ》せる松の柯《えだ》」を贈ったのだろうか。

額田王の万葉最後の作は、この弓削皇子との贈答歌である。いつの頃か不明だが、藤原遷都以前とすると額田王は六十歳余りかといわれている。おそらく今はひっそりと暮らしていたであろう額田王に、若い皇子から、しかも吉野から使いがやってきたのだ。

「古を恋い慕う鳥であろうか。弓絃葉《ゆづるは》の御井《みい》の上を鳴き渡って行くのは」――弓削皇子は御井の上を鳴き渡って行く鳥を見て、「古」への恋慕の思いが募ったのであろう。身近にそうした思いを分かり合える者がいなかったからか、額田王を思い出し、歌を贈ったのだ。

額田王は返した。「古を恋い慕っている鳥はほととぎすですよ。おそらく私が思い慕っているような気持ちで鳴いたことでしょう」――やはり、額田王には弓削皇子の「古」を恋い慕う心が通じた。そこでお礼に「蘿生せる松の柯」を折り取って使者を遣わした。思いがけない贈物ではあったが、その「玉松の枝」は額田王の心に叶った。

今、私の眼に浮かぶのはこんな光景だが、ここで問題は「古」である。弓削が吉野で恋い慕った「古」とは何であろうか。

岩波版の頭注では「天武天皇御在世中の昔」と解されている。『万葉集歌人事典』も「2・一一一の題詞にもあるように、弓削皇子が吉野へ行かれておそらく父君のことをなつかしく思い出された。そしてそれとともに、父君と一緒にいられた額田王のことを思い出されて今は都にいる額田王に贈られたのがこの歌」と記す。

そう解するのが一般的らしいが、そうだろうか。そもそも弓削皇子に天武天皇との吉野での思い出はあっただろうか。弓削皇子は例の天武八年五月の六皇子の誓約にも参加していない。天武の吉野宮行幸はこれが最後だ。そうだとすれば弓削皇子が吉野で天武天皇を恋い慕い、ことさら額田王に歌まで贈ったというのはどうだろう。

弓削皇子が恋いしのんだ「古」は、文字通り古い、雄略天皇などとともにあった「そらみつ大和の国」時代の吉野ではなかったか。そして額田王なら、その「古」が分かると思ったのだ。彼女はかつて、三輪大神へ哀切な祈念を捧げて近江へ下った人なのだから。

弓削皇子の「古」は、正しく額田王に受けとめられた。そこで皇子は「蘿生せる松の柯」を贈るのだが、これこそ、二人の恋い慕う「古」を雄弁に語る証拠と言ってもよいだろう。

いったい、なぜ弓削はわざわざ苔むした松の枝を選んだのか。女性への贈り物としては少し違和感があるのではないか。ところが額田王は喜々として受け取った。それは、まさしく「古」の吉野の古木だったからだ。

ちなみに額田王が返歌に詠んだ「ほととぎす」は、以来、弓削皇子には格別の鳥となったかにみえる。後に彼はうたっている。


霍公鳥無かる國にも行きてしかその鳴く聲を聞けば苦しも（巻八・一四六七）

ほととぎすは「古」を恋い慕って鳴く鳥。だから、その鳴く声を聞くと弓削は、「日」の陰に消されゆく「古」の哀しみを思い、「日の皇子」の我にさいなまれるのだろう。

弓削皇子はまた「吉野に遊《いでま》しし時の御歌一首」でうたっている。


瀧《たぎ》の上《へ》の三船の山に居る雲の常にあらむとわが思はなくに（巻三・二四二）

「春日王《かすがのおほきみ》の和《こた》へ奉る歌一首」がつづく。

王《おほきみ》は千歳《ちとせ》に座《ま》さむ白雲も三船の山に絶ゆる日あらめや（同・二四三）

弓削皇子は、三船の山に居る雲の移ろいゆくのを見て、同じようにはかない自らの命を思い嘆く。春日王（系統不明。川島皇子の子ともいう）は、決してそんなことはない、白雲も常に湧き上がってきて絶える日がないように、王も千歳までもこのままおられるだろうと慰めている。注目したいのは、春日王の歌につづく「或る本の歌一首」だ。

三吉野の御船の山に立つ雲の常にあらむとわが思はなくに（同・二四四）

左注に「右一首、柿本朝臣人麿の歌集に出づ」とあるが、私は人麻呂の歌であろうと思う。ほぼ弓削皇子の歌と同じだが、「居る雲」と「立つ雲」では印象が少し違ってくる。「立つ」の方が流動的というか、雲の移ろいゆく早さを強く表現している。

人麻呂は「立つ雲」と詠むことで命の流転をより強調し、それが人間の命、決してあなただけではない、私もそう思っている、さあ頑張りなさい、と弓削皇子を励ましたのではないか。雲の移ろいに我が命を重ねて嘆く弓削皇子に、その嘆きを逆手にとって、皇子の歌に和したのだと私は解したい。「古」に深々ととらわれて彷徨する弓削皇子を、危うくはあるが愛おしい皇子として、人麻呂は格別の思いで見守っていたのではないだろうか。

弓削皇子が亡くなったのは文武三（六九九）年七月二十日。前月の六月二十七日には、歌を唱和した春日王が没している。

弓削皇子は、「日の皇子」としての憂愁を一身に背負い、「古」と「今」の狭間をさまよい歩いた。天武の皇子たちの誰もが無縁ではなかった古を恋うる鳥、「ほととぎす」と連れ立ちながら。

第十一章　志貴皇子家の伝承

「日の皇子」の時代を横目で見ながら、強い意思で自らの生を生き抜いた人がいる。志貴皇子《しきのみこ》（施基皇子）――天智の皇子であり、いくつかの万葉秀歌で知られる人だ。実は、長いあいだ私の心の奥に住みつづけてきた、この皇子にまつわる不思議な伝承がある。本章では、そのことについて語りたい。

(1)　志貴皇子の憤怒

まずは秀歌三首。

采女《うねめ》の袖吹きかへす明日香風《あすかかぜ》都を遠みいたづらに吹く（巻一・五一）
葦邊《あしべ》行く鴨《かも》の羽がひに霜降りて寒き夕べは大和《やまと》し思ほゆ（同・六四）
石《いは》ばしる垂水《たるみ》の上のさ蕨《わらび》の萌《も》え出づる春になりにけるかも（巻八・一四一八）

前の二首は「明日香宮より藤原宮に遷居《うつ》りし後、志貴皇子《しきのみこ》の御作歌《みうた》」、慶雲三（七〇六）年文武天皇の難波宮行幸の時の「志貴皇子《しきのみこ》の御作歌《みうた》」であるが、最後の歌は「志貴皇子《しきのみこ》の懽《よろこび》の御歌一首」としてよく知られている。

いったいどんな「懽《よろこび》」があったのだろうか。私たちにまで皇子の歓びがストレートに伝わってくる。皇子一人の「懽」が「萌え出づる蕨《わらび》」に託され、春の訪れという人間誰しもの心を浮き立たせる感情へと広げられ、ともに生と人生を寿《ことほ》ぐという永遠の名歌になっている。

こうした歌から浮かび上がる志貴皇子は、明るく温和で、こまやかな感覚を持った明晰な人、といった印象である。だが、実際の彼はどうだったのか。

志貴皇子は天智天皇の皇子、母の越道伊羅都売《こしのみちのいらつめ》は饒速日命《にぎはやひのみこと》を太祖とする物部氏の出であり、妃は紀諸人の娘であった。そうだとすれば、志貴皇子が「高天原神話」の陰に消されゆく、「そらみつ大和の国の歴史」に無念を抱いていたことはまぎれもない。それだけに彼は自重に徹したようだ。

鼯鼠《むささび》は木末《こぬれ》求むとあしひきの山の獵夫《さつを》にあひにけるかも（巻三・二六七）

この歌には何かの寓意があろうといわれている。あるいは誰かの問いかけに対し、だから猟夫に遭遇しないように忍従を重ねているのだよと、それとなく告げた歌だったようにもみえる。

【白毫寺の仏たち】

ところで興味深いのは、ここに、志貴皇子の秘めたる憤怒を今に伝えるかのような寺があることだ。奈良市の高円山白毫寺《びゃくごうじ》である。

この寺は志貴皇子の山荘を寺としたといい、霊亀元（七一五）年に勤操《ごんぞう》僧都（空海の師）が岩淵寺千坊の一として建立したと伝わっている（『古寺名刹大辞典』金岡秀友編、東京堂出版）。なお志貴皇子の没年は『続日本紀』では霊亀二（七一六）年だが、万葉集（巻二・二三〇の題詞）では霊亀元年と記されている。いずれにせよ、生前からの絆があって、志貴の死と同時に建てられたのではないだろうか。

私が心ひかれるのは、いつからか白毫寺に閻魔王や地蔵菩薩が現われていることだ。本尊は阿弥陀如来坐像だが、ほかに閻魔王坐像などがある。一月十六日と七月十六日の閻魔王の縁日にちなんで行われる「えんまもうで」は、日本では珍しい閻魔坐像を主体とする行事と言われている。『南都名所集』の「白毫寺」の項には、「高円山《こうえんざん》白毫寺は天智天皇の御願、本尊は阿弥陀如来、春日の御作なり。閻魔堂の仏像は菅丞相の御作、地蔵菩薩は小野篁《おののたかむら》の作なり。」とある。

何と意味深長な伝えであろう。

まず「春日の御作」だが、「春日作」とは「春日明神の作」ということだとされている。たとえば誓願寺（京都市中京区）の本尊の阿弥陀如来は「仏工賢問子・芥子国両人の作なり。また春日大明神夜々影向《ようごう》ありて援助したまふゆえに春日神作ともいふ（仏面に朱子の名号あり）。」（『都名所図

白毫寺

会』）と伝わっている。

私は第七章の山部赤人のところで考察したように、これを「高座春日神の作」と解するのであるが、そうだとすればそれは仏像であって仏像ではなく、高座春日神の霊がこもる像、つまり「そらみつ大神」の化身ということになろう。「高座春日神」は決して夢や幻ではない。今もなお厳として生きておられる——「春日作」の仏像は、大神を慕う人々のそんな思いが凝って生まれたのではないかと私は思っている。

「春日作」の仏像は、長谷寺（奈良県桜井市）の長谷観音や円成寺（奈良市）の十一面観音、葛井寺（大阪府藤井寺市）の十一面千手観音、二尊院（京都市左京区）の釈迦・阿弥陀の二尊など、数多い。「春日作」を名乗る仏師たちのグループがあったのではないだろうか（『空海はどこから来たのか』河出書房新社、第三部第三章参照）。

閻魔堂の仏像は「菅丞相作」、地蔵菩薩は「小野篁作」だという。小野氏は柿本氏と同族。彼らは、古くから「親・そらみつ大神派」のごとく信仰されてきた人たちである。

面白いではないか。こうしてみると、白毫寺には大神自作という阿弥陀如来を中心に、大神ゆかりの菅原道真と小野篁が作ったという閻魔王や地蔵菩薩が集まっていることになる！

ついでながら地蔵と閻魔王は同じとされ、一般にはスサノオに仮託されてきた。とすれば白毫寺は、まさに私が「消された覇王」と呼ぶ、スサノオとニギハヤヒの寺ということにもなるではないか。

志貴皇子は、『古事記』及び完成間近の『日本書紀』に憤怒を抱いて世を去った。それが心ある者にはわかっていた。そこで皇子の死とともに山荘は寺となり、そうした者たちの一つの拠点とされてきたのかもしれない。

ともあれ、白毫寺の仏像にまつわる伝承から浮かび上がる志貴皇子の姿は、凄まじい怒りを内に秘めて生きた人という印象である。

このような志貴皇子家から画期的な天皇が出現したのは不思議ではない。長男の白壁王は即位して光仁天皇となり、天武から称徳までつづいた、いわゆる「天武系天皇」にとどめを刺した。圧殺と忍従の時を生きてきた「大神派」は、志貴皇子家とともにようやく長いトンネルを抜け出し、一条の光を見出したと言えるだろうか。

光仁・桓武の後に万葉集の成立と関わりの深い平城《へいぜい》天皇がつづく。こうして地の底深く、根強く生き続けてきた「大神派」の執念と力は、紆余曲折を経て、やがて鎌倉幕府の誕生へと連なっていく。

私はこのように考えるのであるが、そうだとすれば志貴皇子は、「記紀」が抹殺した「そらみつ大和の国」の命脈を保った、古代史上画期的な人ということになるかもしれない。

⑵　春日王父子と翁舞伝承

志貴皇子家には、今一つ不思議な伝承がある。春日王《かすがのおおきみ》（志貴皇子の子、白壁王の弟）にまつわる翁《おきな》舞《まい》の起源伝承が語り継がれているのだ。

【奈良豆比古神社の伝承】

奈良市奈良阪町に奈良豆比古《ならずひこ》神社がある。社伝などによると、春日王が白癩病にかかり奈良山に隠棲した時に、子の浄人・秋王《あきのおおきみ》（安貴王）が孝養に励み、浄人は散楽を舞って春日明神に祈り、春日王の病気が平癒したという。また、このとき浄人が舞った散楽が翁舞の始まりだと伝えられ、この散楽は能の源流とされている、というのである。

十月九日の例祭の前日の宵祭りでは、同町にある翁講によって式三番叟《しきさんばそう》が演じられる。三番叟と千歳《せんざい》の問答には、能狂言発達以前の古い形が残っているとされる。

興味深い伝えではないか。

奈良豆比古神社は春日社とも八幡社とも称され、境内に春日王が作った矢と幡《ばん》を石瓶《いしがめ》に納めて埋納したという石瓶神社がある。祭神は平城津彦《ならつひこ》神・施基皇子《しきのみこ》・春日王。主神の平城津彦神は奈良山の神（産土神《うぶすなしん》）といわれ、諸説あるが、浄人らが祈願の舞を捧げた春日明神に違いない。

この社は、春日王が隠棲したという奈良山離宮が発祥であろう。春日王は離宮に春日神を祀り、さらに八幡神を祀って自らの病気平癒を祈った。そして、浄人らは父の快癒を祈って春日明神に舞を捧げた。そうした彼らの舞が、いつしか翁舞の初まりと伝えられるようになったと言うのである。

【春日王らの歌】

春日王は生年不詳。天平十七（七四五）年没。万葉集に歌一首が載る。

あしひきの山橘《たちばな》の色に出でよ語らひ継《つ》ぎて逢ふこともあらむ（巻四・六六九）

山橘の実のように顔色に出しなさい。そうすれば語らい継いで逢うこともあろうから、というのだろうか。

浄人は伝不詳。万葉集に歌はない。系図などでも見かけない人物だ。

安貴王は生没年不詳。紀少鹿（紀女郎）という妻がいたが、二人の仲はすっきりとはいかなかったらしい。安貴王の因幡《いなば》の八上采女《やかみのうねめ》との恋に対し、紀少鹿は大伴家持と交流。共に晩年は侘しい孤独をよぎなくされたようだ。万葉集に安貴王の歌四首。そのうちの一首。

秋立ちて幾日《いくか》もあらねばこの寝《ね》ぬる朝明《あさけ》の風は手本《たもと》寒しも（巻八・一五五五）

一人寝のさびしさをうたった歌だ。

安貴王の子、市原王《いちはらのおおきみ》に印象深い歌がある。

春草は後はうつろふ巌《いはほ》なす常磐《ときは》に坐《いま》せ貴《たふと》きわが君（巻六・九八八）
言問《こと》《と》はぬ木すら妹《いも》と兄《せ》ありとふをただ獨子《ひとりご》にあるが苦しさ（同・一〇〇七）

それぞれ「市原王の、宴《うたげ》に父の安貴王《あきのおほきみ》を禱《ほ》く歌一首」、「市原王の、獨子《ひとりご》を悲しぶる歌一首」である。心優しい人柄がしのばれるのだが、東大寺の長官などを務め、家持とも交流があった。

それにしても、慎ましやかに生涯を終えたかにみえる春日王一家に、翁舞にまつわる、何と不思議な伝承が語り継がれてきたことか。

(3)「翁」の能について

春日王父子の伝承に導かれ、少し寄り道して、翁舞について考えてみたい。

奈良豆比古神社の伝承によると、春日王の病気平癒を祈って浄人らが春日明神に奉納した散楽が翁舞の始まりとされ、能の源流というのだが、そうだとすれば彼ら父と子は、「翁」の能の中に何らかの形で反映されているに違いない。

そう思って「翁」の変遷を『謡曲集一』（「日本古典文学全集」小学館）などで調べてみると、やはりそれらしき姿が明滅していた。

【父尉・延命冠者】

「翁」は古くは「式三番《しきさんばん》」と称した。これは三老人の舞を連ねたもので、三老人とは翁・父《ちの》尉《じょう》・三番猿楽《さんばんさるがく》（三番叟《さんばそう》［三番三（小学館版）］の古称）をいう。

ここで注目したいのは「父尉」である。父尉は、その後「父尉・延命冠者《えんめいかじゃ》」としてセットになっていったらしい。父尉という呼称の中にすでに「子」の存在は示されているが、さらにはっきりさせるべく「延命冠者」が登場するようになったのだろうか。

このような父尉と延命冠者であるが、私は春日王と浄人父子の姿を垣間見る気がする。やはり彼らの故事から生まれたのだと思うのである。

こうして三老人の舞の一つとして古くから演じられてきた「父尉」であるが、その後の変遷によって、世阿弥の頃に「父尉・延命冠者」が脱落して、ほぼ現在の形になったらしい。

「翁」とは、千歳・翁・三番叟の三役が、順次に祝言を述べて、祝いの舞を舞う儀式である。

翁は直面のちに白式尉の面、千歳は直面、三番叟は直面のちに黒式尉の面をつけて舞う。若々しい千歳の舞で始まり、翁が祝寿の謡とともに舞い、さらに千秋万歳を舞うと、翁と千歳は退場する。つづいて三番叟が「揉の段」を謡い舞い、その後面をつけ、面箱持と問答し、鈴を受け取って「鈴ノ段」を舞う。舞い終わって三番叟、つづいて面箱持も退場する。

ほぼこれが「翁」の能である。

それにしても何と謎めいているのだろう。

改めて考えてみると、まず不思議なのは二人の翁の登場である。翁が千秋万歳を謡い舞えばそれで十分なのに、なぜその後に三番叟が登場し、再び千秋万歳を舞い納める必要があるのだろうか。そもそもなぜ二人の翁が登場しなければならないのか。白と黒の翁とはいったい何者なのか。

【いくつかの謎】

そうした大きな謎の他にも、「翁」の能には謎めいた箇所が多い。

たとえば千歳の舞の間に面を付け終わった翁が扇をひろげて立ち、同じく立った三番叟と見合った後の謡である。

「あの総角《あげまき》姿の若者よ、離れて座っていたけれど、そちらへ参りましょうぞ。神のひこさの昔から、久しくあれとお祝いして……」と謡うのである。

よく言われるように、神聖な能には不似合いな謡である。翁は三番叟に、離れていたけれどそちらへ参りましょう、仲むつまじく寄り添いたいと言っているのだ。いったい、なぜ神聖であるべきはずの「翁」の能の始めに、こうした謡がわざわざ謡われるのか。

さらに白の翁は、しきりに三番叟を気にしている。あれは何という翁なのか、それはどこの翁なのかと気にしながら、やがて千秋万歳を寿ぎ、謡い舞うのであるが、なぜそれほどまでに三番叟を気にせずにはいられないのだろうか。

三番叟と面箱持の問答も謎めいている。荒々しい「揉ノ段」を舞い終わった三番叟は、面をつけた後、面箱持と問答する。二人は古くから親しい間柄のようだ。だが、三番叟は気安そうにすぐに舞おうとはしない。「千秋万歳を舞い納めることはたやすいことだが」、と言いながら屈折した面持ちである。それを面箱持も知っている。だから舞を承諾してもらうまでは席に戻らないという。こうして、さらに問答があり、やがて面箱持が鈴を差し出すと「そなたがなんとまあ鈴をくれるのか」と言って喜び舞うのである。

この問答、何かわだかまりがあってすぐには舞えない三番叟のプライドと、それを承知の上で必死に懇願する面箱持の意地とのぶつかり合いであろう。そうだとすると三番叟のプライドとは何であろうか。結局「鈴」が決め手となるのだが、鈴とはいったい何であろうか。なぜ三番叟は鈴をもらうと喜んで舞い始めるのだろうか。

【二人の翁】

ここで私の脳裏に浮かんでくる光景がある。大胆すぎるかもしれないが、率直に言おう。

白と黒の翁。二人は天照大神とそらみつ大神ではないだろうか。私には二人の翁は、「天皇制律令国家」の翁と、「そらみつ大和の国」の翁のように見える。たびたび言及してきた「神話」と「歴史」の翁と言ってもよい。

天皇制律令国家、及び『日本書紀』の成立とともに、天照大神が最高神となり、わが国の表の王者になった。しかし心ある人びとは知っていた。この国には消された大神がいることを。そこで白と黒という二人の王が必要になった。白の王（翁）だけでは心もとない。やはり黒の王（翁）に舞い納めてもらわねばなるまい。悲運にも時勢には勝てず黒になったが、彼こそ真の王者であり、そもそも翁舞の起源となった、あの春日明神なのだから。それは「翁」の創始の頃は暗黙の了解事であった。だから白と黒の翁の登場になったのではないだろうか。

金春禅竹が『明宿集』で面白いことを言っている。

翁を「公《キミ》の羽《ハネ》」と書くのは、王を鳥にたとえ、「四海《カイ》ヲ駆《カ》ケル心ヲ以《モ》テ『公《キミ》ノ羽《ハネ》』ト書《カ》ケリ。王《ワウ》位《イ》スナワチ翁ナリ。」また秘伝によると「王《ワウ》ハ山王、山王スナワチ翁、一体分身《ぶんじん》ニテマシマスナリ。」だから「山王ハ三輪《みわ》ノ明神ニテマシマスナレバ、三輪ノ三無《みむ》漏《ロ》山《やま》、スナワチ翁《おきな》・式三番ノ形《カタチ》ト崇《アガ》ムベシ。」と言うのである（『世阿彌　禪竹』日本思想大系、岩波書店）。

ここで禅竹が「山王は三輪明神である」と言っているのは、日吉大社（大津市）の西本宮の大物主神が、天智天皇によって大神神社から勧請された神だからであろう。念のために記すならば、禅竹がいう三輪大神は、もちろん「記紀」の「大己貴神《おおなむち》」ではない。「しきしま」の所で考察したように、そらみつ伝承の「饒速日命《にぎはやひのみこと》」であったはずである。

ともあれ、こうしてみると「翁」は国初めの大神の天下泰平・国土安穏の舞から始まったことが、口伝・秘伝として語り継がれてきたようである。

さて、二人の翁をこのように解すると、先ほどのさまざまな謎も解けてくる。

たとえば、冒頭の「翁」の能には不似合いな謡。あの場面、白い翁は「総角姿の若者」と呼びかけているのだが、それは白い翁が女神ということを暗示していることにもなる。私はこの謡は「新皇祖・天照大神」による「旧皇祖・そらみつ大神」への和合の挨拶だと解したい。

そうだとすれば、不審な詞も合点がいく。それは二人の翁の関係を、諧謔に託して最初に語っていることになろう。まともに語ったならば歴史の争点になる日本史の秘された真実であるからこそ、笑いのうちに忍び込ませたのだ。要するにこれは、なぜ二人の翁が登場するのかという大方の者の抱く疑念への答えであると言ってもよい。だから最初に述べておかねばならなかったのだとも言えよう。

それにしても「翁」は、日本という国の歴史を端的に、的確に、物語っているな、と思わずにはいられない。まず始めにこのように二人の翁の由来を笑いに託して語るのもそうだが、さらに白の翁のその後の所作を見ていると、それがはっきりとわかる。

白の翁は承知しているのだ。この国には二人の皇祖があり、いま表に立っている自分の前には黒の皇祖がいたこと。そして彼こそこの国を造った王であり、それ故に畏敬されてきたことを。だから翁は、しきりに三番叟を気にせずにはいられないのである。

そうだとすると、すぐには舞えない三番叟のプライドもわかる。そして鈴が決め手となったことも。それはやはり鈴が神のもの、神であることの証拠の品だからであろう。

仏教文化の流入とともに仏具などにも現われるが、鈴は神楽には欠かすことのできない楽器である。神前につるし、参拝人の振り鳴らす大鈴は現在にも伝えられている。

そもそも「翁」は神事とされる。神事のシンボルともいうべき「鈴」を、面箱持は三番叟に差し出す。それは、あなたこそ神の中の神、今日の「翁」の主役です、ということを誠意を持って告げているのである。

このように解するならば、「翁」は何と見事に日本という国の真実の歴史を謡と舞で表現していることか。

「翁」の能とは何であろう。

それは、この国の特異な形を的確に映し出した謡と舞のドラマ。いわば日本という国の歴史の深い闇の真実を歌舞に込め、天下泰平・千秋万歳を寿ぐ画期的なドラマ。それが「翁」の能ではないだろうか。

そして「翁」の源流が、春日王らのいわゆる「万葉の時代」にあったことを改めて了解するのである。「記紀」が誕生し、国初めの「歴史」が「神話」に敗れた万葉の時代こそ、まさにこうした二人の翁が現われた時代だったからだ。

そして今ひとつ。能は幕府と深い絆で結ばれ、室町・江戸幕府の式楽であったが、それはやはり、志貴皇子のところでちらっと述べたように、幕府のルーツが「そらみつ大和の国」にあったからではなかったか。

第二部

柿本人麻呂の生と死

第一章　日並皇子挽歌

いよいよ柿本人麻呂の出番である。

後世、人麻呂は「歌聖」として、さらには「神」として、絶大な信仰を寄せられてきた。いったい、なぜなのか。人麻呂はどういう人だったのだろうか。

これまでも折にふれ、横顔を垣間見てきたが、第二部では、さまざまな角度から人麻呂という人の真実を解き明かしていきたいと思う。

多彩な人麻呂の作歌の中から、まず最初に「日並皇子尊《ひなみしのみこのみこと》の殯宮《あらきのみや》の時、柿本朝臣人麿の作る歌一首」を取り上げたい。

天地《あめつち》の　初《はじめ》の時　ひさかたの　天《あま》の河《か》原《はら》に　八《や》百萬《ほよろづ》　千萬神《ちよろづかみ》の　神集《かむつど》ひ　集《つど》ひ座《いま》して　神分《はか》り　分《はか》りし時に　天照らす　日女《ひるめ》の尊《みこと》　天をば　知らしめすと　葦原《あしはら》の　瑞穂《みづほ》の國を　天地の　寄り合ひの極《きはみ》　知らしめす　神の命《みこと》と　天雲《あまくも》の　八《や》重《へ》かき別きて　神下《かむくだ》し　座《いま》せまつりし　高照らす　日の皇子《みこ》は　飛鳥《とぶとり》の　浄《きよみ》の宮に　神ながら　太《ふと》敷《し》きまして　天皇《すめろき》の　敷きます國と　天の原　石門《いはと》を開き　神《かむ》あがり　あがり座《いま》しぬ　わご王《おほきみ》　皇子の命《みこと》の　天の下

知らしめしせば　春花の　貴《たふと》からむと　望月《もちつき》の　満《たたは》しけむと　天の下　四方《よも》の人の　大船の
思ひ憑《たの》みて　天《あま》つ水　仰ぎて待つに　いかさまに　思ほしめせか　由縁《つれ》もなき　眞弓《まゆみ》の岡に
宮柱　太敷《ふとし》き座《いま》し　御殿《みあらか》を　高知りまして　朝ごとに　御言問《みこと》はさぬ　日月の　数多《まね》くなり
ぬる　そこゆゑに　皇子《みこ》の宮人《みやひと》　行方《ゆくへ》知らずも（巻二・一六七）

持統三（六八九）年四月十三日に没した天武・持統の子、草壁　皇子《くさかべのみこ》の殯宮《ひんきゅう》の時の歌である。草壁皇子（日並皇子）は天智元（六六一）年、筑紫の娜《な》の大津の長津宮で生まれ、天武十（六八一）年、皇太子になるが、朱鳥元（六八六）年九月の天武没後もついに皇位につくことなく没した。

この歌は、人麻呂が宮廷儀礼にちなんで作歌した、年月明らかなものの最初である。

(1)「高天原神話」のテーマ

いろいろ問題を孕んだ挽歌であるが、まずは詳しく見ていきたい。

この歌、二つに区切るならば、前半は「天地《あめつち》の　初《はじめ》の時」から「神《かむ》あがり　あがり座《いま》しぬ」まで。「わご王《おほきみ》　皇子の命《みこと》の」からが後半になる。

前半は、ほぼ次のようである。

天地の初めの時、天の河原での神々の会議で、天照日女尊は天界を統治することになった。そして、この葦原の瑞穂の国を地の果てまでお治めになる神として、天雲をかき分けて下し置かれた「高照らす日の皇子」は、飛鳥の浄御原で神々しく国を治められて、「天皇」のお治めになる国であるとて、天の原の石門を開いて天界へお隠れになってしまった。

そこで後半が詠まれる。

皇子が天下をお治めになるのだったら、春花のように貴いだろうと、満月のように満ち足りて盛んであろうと、天下の四方の人が頼みにし、旱天に慈雨を待つように仰ぎて待っていたのに、何と思われたのか、由縁もない眞弓の岡に殯の宮をお作りになって、朝ごとの御言葉もない日々が数多くなった。それゆえ皇子の宮人たちはこれからどうしたらよいか分からないことである。

【高照らす日の皇子】

私は、このように解するのであるが、ここで古くから問題になり、未だに二つの説に分かれて対立しつづけているのが、「高照らす日の皇子」である。天界から下し置かれた「高照らす日の皇子」は、「浄の宮」を現人神《あらひとがみ》として造営し、国を立派に治めるのであるが、それは誰であるのか。「天武天皇」と「日並皇子」とに分かれて今日まで相譲らないというのだ。

私は「天武天皇」と解するのだが、私が参考にしている岩波版は「日並皇子」である。そうなると、次の「天皇の敷きます国」の「天皇」も具体的に誰を指すのか、当然違ってくる。前者では「日並皇子」になるが、後者では「持統天皇」ということになる。

要するにこの挽歌のテーマを、「天照日女尊―天武天皇―日並（草壁）皇子」と読むか、「天照日女尊―日並皇子―持統天皇」と読むか、という違いになるのだが、どうだろう。

私は、この歌の前半の主役はやはり天武天皇だと思う。何と言っても飛鳥の浄御原宮を開いたのは天武だったのだから。その天武が、天皇（日並皇子）のお治めになる国と定めて、天上に帰られてしまったのである。

ここから後半が始まる。そのように天武に後を託されたわご王・日並皇子が亡くなったのである。つまり天照日女尊―日の皇子（天武）―日並皇子（草壁）と続くはずだったのに、「日の皇子」に「並」ぶ「日並の皇子」が亡くなってしまった、というのがこの歌のテーマであろう。

【持統天皇の要請】

それにしても問題は、なぜ人麻呂はこうした、いわゆる「天孫降臨神話」を詠み込んだのか、ということだ。この時、まだ「記紀」は世に出ていない。『古事記』は二十三年後、『日本書紀』は三十一年後である。いくら人麻呂が知っていたとしても、ここで詠む必要があっただろうか。

私は、このテーマは持統天皇の提案だったと考える。おそらく持統から次のような要請があったのではないか。

一つは、天武天皇が「日の皇子」として、つまり天照大神の子孫の現人神として降臨し、浄御原宮を開いたことを詠んでほしいということ。なぜなら、それによって、天武王朝が天照大神を始祖とすることを表明するためである。

もう一つは、日並皇子が「天皇」として天武の後継者だったことを天下にはっきりと知らせてほしいということ。それによって、天武の意志は日並皇子の「天皇」にあったが、それは叶わなくなった。そのため持統はやむなく天皇になるのだ、ということを表明するためである。

そこで人麻呂は、瓊瓊杵尊《ににぎのみこと》の「天孫降臨神話」になぞらえて、「天照らす日女の尊」（天照大神）、「日の皇子」（天武天皇）、「日並皇子」（草壁皇子）を、端的に結びつけたのであろう。

ここでポイントは「日並皇子」という呼称である。「日並」は、日（天皇）と並んで天下をしらしめす意味という。そうだとすれば、天皇ではなかったが「天皇と並ぶ」皇子、天武天皇が自らの後継の「天皇」と期待した草壁皇子の立場を表現する、何と的を射た呼称であろうか。私は人麻呂の苦心の造語だったと思いたい。

【人麻呂のプロフィール】

さて、このように解する時、誰もが疑念を抱くのではないか。しかし、なぜ人麻呂は持統天皇の要望を的確に受け止め、このように詠むことができたのか。そもそも持統天皇は、どうして人麻呂にそれを依頼することができたのか、ということだ。

いったい人麻呂は、どういう人だったのだろうか。

人麻呂の生没年は不詳である。さまざまに考察されているが、私は高市皇子《たけちのみこ》の挽歌などから推

柿本人麻呂像（奈良県宇陀市・人麻呂公園）

察して、高市皇子とほぼ同年ではなかったかと考えている。高市皇子は六五四年生まれ。大津宮遷都（六六七）の頃は十四歳、壬申の乱（六七二）は十九歳の時だ。人麻呂もほぼ同じだとすると、日並皇子挽歌は三十六歳頃の作と言えるだろうか。

経歴も不明であるが、稗田阿礼《ひえだのあれ》との関係が取り沙汰されている。稗田阿礼は『古事記』の成立に関わった人として知られている。

稗田阿礼も謎の人だが、稗田氏は天鈿女命《あめのうずめのみこと》を祖とするサルタヒコ系氏族である。意外にも聖徳太子と関係が深かった。兵庫県揖保郡太子町に阿礼比売命《あれひめのみこと》を祀る稗田神社がある。

「当社を産土神とした鵤ほか十二ヵ村は、推古天皇六年、稗田氏がいかるが寺地管理のため当地に移住し開拓したもので、ここに稗田氏族の祖神を祭祀した。草創当時の祭神は天鈿女命・猿田彦命の二神であったが、後世になって、天鈿女命の子孫である功業高い阿礼比売命を奉祀することになった。」(『神社名鑑』)という。

推古六(五九八)年、太子は天皇に法華経などを講じ、播磨国の水田を賜わっている。これが「鵤《いかるが》庄」の前身であり、後にここに斑鳩寺《はんきゅうじ》が建てられている。どうやら稗田氏は、このとき太子が賜った土地の管理を任され、移住し開拓に当たったらしい。

ここで私の想像は広がる。

稗田氏と聖徳太子との間には古くから親密なつながりがあった。太子は晩年「天皇記及び国記」などの史書を録している。「建国神話」のようなものも構想していたかもしれない。太子作という『上宮記』なる古代の史書が、鎌倉時代後期までは伝存したらしい。それには「神代」に関する記載もあったということだ(『国史大辞典』吉川弘文館)。

そこで太子は稗田氏の阿礼比売に、自らが構想した神話を誦み覚えるように依頼した。代々稗田氏は俳優《わざおぎ》的な集団であったようだ。あるいは語り継ぐ者を「稗田阿礼」と言ったのかもしれない。

このような「稗田阿礼」のことは、公然の秘密として、知る人は知っていた。そこで国史の編纂に乗り出した天武は、当時二十八歳(『古事記』序)の二代目ぐらいの「阿礼」を召し出し、阿礼の語りを聞き、書き記そうとしながら亡くなった。その後、太安万侶《おおのやすまろ》が元明天皇の勅命でようやく阿礼の語りを書き記した。あるいは、そんないきさつが秘められているのではないだろうか。

そこで人麻呂である。人麻呂は和邇《わに》氏族である。「記紀」では和邇氏の祖は天足彦国押人命（五代孝昭天皇の皇子）とされているが、それは彼の子が和邇氏へ入り婿したためで、私は駿河浅間大社の大宮司家に伝わる和邇系図（『神道大辞典』）などの史料から、和邇氏の本来の祖は猿田彦命であり、猿田彦命は出雲などの様々な神社伝承から饒速日命《にぎはやひのみこと》の出雲生まれの長男、と解している（『箸墓の歌』河出書房新社、第一部第五章）。

そうだとすると稗田氏とは懇意で、阿礼とも親しかったにちがいない。早くから「阿礼の語り」を知っていたのではないかと思われる。

だからこそ、そうした格別の家の子であったが故に、「天皇制律令国家」建設の担い手の一人として人麻呂は持統天皇の目にとまり、表舞台に登場することになったのではないだろうか。

⑵「舎人の嘆き」のテーマ

さて、このように見てくると、「日並皇子挽歌」は「天孫降臨神話」のテーマで彩られた歌と言ってよいようにみえる。だが、果してそうだろうか。この歌はそう単純ではない。私はもう一つのテーマが密やかにうたわれているのを聴かずにはいられない。それは「舎人《とねり》の嘆き」のテーマともいうべきものであり、これこそ、持統天皇要請のテーマに抗して、人麻呂が発案したテーマだったのではないかと思うのである。

この歌の後半では、日並皇子の治政を待ち望んでいた天下の四方の人の悲嘆がうたわれるのだが、最後は「そこゆえに皇子の宮人行方知らずも」のフレーズで終わっている。つまりそこでは、皇子を失い、これからどうしたらよいか分からない、という宮人たちの嘆き惑う姿がクローズアップされているのだ。

それは人麻呂の悲しみの視点が「皇子」よりも、皇子を失い、あてどなくさまよう「皇子の宮人」にあったのではないかとさえ思わせるのだが、つづく反歌の一首は、そうした思いをさらにふくらませる。


ひさかたの天見《あめ》るごとく仰ぎ見し皇子《みこ》の御門《みかど》の荒れまく惜しも（巻二・一六八）

天を仰ぐように仰ぎ見ていた御殿が荒れ果てるのが惜しいというのだが、そうした哀惜にはもちろん、宮で働いていた舎人たちの行方知れぬ嘆きへの思いが込められていたであろう。

そして、「或る本の歌一首」、「島の宮勾《まがり》の池の放《はな》ち鳥《とり》人目に戀ひて池に潜《かづ》かず」（同・一七〇）に誘われるようにして、集中、ひときわ異彩を放つ「皇子尊《みこのみこと》の宮の舎人《とねり》ら慟《かな》しび傷《いた》みて作る歌廿三首」が、一気に鮮やかな姿を現わすのだ。

私は人麻呂発案のテーマだと言ったが、持統天皇公認のテーマでもあったようだ。

『和歌大辞典』の「日並皇子尊の舎人等の挽歌」によると、その直前の柿本人麻呂の短歌一首（一七〇）とともに、二十四首が構造体をなす。二十四首はABCDEFGの七グループからなり、ACEFの四グループは島の宮、BDGの三グループは真弓の岡で作られたとされ、本来は各グループとも四首からなっていたかと考えられる。各グループは四人構成の歌の座でうたわれたもので、多くの東宮舎人のなかから彼らを代表する四人の舎人たちが選ばれて歌の座を構成した、ということらしい。

だとすると、かなり大がかりな展開だったようでもある。人麻呂はこうしたプランを持統天皇に申し出て施行したのであろう。

それにしても、私が人麻呂発案と考える「舎人の嘆き」のテーマは、長歌の「最後の詞」から「反歌二首」、そして「皇子尊の宮の舎人ら慟しび傷みて作る歌廿三首」で完結するのである。

何と見事な構成であろうかと感嘆するのだが、それと同時に大きな疑念が湧き上がってくる。いったい、人麻呂はなぜ「舎人の嘆き」のテーマを発案したのだろうか、ということだ。

たしかに舎人たちは、皇子の死を悲しみ、嘆いている。だから彼らにも皇子への尽きせぬ思いをうたってもらおうという意図もあったかもしれない。持統への報告にはおそらくそうした理由が記されたであろう。だが、人麻呂がこのテーマに込めた思いは本当にそれだけだったのか。

私は、人麻呂のしたたかな反骨精神を垣間見ずにはいられない。

【人麻呂の思惑】

持統から「天孫降臨」の歌詠の要請を受けたとき、人麻呂はどう思ったか。それは彼にとっては「そらみつ大和の国」の決定的な敗北を詠むことになるのである。未だ国史は編纂中であるが、大筋はこうした天照日女尊の「高天原神話」から日本の国の歴史は始まる。自分は今、それを「国史」に先立って、草壁皇子（日並皇子）の死をきっかけに公けにするよう要請されたのだ。請われるままに、すんなりと「歴史の歪曲」に荷担してよいのだろうか。せめても一矢報いたい。

そんな人麻呂の揺れ動く心に浮かんできたのが、「神話の神」に対する「地上の人」のクローズアップだったのではないか。人麻呂は「挽歌」のもう一つのテーマを密かに「舎人」に置いた。

思えば人麻呂は、舎人へ格別の思いを寄せた人でもあった。のちの高市皇子《たけちのみこ》挽歌の短歌でも、「埴安《はにやす》の池の堤《つつみ》の隠沼《こもりぬ》の行方《ゆくへ》を知らに舎人《とねり》はまとふ」（巻二・二〇一）と詠んでいる。そうした人麻呂の生来の舎人へ寄せる思いが、天孫降臨神話に触発され、一つの力強い旋律となったと言ってもよいかもしれない。

こうして「天孫降臨」から始まり、地上の人である「舎人の嘆き」の大合唱で終わるという、一連のドラマは出来上がったのであろう。

要するに人麻呂は、「記紀」に結実する天孫降臨神話のモチーフをうたい上げ、「天武・日並皇子・持統」をその中に位置づけることを求められた。それを、そのまま素直に聞き入れたなら「皇子の宮人行方知らずも」と最後を結ぶことはなかったかもしれない。だが、彼はそれに反発した。天照大神を登場させ天孫降臨神話をうたい上げるように要求されたからこそ、人麻呂の焦点は地上の「人」に移り、二十三首の舎人の歌は出現したのである。

私はこのように解するのだが、そうだとすれば舎人たちの大合唱は、地上から高天原の皇子へ放たれた、まさに嘆きのコールと言った感じではないか。これでは日並皇子はもとより、高天原の神々も心静かに鎮まってはいられまい。

人麻呂は日並皇子挽歌で「天孫降臨神話」を披露させられた。だが彼は、ただものではなかった。心寄せる「地上の人」である舎人に嘆きの大合唱をうたわせることで、「天孫降臨神話」に抗したのである。

これからいろいろの歌を見ていくが、人麻呂は決して諸手を上げて持統天皇側に寄り添っているのではない。この後、持統十（六九六）年の高市皇子の死までの七年間、表向きは持統政権を支えたかにみえるが、人麻呂の本心は消されゆく「そらみつ大和の国」にあった。その意味ではこの歌は、これから「高市皇子挽歌」までつづく、持統天皇と人麻呂の暗黙の戦いの始まりとも言えるかもしれない。

私は「日並皇子挽歌」をこのように解し、深い思慮と屈強な心の歌人の横顔を思うのである。

第二章　巻向の歌

万葉集には独特の光芒を放つ忘れ難い歌群がいくつもあるが、巻向《まきむく》の歌群もその一つであろう。人麻呂歌集の独壇場であり、その格調高い調べから、ほぼ人麻呂の作であろうと言われている。

巻向山は穴師《あなし》山ともいい、三輪山の北東につづく山である。標高五六七メートル。山頂を弓月ヶ岳という。山に発する巻向川は三輪山の北を西流し、初瀬川に注いでいる。

痛足川《あなしがは》川波立ちぬ巻目《まきもく》の由槻《ゆつき》が嶽《たけ》に雲居《くもゐ》立てるらし（巻七・一〇八七）

あしひきの山川《やまがは》の瀬の響《な》るなべに弓月《ゆつき》が嶽《たけ》に雲立ち渡る（同・一〇八八）

三諸《みもろ》のその山並《やまなみ》に子らが手を巻向山《まきむくやま》は継《つぎ》のよろしも（同・一〇九三）

巻向《まきむく》の痛足《あなし》の川ゆ往《ゆ》く水の絶ゆること無くまたかへり見む（同・一一〇〇）

ぬばたまの夜《よる》さり来《く》れば巻向《まきむく》の川音《かはと》高しも嵐かも疾《と》き（同・一一〇一）

児らが手を巻向山《まきむくやま》は常にあれど過ぎにし人に行き纏《ま》かめやも（同・一二六八）

巻向《まきむく》の山邊とよみて行く水の水沫《みなわ》のごとし世の人われら（同・一二六九）

子らが手を巻向山《まきむくやま》に春されば木《こ》の葉しのぎて霞たなびく（巻十・一八一五）

人麻呂は巻向の山や川、過ぎにし人への思いを、折々の時に臨んでうたう。山川の高鳴る瀬音、弓月ヶ岳に湧き立つ雲、嵐の夜の川音、木の葉の上にたなびく春霞。そして、しみじみと思う。三輪山の山並みに巻向山があることの幸いを。「子らが手を巻く」という枕詞は一〇九三歌が初出である。人麻呂の作であろう。

人麻呂の巻向の山河へ寄せる愛惜は尽きない。

――この川の流れ行く水のように絶えることなく帰ってきて、またこの川の景色を眺めようと思う。だが、時として心の奥底から嗚咽が突き上げてくる。巻向山はこうして変わらずにあるけれど、「過ぎにし人」とはもう会うことはできない。現世に住むわれらのいのちは何とはかないものであろう。巻向川の山辺を音を立てて流れて行く水の泡のようなものではないか。

人麻呂の巻向の山河や過ぎにし人へ寄せる思いは尋常ではない。とくに一二六八・一二六九歌には人間の生及び人生への深い無常の響きがある。

編者の家持も、そうした響きを聴いていたのだろう。だから、それに呼応するように、一二六九歌につづいて人間の無常をうたった「古歌集」の歌を載せたのではないか。

隠口《こもりく》の泊瀬の山に照る月は盈昃《みちかけ》しけり人の常無き（巻七・一二七〇）

さて、そうだとすれば、いったいなぜ、巻向は人麻呂の心をこれほどまでに奪ったのだろうか。巻向とのよほどの絆がなければ、これほどの愛情を奏でる歌はうたえない。

そう思うとき浮かんでくるのは、巻向が人麻呂の遠い祖先のゆかりの地だったからではないか、ということだ。

【穴師坐兵主神社】

巻向山の麓に穴師坐兵主神社《あなしにいますひょうず》がある。「崇神天皇の時穴師兵主明神を祭った」（『神社名鑑』）とも、十一代垂仁天皇二年に巻向山中に兵主神社を祀った（「穴師兵主神社明細帳」『角川日本地名大辞典・奈良県』角川書店）ともいわれているが、その後、紆余曲折を経て、今は山麓に大兵主神・若御魂神とともに一社殿に鎮座している。兵主神は、三輪大神の異名同神であろう。だからこそ人麻呂は「子らが手を巻く」ように仲良く鎮座している姿をうたったのだ。

この社の創祀者だが、私は垂仁天皇の時に伊勢に天照大神の鎮座が叶ったことなどに絡んで、その前後に伊勢から移住したサルタヒコ系氏族の磯部氏だったのではないかと思っている。「穴師」の名の起こりについては、社伝の地名起源説話に、「天鈿女命がはじめて笛を作りこれを吹いたので、その鎮座地を穴師と称するとある」（同右）。奇妙な起源説話だが、天鈿女命は猿田彦命の妃であり、伊勢地方とも縁が深い。サルタヒコ系氏族と穴師との関わりだけはみてとれよう。

穴師の神を祀る人は「穴師の山人」として畏敬されてきた。『古今集』に「巻向《まきもく》の穴師《あなし》の山の山《やま》人《ひと》と人も見るがに山かづらせよ」（巻二十・一〇七六）という「神遊びの歌」がある。なぜ「穴師の山人」として畏敬されたのか。天鈿女命の伝承があるように、あるいはここに入植した磯部氏は、天鈿女命の系統を引く神事芸能を主な任務とする格別な氏族として、垂仁・景行朝以来朝廷に奉仕してきたからではないだろうか。

神社から小道を下って行くと、途中「山の辺の道」を横切り、垂仁の珠城宮、景行の日代宮跡に着く。両天皇の時代は穴師神の最も輝いた時だったのである。

『心の故郷に捧ぐ鎮魂歌』

そこで人麻呂である。おそらく穴師の山人とゆかりの深い人だったのだろう。

遠い昔から山人の心の拠り所であった巻向山——。兵主神を祀り、大和の国造りのために働いた古《いにしえ》の人びとのドラマは今、夢と消えようとしている。だが、山は変わらず聳《そび》え、巻向川の水は今も絶えることなく流れている。

人麻呂は心の奥深く嗚咽しながらうたった。

巻向の山よ、川よ、過ぎにし人よ、古のドラマよ、永久《とわ》にあれ！

鎮魂の祈りがたゆたう巻向の歌群は、こうして生まれたのではなかったか。

第三章　羇旅の歌

巻三に「柿本朝臣人麿の羇旅《たび》の歌八首」が載っている。人麻呂の旅路の心模様を今に伝える、やはり忘れ難い歌群であろう。

三津の崎波を恐《かしこ》み隠《こも》り江の舟公宣奴嶋尓（巻三・二四九）

珠藻刈る敏馬《みぬめ》を過ぎて夏草の野島《のしま》の崎に舟近づきぬ（同・二五〇）

淡路《あはぢ》の野島が崎の濱風に妹が結びし紐吹きかへす（同・二五一）

荒栲《あらたへ》の藤江の浦に鱸《すずき》釣る泉郎《あま》とか見らむ旅行くわれを（同・二五二）

稲日野《いなびの》も行き過ぎかてに思へれば心恋《こほ》しき可古《かこ》の島見ゆ（同・二五三）

留火《ともしび》の明石《あかし》大門《おほと》に入る日にか漕《こ》ぎ別れなむ家のあたり見ず（同・二五四）

天離《あまざか》る夷《ひな》の長道《ながち》ゆ恋ひ来れば明石の門《と》より大和島見ゆ（同・二五五）

飼飯《けひ》の海の庭《には》好くあらし刈薦《かりこも》の乱れ出づ見ゆ海人《あま》の釣船（同・二五六）

明石海峡を通って往来する西海の旅である。

八首の歌は、いつ、どこへ行くのか、いかなる旅であったかは定かでない。行きと帰りが入り交じり、ひとつながりとして考えていいのかもしれない。まずはこの旅を辿ってみよう。

二五〇・二五一・二五六は、西淡路島への旅であろうか。敏馬《みぬめ》（神戸市灘区）を過ぎて、野島《のしま》の崎（兵庫県津名郡北淡町、現・淡路市）に舟が近づいた。人麻呂は浜風に妹の結んでくれた紐を翻《ひるがえ》して立っている。清々《すがすが》しい、雄々しい姿が浮かんでくる。飼《け》飯《ひ》（兵庫県三原郡西淡町笥飯野、現・南あわじ市）の海面が静からしい。入り乱れて漕ぎ行く数多くの海人《あま》の釣船が見える。生活する者の活気へと人麻呂の心は引き寄せられていく。

二五四・二五二・二五三は西への旅であろうか。

いつしか舟は明石大門《あかしおおと》にさしかかった。明石海峡に入る日にはいよいよ大和との別れである。少し寂しさがよぎる。しかしその旅愁は、前途への何か大きな使命に包まれて心地好い。藤江の浦（明石市の西部）にさしかかると、漁をする海人の舟が見える。自分は今、その中にまぎれ込んでいる。まるで海人のように見えるのではないか。人麻呂は海人の釣舟の中にいる自分を楽しんでいるかのようだ。稲日野《いなびの》（印南野・明石川から加古川にかけての平野）も懐かしくて行き過ぎがたく思っていると、恋しい可古《かこ》の島が見えてきた。人麻呂には何か格別な「心恋しき」思いがあったのだろうか。

二五五は帰路の歌である。

夷《ひな》の長道《ながぢ》を恋い来ると、懐かしい大和が見えてきた。明石の門《と》から大和が見えた時の万感迫る歓び……。

【古の旅人】

今、こうして辿ってみると、人麻呂の羇旅《きりょ》の歌には二つの旋律があるのに気づく。

一つは、明るく力強い、爽快な旋律だ。

北山茂男氏は言っている。たとえば二五一歌にしても、「野島が崎の浜風に立って遠く別れてきた妻を偲ぶのだが、抒情に爽やかな力強さがあふれ、後世人のごとくめそめそと感傷的ではない」。さらに二五四歌を見ると、「これは、その景を生き生きととらえ、感情のうごきは勁《つよ》い。気宇壮大である。『ますらを』の気概に富むといえよう。」(『柿本人麻呂』岩波新書評伝選)

もう一つは、哀愁の旋律である。

保田與重郎は言っている。「単純にただ地名のみを並べられた歌が、同じやうに限りなくかなしいのは、何といふ不思議であらうか。」「国中のどこにでもあるやうな土地の名が、どうしてかくまでにふかい哀愁と哀切を以て、わが心の底にしみいり、心をわきたたせるのであらうか。」(『わが萬葉集』)

同感である。それにしても不思議な気がする。人麻呂の羇旅の歌は、力強いますらおの気概に富んでいるのに、なぜか懐かしく心の底にしみ込んでくるのだ。哀愁の風の中に立つ人麻呂は、どこまでも爽《さわ》やかで、雄々しくさえ見える。いったい、なぜだろうか。

私はふと、人麻呂に古《いにしえ》の旅人の姿を重ね合わせてみる。いわゆる「そらみつ大和の国」時代、旅人は爽やかで、力強かったであろう。自分たちが国を造り、国を守るのだという「ますらお」の気概にあふれていたにちがいない。

思えばこの羇旅の歌の舞台は、そうした古の旅人が各々の使命を抱いて行き来した海路でもあった。勇躍する先祖たちの姿、湧き立つ声が甦ってくる懐かしい海路を、人麻呂は今、彼らの一人となって旅しているのである。

そうだとすれば彼のうたう歌が、「古」のますらおの力強さと、「今」を生きる人麻呂の哀愁と、明暗二つの旋律を奏でるのはごく自然であろう。

人麻呂の「羇旅《たび》の歌八首」の少しあとに、「高市連《たけちのむらじ》黒人《くろひと》の羇旅《たび》の歌八首」が載っている。前述したように黒人の羇旅の歌は、「漂泊する魂」の歌であった。

では、人麻呂の羇旅の歌はどうだろうか。

それは、古を「愛惜する魂」の歌ではなかったか。

第四章　人麻呂と月人壮子

この章では、人麻呂と「月人壮子《つきひとをとこ》」にちなんで考えてみたい。意外な組み合わせのようにみえるが、そうだろうか。

巻十五に、新羅に遣わされた使人らが「所に當りて誦詠する古歌」が載っている。ここで彼らが誦詠しているのが、人麻呂の「羇旅の歌」及び月人壮子の「七夕の歌」だったのである。

(1) 新羅使の古歌と月人壮子

安倍継麻呂を大使とする一行が出立したのは、天平八（七三六）年六月。帰国は翌年であるが、大使は対馬で没し、副使も病気で遅れ、四月二十七日に大判官・小判官が入京するという波乱をきわめた旅であった。

彼らが誦詠したという古歌は十首。そのうち六首が柿本人麻呂の歌であり、四首が「羇旅の歌」であった。

【古歌】

あをによし奈良の都にたなびける天《あま》の白雲見れど飽かぬかも　（巻十五・三六〇二）

「雲を詠む」と左注にあるように、白雲に託して奈良の都への尽きせぬ思いを詠み、いよいよ一行は旅立つ。次に恋の歌が三首つづく。女の恋歌、男の返歌、永久の愛の誓いの歌である。

この後に人麻呂の歌が五首つづく。四首が「野島が崎」「藤江の浦」「明石の門」「気比の海」の歌であり、少しアレンジして誦詠している。そしてもう一首が、持統六（六九一）年三月の「伊勢國に幸《いでま》しし時、京《みやこ》に留《とどま》れる柿本朝臣人麿の作る歌」（巻一・四〇―四二）の中の一首で、やはりアレンジした形で誦詠している。

阿胡《あご》の浦に船乗《ふなの》りすらむ娘子《をとめ》らが赤裳の裾に潮満つらむか　（巻十五・三六一〇）

この歌は「古歌」の九首目になるが、彼らはなぜ旅の最後を伊勢への思いをはせた歌で締めくくったのだろうか。あるいは帰京後に伊勢神宮への奉告などがあり、それを終えて任務完了というようなことになっていたのかもしれない。

ともあれ、こうしてみると「所に當りて誦詠する古歌」の意味がよくわかる。それは奈良の都から出立した使人らが、別れに臨んで大切な人と永久の愛を誓い合い、人麻呂のうたう「古のますらお」のごとき気概で航行し、無事帰還奉告するまでの行程を誦詠しているのである。

そして何よりも印象深いのは、使人らにとって人麻呂の「羇旅の歌」が、いかに心を奮い立たせる「古歌」として愛されていたか、ということだ。

【月人壮子】

ところで以上九首。残る十首目の「古歌」が「七夕の歌一首」である。左注に「柿本朝臣人麿の歌なり」とある。

大船に真《ま》楫《かぢ》繁《しじ》貫《ぬ》き海原《うなはら》を漕《こ》ぎ出《で》て渡る月人壮子《つきひとをとこ》（巻十五・三六一一）

旅の初めから帰還するまでの「所に當りて誦詠する古歌」を締めくくるのがこの歌というわけであるが、なるほどと了解する。この歌こそ「古歌」の要《かなめ》であり、いわば「古歌」を誦詠する使人の守護神がここに姿を見せたのである。使人らは「月人壮子」の船に乗って「古歌」を誦詠し、自らを鼓舞して大海原を往来するのである。

われらの船は、月人壮子に任せて大海原を漕ぎ渡って行く。月人壮子よ、どうかわれらを守護し、無事この旅を導き給え。妹が待つ奈良の都へ還り着くまで。

この歌には、月人壮子へ寄せるそんな祈りが込められている。このような祈念を捧げ、古歌を誦詠しながら、使人は新羅へと向かう。たくさんの真楫《まかじ》を取り付けた彼らの乗る大船は、海原へ漕ぎ出て大海を渡って行く。彼らの船頭は月人壮子なのだ。月人壮子は新羅使の命運を乗せ、祈りを一身に受けて雄々しく海を渡って行くのである。

ここで「月人壮子」である。人麻呂の歌とすれば、彼は単に月を壮子にたとえ擬人化しただけであろうか。私は、古くから誰もが月神として仰いできた、親しみ深い男神を指していると考える。とすれば、「壮子」と愛称されるような男神はどなたであろうか。思い出すのが、赤人が「春日野に登りて作る歌」で恋い焦がれた、あの「高座《たかくら》春日神」――「そらみつ大神」である。「そらみつ大神」は古来、月神と仰がれてきたのであった。それを語るように、三笠山は「月」と深い関わりを有してきたのである。

あまの原ふりさけ見れば春日《かすが》なる三笠《みかさ》の山にいでし月かも

（『古今集』巻九・四〇六）

百人一首にも載る安倍仲麻呂の歌だが、「春日なる三笠の山にいでし月」は、人々の格別な信仰の対象として春日曼荼羅にも描かれてきた。一般的だといわれる図では、三笠山と春日山が重なる上に満月が描かれ、その下に社頭の風景が描かれ、神社も春日野も月光を浴びて輝いている。月は三笠山の神の化身のような、ご神体のような存在だったのである。

私は今度「新羅使の古歌」を知って、改めて「月神＝そらみつ大神」を確信したのであった。思い出すのが巻十九・四二六四の入唐使の送別の歌。枕詞に「そらみつ」が公然と詠まれていた。彼らは「そらみつ大和の国」と讃えられた饒速日命《にぎはやひのみこと》に祈念を捧げ、旅立って行ったのである。

新羅使の場合も同じだったのではないか。彼らは今、公的には天照大神を戴く「天皇制律令国家」の使人でありながら、心は「そらみつ大和の国」の使人であった。だから人麻呂の羇旅の歌を誦詠し、大神を「月人壮子」と仰ぎ、大神の導きに任せ、文字通り「大船」に乗って大海原へ乗り出して行ったのであろう。

【人麻呂の造語か】

「七夕の歌」は人麻呂の歌というのだが、前の五首と違って他の巻に同じ歌はない。つまり万葉集では人麻呂の歌としては載っていないのである。しかし「左注」ははっきりとした言い方である。注者は、人麻呂の歌だということを、よほどしっかりと把握していたのだろう。船人たちの間で人麻呂の歌として、古くから航海の折などに愛唱されていたのかもしれない。

実は人麻呂は月と格別の関係があったようだ。そして人々はそれを知っていたらしいのだ。梅原猛氏は「人麿像の入首」について記している。「しかもこの首には、人麿の像はいつも月の出る方向を向くという伝説が伝えられている。この伝説は、あの万葉集巻十五の新羅使が船上で読んだ七夕の歌を思い出させる。」（『水底の歌』）

「月人（月読）壮子」の歌は、新羅使の「七夕の歌」の他に、湯原王《ゆはらのおおきみ》（巻六・九八五）、柿本人麻呂歌集歌（巻十・二〇一〇）など八首ほどあるが、最も古い歌ということになると、やはり「七夕の歌」であろうか。あるいは「月人壮子」は人麻呂の造語だったのかもしれない。

人麻呂歌集に「天《あめ》を詠《よ》む」という雄大なスケールの歌がある。

天《あめ》の海に雲の波立ち月の船星の林に漕ぎ隠る見ゆ（巻七・一〇六八）

天の海を悠々と漕ぎ渡る月の船。船長は誰？　もちろん月人壮子さ。そんな人麻呂の呟きが聞こえてくるようでもある。

こうしてみると、あの「七夕の歌」が人麻呂の歌として伝えられたのも自然であろう。そもそも「七夕の歌」として伝えられてはきたが、人麻呂があの歌に込めたのは、古来絶大な崇敬を集めてきた航海神、「そらみつ大神」の勇姿ではなかったか。

⑵ 月にちなんで

【月と大伴氏、湯原王】

大伴坂上郎女《いらつめ》（旅人の妹）に面白い歌がある。「山の端《は》のささらえ壮子《をとこ》天《あま》の原門《と》渡《わた》る光見らくしよしも」（巻六・九八三）といい、彼女は「ささらえ壮子《をとこ》」と詠んでいるのだ。左注に「月の別《また》の名をささらえをとことといふ、此の辞《ことば》に縁《よ》りて此の歌を作るといへり。」とある。他にはないので、彼女がとくに意識して詠んだと考えられるのだが、私には興味深い。

「ささら」は、細かい、小さいという意味。つまり「小さい壮子」ということになるのだが、私は「少彦名命《すくなひこなのみこと》」を想起する。「記紀」では大己貴命の協力者として登場するのだが、三輪山の大神神社にも祀られており、三輪大神の異名同神のように見なされてきた神である。

「日神」がアマテラスになってからは、「月神」をスサノオに仮託する動きもあったらしい。だから月神・ニギハヤヒを護持するべく、心ある者たちの間から「ささらえ壮子」は生まれたのではないだろうか。坂上郎女がとくに詠んだとしたら、彼女はやはり月神がそらみつ大神であることを知っていて、はっきりと大神へ捧げる歌として詠んだのであろう。

坂上郎女が、あえて「ささらえ壮子」と詠んだように、大伴氏は古くから月に格別の思いを寄せていたようである。「月を詠む」という歌がある。

靫《ゆき》懸《か》くる伴《とも》の男《を》廣き大伴《おほとも》に國栄えむと月は照るらし　作者不詳（巻七・一〇八六）

おそらく大伴氏が集ったような時にうたわれた、一族の歌だったのだろう。保田與重郎が言うように、「この歌のひびきは壮麗である。勇壮といふより、心にしむやうな沈着の調べが底ふかく重くただよつてゐる。」（『わが萬葉集』）

やはり「月」のせいだと思うのだが、しかしなぜ国が栄え行くしるしとして、「月」が大伴の集合地を照らすのか。あるいはそれは、大伴氏がいつの頃からか「日」より「月」を仰いできたからではなかったか。つまり「月の氏族」だったからではないだろうか。

すでに早く人麻呂は「月の人」であった。そして大伴氏もまた、「月の氏族」だったようである。「月の人」がもう一人いる。湯原王（天智天皇の孫、志貴皇子の子）である。集中十九首の短歌のうち五首が月を詠んでいる。

天《あめ》に坐《ま》す月讀壮子《つくよみをとこ》幣《まひ》は為《せ》む今夜《こよひ》の長さ五百夜《いほよ》継ぎこそ　（巻六・九八五）

月讀《つくよみ》の光に来ませあしひきの山来《き》隔《へな》りて遠からなくに　（巻四・六七〇）

清らかな歌が多いが、月は三笠山の信仰の対象であった。そして三笠山は、浄人らが父の病気平癒を祈って春日明神に翁舞を捧げたように、志貴皇子家の信仰の山でもあったのである。だから湯原王もまた、いつしか月に心ひかれて行ったのかもしれない。

【月の歌集】

佐佐木信綱氏は記している。「万葉集には、神事関係歌は二七〇首に及び全歌数の六パーセント弱もの比率を占めるという（大久保正「万葉集における神々の世界」、『万葉の伝統』所収）。少なくはない比率である。にもかかわらず天孫降臨神話に象徴される高天原系の神たちはほとんど万葉集には登場しない。アマテラスは集中二例。その一例がさきに引用した『日並皇子殯宮挽歌』の例で、もう一例は家持にあるだけである。天孫降臨神話は、人麻呂と家持に限ると言って、まあよさそうである。」（『柿本人麻呂ノート』青土社）

家持の歌は、天平勝宝元（七四九）年七月七日の「七夕の歌一首」である。「天照《あまで》らす　神の御代より　安の河　中に隔てて　向ひ立ち　袖振り交《かは》し　息《いき》の緒に　嘆かす子ら……」（巻十八・四一二五）と言うように七夕伝説をうたっているのだが、なぜ家持は「天照《あまで》らす　神の御代より」と詠んだのか。

思うに、この頃の家持は五月に「産金詔書を賀する歌」を作っており、例の高揚した気分がつづいていた。そこで神話の「天照大御神と須佐之男命の誓約」の場面、「故《かれ》、爾《ここ》に各《おのもおのも》天《あめ》の安河《やすかは》を中に置きて、うけふ時、」（『古事記』）を思い浮かべてみたのであろう。そして神話の二神の誓約の場面に反映されている七夕伝説を、一種の心のゆとりから「天漢《あまのがは》を仰ぎ見て」（左注）作ったのではないか。

もちろん、人麻呂も家持も天照大神を賛仰して詠んだのではない。人麻呂はこれから誕生する記紀神話を詠み込むべき宿命によって、家持はすでに誕生している記紀神話の、いわば「種明かし」とでもいったからくりを納得して遊び気分で詠んだのだ。

二人は「月の人」であり、「月の氏族」であった。日神アマテラスを詠んだ歌が、その二人の二首だけというのも、また面白い。

月が登場する歌は数多い。月人（月読）壮子が八首。「月を詠む」「月に寄する」歌群だけでも三十六首ある。対する日神は二首。「日に寄す」歌が一首（巻十・一九九五）目につく程度だ。

そこで私はあえて言いたい。

花鳥風月は和歌の主なテーマであり、月の背景には日本の四季が織りなす繊細な風景への好みなどがあるとしても、万葉集は月が散りばめられた、月の光が注ぐ、「月の歌集」と言ってもよいのではないか、と。

日よりも月。どうやらそれが、古来、日本的な物の見方・考え方の根底に微妙な影を落としてきたかにみえる。「幽玄」などと称される日本の文化の源に絡みついている、「日」の慎しみと「月」のさやけさを思うのである。

第五章　月照寺の船乗十一面観音

「月」に誘われて月照寺《げっしょうじ》を訪ねたい。

明石市人丸町の明石城の東に連なる丘陵は人丸山と呼ばれ、明石海峡を見下ろす丘に、人丸神社と月照寺が建っている。

月照寺は特異な寺だ。私は、人麻呂の秘された真実を告知する、ほぼ唯一の寺と言っても過言ではないと思っている。

(1)　船乗十一面観音

実は私は、この寺の本尊が「船乗十一面観音」だと知って驚いたのであった。
船乗十一面観音――三十年ほど前、桜井市のどこかの寺で見かけたような記憶があるが、定かではない。その頃、私は十一面観音を調べていた。第一部第五章の「三輪高市麻呂の慟哭」で述べたように、それは三輪大神の化仏で、生みの親は聖徳太子だということを確信していた。そうした十一面観音が、船に乗っているのである。なぜ？　疑念が湧いたが、ずっと忘れていた。

ところが今度、月照寺に出会って驚いたのである。遠い日の定かならぬ記憶がよみがえってきた。なぜ十一面観音と化した大神は船に乗っているのか。どこへ行こうとしているのか。誰が、いつ、なぜ、このような像を作ったのか。疑問が一気に押し寄せてきたのである。

まず船とは何であろう。「羇旅の歌」をみてきたばかりで、雄々しい航海のイメージが強いが、船は棺ともいう。船形石棺の出土もある。船とは、死者を黄泉《よみ》の国へ送り届ける乗物とも解されてきたのである。

そうだとすれば船乗十一面観音は、「十一面観音の死」を形象化した像、つまり死して黄泉の国へ旅立つ大神の姿であり、「大神の鎮魂の像」ではないだろうか。

【月照寺のプロフィール】

月照寺は、各地を巡錫中の空海が、弘仁二（八一一）年、湖南山楊柳寺《ようりゅうじ》を建立。仁和三（八八七）年、寺僧であった覚証が、夢の中で人麻呂の霊が明石にとどまるのを感得。その頃大和の柿本寺が廃寺となっていたため、本尊船乗十一面観音を勧請、観音堂を創祀した。同時に人麻呂の霊を祀った小祠を建てるとともに、寺名を月照寺と改めたとされる（『兵庫県の地名』平凡社、『古寺名刹大辞典』東京堂出版）。

こうしてみると、弘仁二年の空海の「湖南山楊柳寺」に始まり、七十六年後の仁和三年に寺僧の覚証によって改めて観音堂が造立されたことになる。

興味深いのは、このとき覚証が「月照寺」と改めたということだ。やはり船乗十一面観音は、三輪大神であり高座《たかくら》春日神でもある「そらみつ大神」だったのである。だから彼は月照寺と号した。大神が月神（月人壮子）であり、人麻呂が熱い信仰を寄せていたことを知っていたのであろう。

【船乗十一面観音の由緒】

これが月照寺のよく知られたプロフィールであるが、船乗十一面観音のことが今一つはっきりしない。どんなお姿なのか。いつ、誰が、なぜ作像したのか。何か手掛かりがないかと月照寺へ問い合わせると、寺発行の栞《しおり》が送られてきた。実は何気ないこの栞に次のような驚くべき由緒が記されていたのである。

——この像は聖徳太子の御作、持統帝の念持仏で、持統帝譲位のとき人麿が帝から賜わったものであり、後、石見国へ赴任するに先立ち邸を寺に改め、柿本山広安寺と号し本尊にこの観音像を安置した、と言うのである。

それは波を切る船に乗った等身の観音立像（一・七メートル）で、六十年に一回開扉し、平素は秘仏であるという。栞の写真からだけではよく分からないが、船も観音菩薩も、きらびやかに装飾され荘厳な雰囲気である。「鎮魂の像」であることがそこはかとなく伝わってくるかのようだ。私は人麻呂ゆかりの像というので素朴な船乗十一面観音を想像していたのだが、これは人麻呂の作などではあり得ない。月照寺の由緒にふさわしい立派な像である。

それにしても、想像だにもしなかった由緒であった。しかし考えてみると、なるほどとうなずける。

まず「聖徳太子の御作」であるが、こうした特異な像が、すでに太子によって作られていたというのは、不思議ではない。

思えば太子は、アマテラスを戴く「天皇制律令国家」の先駆者であった。それに、前述したように「大神＝十一面観音」の生みの親でもあった。とすれば、大神の慰霊・鎮魂の像として船乗十一面観音を作ったというのはありうることである。太子だからこそ創案できたとも言えるだろう。

「持統帝の念持仏」というのも分かる。太子の船乗十一面観音は、天皇制律令国家への道を歩む朝廷に伝えられ、天武没後は持統天皇が念持仏として供養してきたのであろう。

そして、そうした念持仏を「持統帝譲位のとき人麻呂が帝から賜わった」というのだが、これもありうることであった。というのは持統が文武に譲位したのは六九七年。前年に高市皇子《たけちのみこ》が没しているからだ。

持統天皇と高市皇子の戦い。それは「天皇制律令国家」と「そらみつ大和の国」、生まれ出る「神話」と消され行く「歴史」の戦いの最終ラウンドであり、ゴールを目前にした持統天皇の前に立ちはだかっていたのが高市皇子であった。その高市皇子が亡くなったのである。皇子の死によって、戦いは持統天皇の勝利に終わった。

人麻呂は敗れた。高市皇子に賭けていた「そらみつ大和の国」の起死回生の願いは永久に消えた。だからこそ持統天皇は、人麻呂に「船乗十一面観音」を賜ったのである。「私は大神に勝った。負けた大神の鎮魂・供養は、今後は大神を哀惜するあなたの手に委ねたい」——そんな気持ちで人麻呂に授けたのではなかったか。

そうだとすれば、この像を賜った時の人麻呂の思いは察するに余りある。こうした像がすでに聖徳太子の時に生まれ、代々の天皇に伝わり、持統天皇の念持仏であったというのである。何と悲しい、無念のお姿であろう。あの大神が、仏と化して黄泉の国へ旅立たねばならぬとは。

こうして人麻呂は、のちに石見国へ赴くに先立ち、邸を寺に改め「柿本山広安寺」と号し、本尊にこの像を安置したというのだが、これもありえたと思われる。そのようにして親しい者に後事を託していったのであろう。

こうして柿本山広安寺にひっそりと祀られてきた船乗十一面観音が、やがて平安時代に月照寺の本尊として甦ったというのである。

人麻呂の夢告と伝えるが、おそらく空海の頃から、楊柳寺と大和の広安寺との間には何らかの縁があったのではないだろうか。人麻呂は、船乗十一面観音の最もふさわしい鎮座地として、明石を夢見て逝ったという伝えがあったのかもしれない。「羇旅の歌」でみたように、人麻呂は明石とゆかりが深かった。それに船乗十一面観音である。やはり海と縁がある場所がいい。明石の大門を見下ろす山への鎮座が叶うならばどんなによいか。人麻呂がそんな願いを抱いていたとしても不思議ではない。

人麻呂の没年は不詳だが、後述するように文武天皇没（七〇七年）の頃とするならば、没後およそ一八〇年、大神の「鎮魂の像」は大和から念願の明石へと移り、花開いたことになる。以来、人丸山には大神の鎮魂の寺と、傍らに鎮守神として人麻呂が寄り添い、明石海峡を見下ろしてきたのであった。

(2)「ほのぼのと」の歌

ここで思い出すのが「ほのぼのと」の歌である。『古今集』の「羇旅」に載る有名な歌だ。

ほのぼのとあかしの浦の朝霧《あさぎり》に島隠《しまがく》れゆく舟をしぞ思ふ（巻九・四〇九）

「読人知らず」とされるが、左注に「この歌は、ある人のいはく、柿本人麿《かきのもとのひとまろ》が歌なり」とある。平安中期頃から人麻呂の歌として高く評価され、「神詠」のごとく尊ばれてきたらしい。

だが、そうだとすると不思議である。いったいなぜ、「読人知らず」の歌が人麻呂の歌として、これほど称賛されてきたのだろうか。

私はやはり月照寺の船乗十一面観音と人麻呂との深い絆が、秘かに伝えられてきたからではないかと考える。

【哀傷の歌】

梅原猛氏は『水底の歌』で記している。

「この歌は、羇旅の歌ではなく、哀傷の歌であるという伝承が古来からあった。しかもこの伝承は、古来から極秘の上にも極秘なこととされていた。」

興味深いではないか。この歌には「哀傷の歌」という伝承が古来からあったというのだ。もっとも中世においては、『三五《さんご》記鷺末《きさぎのすえ》』にのる説によると、天皇がお隠れになって、後日の無常を詠んだという。人麻呂は帝とは親しい仲で、影のごとく寄り添っていたからだといい、その折の哀傷の歌だと申してきたということのようであるが、どうだろう。

私はやはり、そもそもの初まりからこの歌は、船乗十一面観音にまつわる深く秘された伝承を詠んだ歌であったから、「哀傷の歌」として伝えられてきたのであろうと思う。だからこそ、いつしかさまざまな伝説や解釈に彩られてはきたが、それでもなお、「哀傷の歌」であるという言い伝えは、「極秘の上にも極秘なこと」とされてきたのではなかったか。

【人麻呂に託した哀傷歌】

さて、こうしてみると、この歌の作者は、やはり人麻呂というのが一番ふさわしい。ところが一般には、この歌は平安初期頃の作で、人麻呂の歌ではないという。とすると、どうなるか。

私はふと思ってみる。大和の広安寺には古くから一首の歌が伝わっていた。それが「ほのぼのと」の歌であり、だれ言うともなく人麻呂の歌と言い伝えられてきた。人麻呂は、船乗十一面観音の明石への遷座を夢見て亡くなった。あるいは、そうした人麻呂の夢を受け継いだ誰かが、ひそかに詠んだ歌だったのかもしれない。ともあれ平安初期頃の作とすると、空海が楊柳寺を創始した頃には心ある人には知られていたのではないだろうか。

『今昔物語』では小野篁《おののたかむら》（八〇二―八五二）の歌とされている。『古今集』の「ほのぼのと」の歌の二首前に篁の歌「わたの原八十島《やそしま》かけて漕《こ》ぎいでぬと人には告《つ》げよ海人《あま》の釣舟《つりふね》」（巻九・四〇七）が載っている。

篁と空海は親しい仲だった。奈良市の弘仁寺《こうにんじ》は篁が伽藍を建立、空海が本尊を刻んだと伝えられ、寺宝に「互の御影（小野篁と空海）」があるという（『寺院名鑑』）。

あるいは篁は楊柳寺を訪れ、大和の広安寺の船乗十一面観音のことなどを空海と語り合ったことがあったかもしれない。そして、いつの日か広安寺を訪れ、衝撃的なお姿を拝観した。そんなことがあって、篁の歌とされたということもなかったとは言いきれない。

藤原公任《きんとう》が『三十六人撰』及び『和漢朗詠集』によって「人丸」の歌と決めて以来、人麻呂の代表作となったというのであるが、私はなるほどと思う。

船乗十一面観音は人麻呂の念持仏だったのだ。大神の死を悼む歌の作者として人麻呂以外の誰がいるだろうか。もし誰かが詠んだ歌だったとしても、彼は人麻呂の心を心として詠んだにちがいない。そして、この像の大いなる秘密を知るが故に、彼は名を秘したであろう。船乗十一面観音の歌であるからこそ、この歌は人麻呂の絶唱とされてきたのだと、改めて思うのである。

ところで、大和から明石へ遷るまでに、空海の頃からだけでも七十六年もの歳月を要している。やはり、船乗十一面観音のような畏るべき像を大々的に供養するには、よほどの協力者がなければならなかったのであろう。

仁和三年は宇多天皇が即位した年である。宇多といえば、菅原道真を敬愛し、引き立てたことで名高い。長いあいだ封印されてきた正史批判が揺らぎ出したのも宇多天皇の時である。こうした時運に乗って、ようやく月照寺は誕生した。人麻呂の夢は叶ったのである。

——ほのぼのと夜が明けるころ、朝霧に包まれた明石の浦を、一艘の舟が島影に隠れてゆく。舟に乗るのは十一面観音。行く先は黄泉の国。

栄光の大神の何と悲しい、「日本の歴史」からの退場であろうか。

しかし、その伝承が「極秘の上にも極秘なこと」とされていた「哀傷の歌」は、人麻呂の代表作として絶賛されてきた。それは人々が「ほのぼのと」の歌に、日本という国の深い闇への「哀傷」を、それとなく感じとってきたからではなかったか。

第六章　人麻呂と空海

月照寺で明らかになった大神と人麻呂と空海の絆を、もう少し追ってみたい。

【空海の出自】

空海（七七四―八三五）は、香川県善通寺市の生まれ。佐伯家は古代の名門で、代々讃岐の国造であった。私は空海の誕生寺として知られる善通寺の五社明神などの考察から、佐伯氏は大和へ入る前の若き日の饒速日命《にぎはやひのみこと》（大歳命と言った）と親交があり、大和入国の際に共に大和入りしたのではないかと考えている。なお母の玉寄御前は阿刀《あと》氏。『新撰姓氏録』によると物部氏族である。空海はこのように大神と深く結びついた誇り高き土豪の末裔であったが、悲運であった。彼が生まれる前にすでに『日本書紀』は成立。「そらみつ大和の国」の歴史は消されていたからだ。空海が人麻呂の悲憤のよき理解者であり、先駆的同志として敬愛を寄せていたとしても当然であろう。

それを語るように、大神と人麻呂と空海の絆を伝える寺が他にもある。大和の影現《ようげん》寺と、讃岐の長尾《ながお》寺である。

【影現寺】

奈良県北葛城郡新庄町（現・葛城市）の柿本山影現寺（柿本寺）は、月照寺より三十年近く前に、空海の弟子の真済《しんぜい》によって建立された寺である。

寺伝などによると、ここは古くから人麻呂ゆかりの土地であり、人麻呂の遺骸を葬ったという「人麻呂塚」が営まれていた。こうした地を真済が訪れ、人麻呂像を作って柿本神社に納め、十一面観音を祀る影現寺を建てたという。つまり彼は、大神と人麻呂の鎮魂の社寺を営んだのである。

真済（八〇〇—八六〇）は高雄僧正とも紀僧正とも号し、俗姓は紀氏。空海は器量に優れた真済を特に鍾愛《しょうあい》した。京都の高雄山で十二年練行《れんぎょう》し、承和七（八四〇）年、神護寺別当となっている。

空海の肖像（絹本著色弘法大師像）

斉衡三（八五六）年、僧正に任ぜられたが、その僧正位を先師空海に譲ることを申請してみずからはこれを辞退。文徳天皇は感動して空海に大僧正を追贈し、真済に僧正位を授けた。天安二（八五八）年八月、文徳の病気平癒を祈ったが、皇位継承にからむ藤原氏の圧力に屈し隠居したといわれる。福島県柴田郡柴田町に、天安二年柿本紀僧正の開山という松光山大光院がある。

貞観二（八六〇）年、六十一歳で没。

こうした略歴を見ると、真済は文徳天皇との間に信頼関係が生まれ、天皇の許可を得て、かねて念願の人麻呂と大神を祀る社寺の創立に取りかかったのであろう。しかし悲運であった。文徳には第一皇子の惟喬《これたか》親王（紀氏）と惟仁《これひと》親王（清和天皇・藤原氏）がいた。当時すでに惟仁は皇太子だったが、文徳の信頼は惟喬にあり、朝廷には不穏な空気がただよっていた。そこへ紀氏の真済が文徳天皇の信任を受けて登場したのだ。藤原氏が文徳・惟喬・真済の結びつきを警戒し、真済に圧力をかけて隠居に追い込んだのはよくわかるのである。

影現寺の例祭は四月十八日。以前は陰暦三月十八日に、影現寺の鐘太鼓を打ち鳴らして会式を行なう、チンポンカンポン祭があったという。何だかいわくあり気な祭名ではないか。おそらく影現寺には、後々まで藤原氏などの陰湿な邪魔が入ったのではないか。そうした動きに抗して、人々は祭典の形で鬱憤を発散してきたのかもしれない。

不動明王立像、弘法大師像などと共に、自作という真済僧正坐像が今も伝えられている。『今昔物語』などでは染殿の后との奇怪な伝説で知られる真済だが、実際の彼は真面目な高僧であり、人々の厚い信仰に支えられ、守られてきたことがわかる。

それにしても消された歴史の復権の、いかに至難の業であることか。人麻呂と十一面観音を供養するのにさえ、真済ほどの高僧にして、これほどの仕打ちを受けねばならなかったのだから。

明石の月照寺は、真済の悲劇を乗り越え、待つこと三十年。ようやく訪れたひとときの好機をとらえて誕生したのであった。

【長尾寺】

香川県大川郡長尾町（現・さぬき市）の補陀落山長尾寺は、四国巡礼の八十七番札所である。この寺も大神・人麻呂・空海の結びつきを語る寺であるが、何と言っても不思議なのは御詠歌だ。

あしひきの**山鳥の尾の長尾寺秋の夜**すがらみ**名**をとなえて

というのである。

思い出すのが百人一首の柿本人麻呂の歌。

あしびきのやまどりのをのしだりをのながながしよをひとりかもねむ

実はこの歌、万葉集に載っている。「思へども思ひもかねつあしひきの山鳥の尾の長きこの夜を」（巻十一・二八〇二）の左注に、「或る本の歌に曰はく、あしひきの山鳥の尾のしだり尾の長長《ながなが》し夜を獨りかも寝む」と出ているのだ。

作者不詳歌であるが、かなり古くから知られていたらしい。その後、花山院撰の『拾遺集』に「人麿」の歌として採られている（巻十三・七七八）。そうだとすると万葉集の「或る本の歌」が、いつしか人麻呂の歌と解されてきたことになる。さらに藤原公任の『三十六人撰』『和漢朗詠集』

にも「人丸」の歌として出ている。

この歌は、万葉集では、「古今の相聞往来の歌の類の上」の「物に寄せて思を陳《の》ぶる歌」の一首となっている。「山鳥の尾のように長い長い夜を一人で寝ることであろうか」というのだから、片恋に思い悩む者の苦しい胸の内をうたった歌、ということになろうか。

それにしても不思議である。作者不詳のこうした歌が、なぜ『拾遺集』や『和漢朗詠集』などでは「人麿・人丸」の歌とされ、藤原定家の百人一首にまで採られ、人麻呂の代表作のようになったのだろうか。「ほのぼのと」の歌と似ているではないか。

それに何よりも不思議なのは、なぜ長尾寺の御詠歌にそれとなく反映されてきたのか、ということだ。たしかに冒頭が似ているだけだが、「秋の夜すがら」とつづくと、「長長し夜」を連想する。やはり明らかに繋がりがある。

長尾寺は、藤原不比等の海女伝説で彩られる八十六番札所の志度寺から分かれた寺である。天平十一（七三九）年、行基の開基。空海が志度寺に対抗して力を注いだ寺だったようだ。境内に天満自在天神（幼な姿の天満宮）がある。筑紫配流の折、道真がみずからの童形を描いて親交のあった極楽寺の明印に送ったのが創始と伝わっている。

こうしてみると長尾寺には空海・人麻呂・道真という、「親・大神派」の人たちが集まっていることにもなる。

そこで御詠歌であるが、私はやはり「或る本の歌」を意識して詠まれていると思う。そして御詠歌の作者は「或る本の歌」を、「相聞の歌」ではなく「哀傷の歌」と解して御詠歌に反映させたのではないかと考える。

「大神の死」から後の長い長い世をわれらは過ごしてきた。ここは「あしひきの山鳥の尾の長尾寺」、悲しみを知る人麻呂ゆかりの寺である。さあ長い長い秋の夜すがら、御名を唱えて冥福を祈りましょう。――そういう願いを込めて、この御詠歌は作られたのではないだろうか。

では、作者はだれか、ということになるのだが、私はふと思う。ひょっとすると空海ではなかったかと。空海がこの歌を万葉集か、あるいは入手する機会があった「或る本」から探し出して「人麻呂の歌」とし、「哀傷の歌」として長尾寺の御詠歌に反映させたのではなかったか。

一つの想念がよぎる。

空海にはひそかな祈念があった。それは、「大神の死」にまつわる「哀傷の歌」を、「人麻呂の歌」として故郷の讃岐の寺にとどめたいという願いであった。おそらく明石の楊柳寺創始の頃から空海は、「船乗十一面観音」と「ほのぼのと」の歌にまつわる人麻呂伝承を聞き伝えて知っていたのであろう。

そんな空海の心願に叶ったのがこの歌であった。空海は思った。これこそ、まさに人麻呂が詠んだ「大神の哀傷歌」ではないか。そこでこの歌をアレンジして長尾寺の御詠歌を作った。こうして、万葉集に「或る本の歌」として紹介されていたこの歌は、いつしか人麻呂の歌として広く知られるようになり、百人一首にまで登場するようになった。

もっとも御詠歌の起源は花山院の頃とされているから、長尾寺の御詠歌も今のような形になったのは平安中期以降かもしれない。しかし、突如こうした御詠歌が出現したとは考え難い。やはり、この歌についての空海の頃からの伝えがあったからこそではないか。

実はこの歌は、『拾遺集』の基となったとされる『拾遺抄』（藤原公任の私撰集）には載っていない。ということは、この歌を「人麻呂作」としたのは公任ではない、と考えてよいだろう。そこで浮かんでくるのが花山院である。花山院は西国三十三所巡礼の中興の祖であり、御詠の歌を各所に奉納している。長尾寺にまつわる空海とこの歌との伝承を聞き伝えて知っていたのかもしれない。だから『拾遺集』にも「人麿の歌」として採ったのではなかったか。

私は今、御詠歌に導かれて、こんないきさつを想像してみるのである。

長尾町前山に多和《たわ》神社がある。天長元（八二四）年、空海と藤原政富が大和国の大三輪の神を勧請、多和大明神と称したという（『香川県の地名』）。一見、意外な気がする由緒だが、空海はなぜ、わざわざ長尾寺の近くに大神を祀ったのだろうか。御詠歌と大神とのゆかりをしのばせて、何やらいわくあり気ではないか。

【嵯峨二尊院】

ところで、その後私は、「あしひきの」の歌をさらにはっきりとうたう御詠歌に出会ったのである。

法然上人の遺跡二十五霊場の第十七番嵯峨二尊院の御詠歌である（藤堂恭俊「法然上人遺跡二十五箇所巡拝に関して」『聖蹟巡礼第2巻』所収、雄山閣）。

足曳のやまどりの尾のしだり尾の　ながくし世をいのるこのてら

驚くではないか。長尾寺よりさらにはっきりと「あしひきの」の歌が御詠歌とされているのである。

二尊院（京都市右京区）は小倉山と号し、寺の後ろの小倉山は定家が百人一首を撰歌したゆかりの山だ。二尊院という名は、承和二（八三五）年、慈覚大師が嵯峨天皇の勅命を奉じて堂塔を建設したとき春日作の釈迦・阿弥陀の二尊を安置したところから生まれ、後に円光大師（法然）が当寺を愛して閑居してから栄えるようになった。

第一部第十一章「志貴皇子家の伝承」のところで述べたように、「春日作」とは春日明神の作ということで、それは仏像であって仏像ではなく、春日神の霊がこもる像であった。そうだとすれば二尊院は、春日神ゆかりの寺ということになり、この御詠歌も、もちろん「哀傷の歌」としてうたわれてきたことは間違いない。

しかし、いつ、誰が、うたい始めたのだろうか。法然ではないらしい。藤堂氏の論文に、二十五箇所の御詠歌の「出拠」について法然上人自詠の和歌が載る『四十八巻伝』や『和語燈録』などの記載があるが、この御詠歌の出拠は何も記されていないからだ。

となると、小倉山の麓に住み「百人一首」に人麻呂の歌として選んだ定家であろうか。あるいは定家が小倉山の二尊に捧げた奉納歌だったのかもしれない。いずれにせよ、この御詠歌に先立って長尾寺の伝えがあったから、だから生まれたことだけは認めてよさそうである。

それにしても、改めて思わずにはいられない。「ほのぼのと」の歌といい、「あしひきの山鳥の尾」の歌といい、人麻呂の作とは言えない歌が代表作と伝えられてきたのである。考えてみると不思議だが、それはやはり、どちらの歌も「大神の死」の悲しみをうたった「哀傷の歌」と解されてきたからであろう。

深く秘されてはいたが、知る人は知っていたのである。人麻呂がどういう人であったかを。彼は歴史の改竄《かいざん》に抗して悲劇的な死を遂げた人であった。そこで、そうした心ある人たちによって、この二首の歌は「大神の死」を悼む歌として重宝され、次第に有名になっていった。そういうことではなかっただろうか。

人々は、あえて人麻呂の作ではない歌に人麻呂の深い哀傷を託し、そのようにして人麻呂とともに「消された大神」の冥福を祈ってきたのである。

第七章　天香具山の歌

歌の舞台を、大和の天香具山《あまのかぐやま》に移そう。

天香具山は、大和三山の一つとしてさまざまな伝承に彩られ、折りにふれ歌に詠まれてきた。人麻呂も異色の歌をうたっている。天香具山の歌をたどってみたい。

【「そらみつ大和の国」の聖山】

まず天香具山は、何よりも「そらみつ大和の国」の聖なる山であった。それを語る二つの事蹟がある。

一つは、この山の埴《はに》土によって祭具を作り、神々をまつることである。神武即位前紀九月条に、神武が天香具山の社の土で天平瓮《あまのひらか》・厳瓮《りつへ》を造り、天神地祇《てんじんちぎ》を敬ったという記事がある。崇神紀十年九月条には、武埴安彦の妻の吾田媛が密かに天香具山の土を採り「倭国の物実《ものしろ》」と言ったとある。つまり天香具山の土は、「大和国の象徴」とされていたのだ。

大阪の住吉大社でも、古くは天香具山の埴土を採取して祭具を調達していた。のちに畝傍山《うねびやま》に変わったが、これを「埴使《はにつかひ》」と言い、今も続いている。『住吉大社神代記』によると、住吉大神が

天香久山

神功皇后に、皇統の危機に際して天香具山の埴土をとって平瓮《ひらか》を作り、斎祀に用いるようにと詔されたのが始まりということだ（『住吉大社』西本泰著・学生社）。

もう一つは鹿占《しかうら》である。天香具山は大神の鹿占の山でもあったようだ。

このような埴土採取や鹿占の山であった天香具山が変貌を遂げるのは、聖徳太子の頃からであろう。

すでに太子は天香具山の南麓に「日向寺《にっこうじ》」（橿原市南浦町）を建立している。さらに、いつ頃からか隣りに天照大神を祀る天岩戸神社が鎮座。鹿占は天岩戸神話に取り込まれた。住吉大社の埴使の畝傍山への変更も、この流れのためであろう。

こうして天香具山は、「そらみつ大和の国」の「聖なる歴史の山」から天皇制律令国家の

「神話の山」へと、衣替えしたのであった。

(1) 舒明・中大兄・持統の歌

「天香具山」が登場する歌は十二首ある。

一　天皇、香具山《かぐやま》に登りて望國《くにみ》したまふ時の御製歌（巻一・二）
二　中大兄《なかつおほえ》の三山の歌（同・一三）
三　同反歌（同・一四）
四　天皇の御製歌《おほみうた》（同・二八）
五　鴨君足人《かものきみたりひと》の香具山の歌一首（巻三・二五七）
六　同反歌（同・二五九）
七　或る本の歌に云ふ（同・二六〇）
八　「師大伴《おほともの》卿《まへつきみ》の歌五首」の一首（同・三三四）
九　柿本朝臣人麿、香具山《かぐやま》の屍《かばね》を見て、悲慟《かなし》びて作る歌一首（同・四二六）
十　「雑歌《ざふか》・山を詠む」の一首　作者不詳（巻七・一〇九六）
十一　「春の雑歌《ざふか》」の一首　人麻呂歌集（巻十・一八一二）

十二「物に寄せて思を陳《の》ぶ」の一首　人麻呂歌集（巻十一・二四四九）

この十二首。三グループに分けられるだろう。一・二・三・四は舒明・中大兄・持統の歌。天香具山は「アマテラス神話」の衣をまとい始めている。五・六・七・九は天香具山の荒廃を悲しんだ歌。ここでは「聖山」の面影も「神話」の面影も消え失せている。そして八・十・十一・十二、これらの歌は、往古からの懐かしい天香具山をうたっているかのようだ。十二首のうち三首が人麻呂ゆかりの歌である。

【舒明天皇の国見の歌】

一の舒明天皇の国見の歌は、第一部の「あきづしま」で考察したが、もう一度見ておきたい。

舒明の歌は雄略天皇の第一番につづく第二番であるが、二首の間には時間的な断絶があるばかりか、第二番歌の前には聖徳太子が現われ、蘇我・物部の戦いがあり、「そらみつ大神」側が敗れたという、決定的な史実が横たわっている。つまり舒明は、勝者・聖徳太子の創案になる天皇制律令国家のスタートラインに立った天皇であった。望むと望まざるとにかかわらず、「そらみつ大和の国」への決別を告げた天皇だったのである。

そうした観点からこの歌をみると面白い。舒明はいまだ「そらみつ」と「あきづしま」とに引き裂かれているかにみえるからだ。「そらみつ大和の国」の「聖山」で国見をしながら、「うまし國そ蜻蛉島《あきづしま》大和の國は」、とうたっているのである。
舒明歌の「蜻蛉島大和の国」と、雄略歌の「そらみつ大和の国」――。

二つの歌は、何と端的に万葉集の一つの理念を語っていることか。第二番歌から始まる新時代の奔流。それを予知するかのように「そらみつ大和の国」を謳歌する第一番歌。万葉集は、あたかもこの二首の歌にまつわる歌集であることが、冒頭で明示されていると言ってもいいのである。

【中大兄の三山の歌】

香具山《かぐやま》は　畝火雄々《うねびをを》しと　耳梨《みみなし》と　相《あひ》あらそひき　神代より　斯《か》くにあるらし　古昔《いにしへ》も　然《しか》にあれこそ　うつせみも　嬬《つま》を　あらそふらしき（巻一・一三）

反歌

香具山と耳梨山とあひし時立ちて見に来《こ》し印南國原《いなみくにはら》（同・一四）

わたつみの**豊旗雲《とよはたくも》**に**入日《いりひ》見し今夜《こよひ》**の**月夜《つくよ》**さやに**照**りこそ（同・一五）

二の中大兄の「三山の歌」および三のその反歌は、額田王と天智・天武両帝の愛の関係を反映した歌として有名である。三山を三者になぞらえ、いろいろ解釈されている。

私はこの歌の主題は、香具山が「女神の山」であることを高らかに宣言したところにあると思っている。

既述したように、天香具山は「そらみつ大神」の山であった。ところが太子の頃から天照大神の山へと改変されていく。当然その動きに反発する者たちがいたであろう。だが、彼らとの争いを制して中大兄の頃には、すでに天香具山は女神の山と化していたのである。

ちなみに畝火山も耳梨山も古来、男神の山であった。両山の山口神社の祭神は大山祇命《おおやまつみのみこと》。瀬戸内海の大三島に鎮座する三島大神である。だから耳梨は、女神となった香具山と争ったのである。いわば「三山歌」の耳梨は、女神と化して畝火山に寄り添おうとする、香具山への反発の憤怒を背負っているのである。

さて、こうして「女神の山」となった香具山だが、争いの余韻は未だ語り継がれていた。この歌は、印南国原（高砂市から明石市にかけての平野）へ行幸した際の歌のようであるが、そうした地方ではとくに反発が強かったらしい。

思えばそれも当然であった。この地方は古くからのニギハヤヒ系氏族の一大拠点だったからだ。その名残を示すように、竜野市の粒坐《いいほにいます》天照《あまてる》神社や井《い》関三《せきさん》神社の祭神は今も「天照国照彦火明《あまてるくにてるひこほあかり》神」及び「天照国照彦火明櫛玉饒速日命《くしたまにぎはやひこのみこと》」（『神社名鑑』）である。

面白い伝説が伝わっている。三山争いを聞き伝えて出雲から援軍がやってきたというのだ。反歌には「立ちて見に来し」大神の名はないが、『播磨国風土記』の三山相闘の伝説には阿菩大神が登場している。

阿菩大神を祀る神社が出雲国に一社ある。伊佐賀神社（通称伊保神社、島根県簸川郡斐川町、現・出雲市）といい、はるばる播磨まで行ったのに闘いがすでに止んだと聞き、大神は折角やってきたのにといぼをふられ（不満に思い）乗ってきた船をそこにふせ、その上に坐してしまわれた、というような話が記されている（『神国島根』島根県神社庁）。

中大兄が訪れた頃、印南国原ではこうした伝説が、未だ生々しく語り継がれていたのだろう。そこで自らの嬬《めかけ》争いになぞらえてうたったのが「中大兄の三山歌」ではなかったか。

そらみつ大神の聖なる香具山は、すんなりとアマテラス神話の山と化したわけではない。そこには熾烈な暗闘があった。「中大兄の三山の歌」は、それを告白した歌と言ってもよいだろう。

なお、もう一首の反歌は、左注に、反歌には似ないが旧くから反歌として伝えられてきたのでここに載せるとあるが、あたかも闘いを終えた勝利者の、さやかな夜を待ち望む満ち足りた気分がたゆたっているような歌ではないか。阿菩大神の嘆きの伝説に対する、中大兄の凱歌のようにも聞こえてくる。反歌として載せられてきたというのが、何となくわかるような気がする歌だ。

【持統帝の御製歌】

春過ぎて夏来《きた》るらし白栲《しろたへ》の衣《ころも》乾《ほ》したり天《あま》の香《か》具《ぐ》山《やま》（巻一・二八）

舒明・中大兄につづく四の持統天皇の歌である。

百人一首でも親しまれている、女性らしい歌であるが、それでいて何となく堂々としている。天香具山は、持統天皇になって完全に「神話の山」になったたな、というのが私の感慨である。天香具山は「国見の山」でも「三山争いの山」でもなく、中大兄の歌に垣間見られた闘いの残照も消えて、白い衣が点々とひるがえる山と化した。太子以来推し進められてきた「新生日本の道」は今、確固とした調べを奏で始めている。それを鮮やかに語るのが、この歌ではないだろうか。

春から夏へのすがすがしい風に白い衣がひるがえっている。何と親しみ深い山であろうか。天香具山を眺める持統天皇の自信あふれる姿が目に見えるようだ。

「御製歌」は、新時代の山となった天香具山への賛歌だと、私は解したい。

⑵ 香具山の屍の歌

ところがここに、そうした「光の香具山」賛歌に痛矢を放つような歌がある。「陰の香具山」の歌とでも言おうか。五の「鴨君足人《かものきみたりひと》の香具山の歌」と六の同反歌、及び七の「或る本の歌」と、九の柿本人麻呂の「香具山の屍《かばね》」の歌である。

【鴨君足人の歌】

天降《あも》りつく　天《あま》の芳來山《かぐやま》　霞立つ　春に至《いた》れば　松風に　池波立ちて　櫻花　木《こ》の晩茂《くれしげ》に　奥邊《おきべ》は　鴨妻《つま》呼ばひ　邊《へ》つ方《へ》に　あぢむら騒き　百磯城《ももしき》の　大《おほ》宮人《みやひと》の　退《まか》り出て　遊ぶ船には　梶棹《かぢさを》も　無くて不楽《さぶ》しも　漕《こ》ぐ人無しに

（巻三・二五七）

何と荒涼とした香具山であろう。桜花が繁り、鴨が騒いでいた池も、かつての面影はなく、大宮人が遊んだ船には梶も棹もなく、漕ぐ人も無い、というのだ。

鴨君足人（伝未詳）がうたったのはいつの頃の香具山だったのか、定かではない。「或る本の歌に云ふ」（同・二六〇）の左注に、「今案《かむが》ふるに、都を寧楽《なら》に遷《うつ》し後、舊《ふる》きを怜《あはれ》びてこの歌を作るか」とある。そうかもしれない。

しかし、そうだとすると、私はちょっと引っ掛かる。腑に落ちないのは、なぜ平城遷都後の歌が、ここに載っているのかということだ。この歌の前は「柿本朝臣人麿の羇旅《たび》の歌八首」（同・二四九―二五六）、「或る本の歌に云ふ」の次が、「柿本朝臣人麿、新田部皇子《にひたべのみこ》に獻《たてまつ》る歌一首」（同・二六一）である。つまり鴨君足人の歌は人麻呂歌の間に割り込んでいるのだ。

いったい香具山の荒廃をうたった平城遷都後の歌が、なぜ人麻呂歌の狭間に載っているのだろうか。

ここで私は編者の家持の意図を推理してみたくなる。

あるいは家持は、「陰の香具山」を語る歌として、この巻の「挽歌」に登場する人麻呂歌の伏線として、あえてここに入れたのではないか。もしそうだとすれば、家持は人麻呂歌をよほど心にかけていたようでもあるのだが。

【人麻呂の歌】

さて、九の「柿本朝臣人麿、香具山《かぐやま》の屍《かばね》を見て、悲慟《かなし》びて作る歌一首」である。

草枕旅の宿《やどり》に誰《た》が夫《つま》か國忘れたる家待たまくに（巻三・四二六）

人麻呂は今、香具山に行き倒れの旅人を見たのだ。旅先のこの香具山に国を忘れて横たわっているのは誰の夫だろうか。家人が待っているであろうに。人麻呂は遠い国で旅人を待っているであろう妻や子、家人たちに想いをはせる。そして悲しみ、慟哭《どうこく》するのである。

この歌の意味するものは単純ではない。もちろんこの歌が、旅の空で虚しく死んだ旅人に捧げた、悲痛な挽歌であることは言うまでもない。だが、それだけだろうか。

この歌には、旅人に寄せる「悲慟《かなし》び」とともに、その奥深くに政治への怒りが波打っている。

人麻呂は香具山の有為転変を見てきた。天皇制律令国家は「アマテラス神話」の山として新生への道を歩き始めてきたではないか。ところが、そのシンボルともいうべき香具山に屍《しかばね》が横たわっているとは。

おそらくこの頃は、藤原京造営の最中だったと思われる。賦役している地方民の逃亡も相次いでいたのではないか。行き倒れの屍は方々にあったであろう。だが、人麻呂には香具山の屍は衝撃であった。そこで彼は詠んだのであろう。当時の行き倒れの旅人の象徴として、愛するべき香具山の旅人を。

【政権批判】

ところで、ここで気になるのは、人麻呂はこの歌をどういう場で発表したのかということだ。歌集歌ではないから、やはり何らかの公的な場で詠んだのであろう。だから「人麻呂作」として記録に残されたのであろう。一応そう考えるのだが、そうだとすればこのような歌を詠むことは、かなりのリスクを孕《はら》んでいたにちがいない。藤原宮造営という華やかな事業の暗部を突きつけていることになるのだから。

「近江荒都歌」で、「そらみつ」を「そらにみつ」として使用したほどの慎重な人麻呂である。「日並皇子挽歌」や「吉野宮行幸歌」では一応、持統政権に迎合した姿勢を示していた。ところが、持統政権ができるなら目を伏せて通り過ぎたい「行き倒れ」の問題を取り上げ、それとなく時の政権批判をしたのだ。

もちろん人麻呂は考えたであろう。でも何としても詠みたい。宮殿造営事業の陰に、こうした悲惨な人民の死があることを。

幸い先例があった。聖徳太子に飢死者を詠んだ歌があったのである。たとえば推古紀二十一年十二月条には、片岡に遊行した折り、飢えて横たわっている旅人を憐んで詠んだという歌が載っている。おそらく太子の歌は、さまざまな伝説に彩られ、太子を讃えるエピソードが付加され粉飾されて、古くから伝えられてきたのであろう。いずれにせよ、太子の歌があるから大丈夫、批判的側面は和らぐだろう。

そして人麻呂は思ったのではないか。——太子の始めた理想の国家への道は今、このような結果に至っている。「死者」は龍田山から都の中枢の香具山へと進んでいるともいえる。太子の時代以上に、人々は生き難いのではないか。太子よ。あなたの時代と同じように、旅空で死ぬ者がいる。それもあなたがよく知る聖なる香具山で。彼は「真人（聖）」でもなければ、名のある者でもない。国も何もわからぬ、しかし今の朝廷が治める、この国の一人である。

【聖徳太子の歌】

そう考えて人麻呂は「香具山の屍」の歌を披露したのではないか。私はそう考えるのだが、それを示唆するのが、巻三の「挽歌」の冒頭に、聖徳太子の歌が登場していることだ。

「上宮聖徳皇子《うへのみやのしやうとこのみこ》、竹原井《たかはらのゐ》に出遊《いでま》しし時、龍田《たつた》山《やま》の死《みまか》れる人を見て悲傷《かなし》びて作りましし御歌一首」である。

家にあらば妹が手まかむ草枕旅に臥《こや》せるこの旅人《たびと》あはれ（巻三・四一五）

後にも先にも聖徳太子の歌は、万葉集中この一首のみである。いかにも唐突という感じがする。つづく歌は大津皇子の臨終の歌である。

いったい、なぜ太子はここに姿を見せたのか。それも聖徳太子の知られた面影は何もない。いわば「仏の衣」「聖者の顔」を捨てて、淡々と「龍田山の死人」を悲しみ悼《いた》んでいるだけである。私は思う。それは人麻呂の香具山の歌が、この巻に載っているからである。家持は、人麻呂歌の意図を正しく理解していた。だから、その先例として太子に登場を願ったのではないだろうか。

並べてみると同じような題詞。これなら人麻呂の歌に文句はつけられまい。太子と同じく、人麻呂も山に横たわる死者を悼んでいるのだから。このようにして太子は、人麻呂の歌が政権批判の矢面に立てられるのを防ぐべき「盾」として、家持によってこの巻の「挽歌」の冒頭に引っ張り出されたと私は考えるのである。

なお万葉集の太子の歌は、このままの形では他の文献にはないものらしい（『中西進　万葉論集』第一巻、講談社）。推古紀二十一年条の歌から出たというのが定説化しているらしいが（『万葉集歌人事典』）、私は、あるいは家持が題詞と共に、さまざまな伝誦歌から人麻呂歌に合うように作歌したのではないかと考えてみる。いま重要なのは、人麻呂歌の「盾」としての太子の歌なのだから。ともあれ家持は、遠ざけてきたかにみえる仏の王者・太子の歌をあえて冒頭に掲げた。それは人麻呂の「香具山の屍の歌」があったからである。つまり家持はここで、人麻呂の真意を人麻呂に代わって告げたのだと言ってもよい。

聖徳太子はこうして巻三の「挽歌」に引っ張り出された。聖者でもなく、仏者でもなく、死者を悲悼する一人のヒューマニストとして。

このように考えるならば、集中一首のみである太子の歌が、いかに大きな意味を有しているかがわかる。それは万葉集における格別の役割という点で、雄略天皇の第一番歌を思い出させるとさえ言ってよいかもしれない。

【仏教と万葉集】

それにしても万葉集は、何と強い意思で仏教を避けてきた歌集であろう。保田與重郎は言っている。「萬葉集の中には、佛を歌ひ、佛教の思想を歌としたものは、四千四百九十六首中に數個を數へるにすぎない。これは無いといふべき數である。」「造寺造佛は咲く花の奈良時代を象徴する昂奮である。しかるにそれを暗示する歌の一つも萬葉集に殘つてゐない。それは嚴肅な事實である。家持の志のあるところ、あへて採取しなかつたか、臆測の域を出ない。」(「わが万葉集」『保田與重郎全集第三十五巻』)

私は憶測と言われるのを覚悟で、あえて言いたい。それは家持の強い志であり、あえて採取しなかったのだと。

それも当然であろう。太子に端を発する天皇制律令国家への歩みは、「仏」を掲げた太子らに「神・饒速日命《にぎはやひのみこと》」を旗印とした物部氏が敗れたことから開けたのである。神と仏の争いで仏は勝った。それがすべての始まりであった。

そうだとすれば、万葉集では「仏」の世界が消されてこそ、「大神」の鎮魂は叶うのであり、「そらみつ人和の国」へ捧ぐ永久の挽歌集となり得るのである。

それが家持の強い信念だったと、私は思いたい。

(3) 香具山をうたう

天香具山の歌の残る四首は、「わが心の香具山の歌」とでも言おうか。うち二首が人麻呂歌集の歌である。

【一〇九六番歌と西行の歌】

いにしへの事は知らぬをわれ見ても久しくなりぬ天《あま》の香具山

作者不詳（巻七・一〇九六）

十のこの歌は意味深長な歌だ。「いにしへの事は知らぬを」というのが、却って作者の「いにしへの事」へのこだわりを印象づけているかにみえる。おそらく作者は、天香具山にまつわる古い歴史を聞き伝えて知っているのであろう。だが、彼は思う。そうした「いにしへの事」はさておき、自分が見てからも久しくなった、天香具山は。

彼は今、ここに、こうして悠然とそびえている香具山の古いたたずまいに、素直な感慨を寄せているのである。

ふと思い出したのが、西行法師の歌。

何事のおはしますをば**知**《し》らねどもかたじけなさに**涙**こぼるゝ

（『西行法師家集』）

「大神宮御祭日よめる」歌という。伊勢神宮の複雑な成り立ちは祭典などの形で顕著に伝えられ、明治までは残っていた。西行の頃は色濃く影を落としていたであろう。西行は暗にそれを踏まえて詠んでいるようにも思われるのだが、両歌には通じるものがあるのではないか。――いにしへになにごとがあったかは知らないが、やはり天香具山は古い、古いお山だな。神宮は有り難い、尊い、お宮だな。
両歌は、人間誰しもに宿る、悠久の時を経てきたものへの素直な感動をうたっていると言えようか。

【人麻呂歌集歌】

ひさかたの天《あま》の香《か》具《ぐ》山《やま》このゆふべ霞《かすみ》たなびく春立つらしも
人麿歌集（巻十・一八一二）

香《か》具《ぐ》山《やま》に雲居たなびき欝《おぼぼ》しく相見し子らを後恋ひむかも
人麿歌集（巻十一・二四四九）

十一の前歌は、巻十の「春の雑歌」の冒頭を飾っている。今日も折にふれ香具山を眺め、暮れゆく夕べの香具山を見ると、霞がたなびいている。春が来たのだな、というしみじみとした感慨を詠んだ歌だ。この歌につづく六首はすべて歌集歌。三首が例の巻向の歌である。この歌もおそらく人麻呂の作であろう。
十二の後歌は、ぼんやりと見ただけの児へのほのかな恋心を、香具山の姿と重ね合わせてうたっている。

これらの歌の香具山は、いかにも生活の中に溶け込んで共に生きている山、といった風情である。人麻呂は香具山のさまざまな姿を知っていたけれど、それらを引っくるめて天香具山の悠久のたたずまいを愛し、うたっている。

【旅人の歌】

最後になったが、大伴旅人にも八の香久山の歌があった。

わすれ草《ぐさ》わが紐《ひも》に付く香具山の故《ふ》りにし里を忘れむがため（巻三・三三四）

第一部第八章「吉野宮行幸の歌」のところで述べたように、大宰府で大和をしのんで詠んだ「帥大伴卿《おほとものまへつきみ》の歌五首」のうちの一首である。

「香具山の故りにし里」を忘れたいためにわすれ草を紐に付ける、というのである。忘れようとしても忘れられない、旅人の望郷の想いが胸に迫ってくる。

六六五年生まれの旅人は、人麻呂とほぼ同世代と言っていいだろうか。彼らはそれぞれの道を、強い信念で、一途に歩いた。

およそ接点がないかにみえる二人だが、ともに香具山の故里のたたずまいを深く愛していた。二人にとって香具山は、ひとしく心の山だったのだな、そう思うと何だか微笑ましい。

第八章　石中死人の歌

「香具山の屍《かばね》の歌」から浮かんでくる歌がある。「讃岐《さぬき》の狭《さ》岑島《みねのしま》に、石の中に死《みまか》れる人を視《み》て、柿本朝臣人麿の作る歌一首」である。

遠く離れた大和と讃岐であるが、私には両歌は同じ趣旨の歌だと思われる。それはいくつかの点からであるが、まずは歌を見てみよう。

【石中死人の歌】

玉藻《たまも》よし　讃岐の國は　國柄《くにから》か　見れども飽《あ》かぬ　神柄《かむから》か　ここだ貴《たふと》き　天《あめ》
地《つち》　日月とともに　満《た》りゆかむ　神《かみ》の御面《みおも》と　継《つ》ぎて来《く》る　中《なか》の水門《みなと》ゆ　船
浮けて　わが漕《こ》ぎ来《く》れば　時つ風　雲居に吹くに　沖見れば　とゐ波立ち
邊《へ》見れば　白波さわく　鯨魚《いさな》取り　海を恐《かしこ》み　行く船の　梶《かぢ》引き折りて　を
ちこちの　島は多けど　名くはし　狭岑《さみね》の島の　荒磯《ありそ》面《も》に　いほりて見れば
波の音《と》の　繁き濱べを　敷栲《しきたへ》の　枕になして　荒床《あらどこ》に　自伏《ころふ》す君が　家知ら

ば　行きても告げむ　妻知らば　来《き》も問はましを　玉桙《たまほこ》の　道だに知らず
おぼぼしく　待ちか戀ふらむ　愛《は》しき妻《つま》らは（巻二・二二〇）

この歌、「玉藻《たまも》よし」から「継《つ》ぎて来《く》る」までは、讃岐国の賛辞と国生みの神話。「中《なか》の水門《みなと》」からが人麻呂の行動である。

人麻呂は西からの帰途の途中であろうか。中の水門（丸亀市金倉町の金倉川河口付近という）で休み、再び中の水門から漕ぎ出すと大風になり、海は荒れ、恐ろしい姿を呈している。そこで多くの島から名もよい狭岑島《さみねのしま》（沙弥島《さみじま》・坂出市の海中の島。今は陸つづき）に舟を寄せた。

上陸してみると、浜辺に死人がいるではないか。人麻呂は身も心も揺さぶられ、思わず死人に問いかけるのである。家がわかるなら行って知らせましょう。妻は何も知らずに不安な気持ちで恋い慕って待っていることであろう。あなたのいとしい妻は、あゝ。石中死人を思い、人麻呂は絶句するのである。

最初に述べたように、死人を見た場所も状況も全く違うけれど、「香具山の屍」の歌と「石中死人」の歌は、根本的に同質の歌であるように私には思われる。それは四つの点からだ。

【人間への愛と政権批判】

まず第一は、人麻呂の最大の顔であり、作歌動機の原点ともいうべき人間愛である。両歌とも人麻呂の人間への愛は、天皇制律令国家のピラミッドの最底辺の人間の無残な孤独死に対して、惜しみなく注がれている。

無論、死者に対する作者の切実感は微妙に違っている。「石中死人」への慟哭《どうこく》は、まるでわが事のようである。思えば人麻呂にとって「香具山の屍」も衝撃的であったが、何と言ってもそれは故郷の山での光景であった。

ところが、いま遭遇した「石中死人」は、異郷の狭岑島であった。しかも人麻呂自身が船旅の途中で風雨に遇い、急きょ退避した島で出会ったのである。それは「香具山の屍」とは全く違う凄惨な光景だったであろう。一歩間違えば自分も石中死人になりかねない。それだけ「石中死人」に寄せる「悲慟《かなし》び」はリアルだった。おそらくこの時、人麻呂は故郷の妻を切実に思い浮かべたにちがいない。自分がここで遭難死したら愛する妻は、あゝ。

その痛烈な思いが石中死人に投影されたが故に、「香具山の屍」と人麻呂の間にあった距離は、「石中死人」では一気に縮まったともいえるだろう。

第二は、人麻呂のもう一つの顔ともいうべき政権批判である。彼は新都造営に駆り出されて行き倒れた「香具山の屍」をうたわずにいられなかった。そして今、遭難の危機を脱し帰還した人麻呂は、新京の造営も一段落し華やいだ都を見るにつけ、遠い地方の小島の悲惨な「石中死人」のことをうたわずにはいられなかったのである。

【盾としての国生み神話】

第三は、こうした反政権的な歌を発表するに際しての、いわゆる防御の「盾」である。「香具山の屍」の時には太子の「龍田山の死人」の歌があった。「石中死人」ではどうか。「国生み神話」が盾として冒頭に立ちはだかっているのである。

人麻呂は考えたであろう。公けに発表するとなると、「石中死人」のことをストレートに詠むだけでは政権批判ととられかねない。藤原京の盛時に死人の歌とは不吉ではないか。朝廷に対して何か思惑があるのかと横槍を入れられるのではないか。

そこで人麻呂は、長歌の冒頭で讃岐国を、国柄が良いのか、神柄が貴いのか、天地日月とともに満ち足りて行く「神《かみ》の御面《みおも》」として受け継いできた国である、と記した。

ここで「神の御面」であるが、諸注が指摘しているように、それは後に『古事記』に結実する「国生み」神話によるものだったのである。『古事記』の「国生み」神話にイザナギ・イザナミ二神が結婚して最初に生まれたのが淡路島、次に伊予二名島（四国）を生んだとある。そしてこの島は一つだが面は四つあり、面ごとに名が付いていて、讃岐国は飯依比古《いひよりひこ》と言った、とある。

こうしてみると人麻呂は、朝廷が作成していく「国生み神話」を表に立てて、いわばお手柔らかに、といった形で相手に譲歩しながら詠んだということになろうか。

「無名の行路死者をうたうのに、だが、なぜ、国生みの神話まで持ち出したりしなければならなかったのか、今日まで納得できるようなその理由は見出されていない。」（『柿本人麻呂ノート』佐佐木幸綱、青土社）という。

私は、時の政権の枠組の中での「石中死人」の歌であることを最初に宣言して、自らの信念の人間愛の歌をうたうために、「国生みの神話」を持ち出したのだと解したい。

第四は、「そらみつ大神」へ寄せる愛である。「香具山の屍」が人麻呂の作歌衝動を駆り立てたのは、以上の三点にもまして、大神の聖なる山の屍であったことが大きかったと思う。「石中死人」もやはり、黎明のひとときひときわ輝いた大神の国の死人だったからではないだろうか。

大神と讃岐国についてみてみたい。

【飯依比古と讃岐国】

『古事記』によると、讃岐国の神の名は飯依比古《いひよりひこ》という。沙弥島の近く、丸亀市と坂出市の境にそびえる飯野山《いいのやま》に伝承がある。讃岐富士とも称される標高四二二メートルのこの山は、「上古飯依彦の依る所の城の山なり、故に飯山と曰ふ」（「全讃史」『香川県の地名』）と伝わっている。

西麓の飯《いい》神社（丸亀市飯野町）の祭神は国魂神（飯依比古命・少彦名命）（『神社名鑑』）。少彦名命は、「人麻呂と月人壮子」の「月神」のところで述べたように三輪山にも祀られており、三輪大神の異名同神のごとく解されてきた神である。そうだとすると、飯野山は大神が城を置いた遺跡地だったことになり、大神は「讃岐の国魂神」と仰がれてきたということになるだろう。

調べてみると、讃岐には若き日の大神の姿がさまざまな形で明滅しているのに気づく。

たとえば飯野山の南麓に八坂神社（飯山町下法軍寺）がある。「社記曰く、当社は素盞嗚尊南海に幸したまふ時、ここにしばらく休みたまふ。よりて天平勝宝の頃、社殿を経営して当郷の守護神とす。」（『讃岐国名勝図会』）と言い、祭神が素盞嗚尊・八王子・稲田姫である。

びっくりするような伝えだが、私はあり得たと思う。たとえば燧灘に面した愛媛県宇摩郡土居町（現・四国中央市）にも、スサノオが仮殿を建てた跡に推古天皇の時代に創建されたという八雲神社があるからだ。近くにはスサノオと一緒に各地に木種を配ってまわったという、子供の五十猛命《いたけるのみこと》・大屋津姫命《おおやつひめのみこと》を祀る伊太祁《いたき》神社もある（『愛媛県の地名』）。

どうやらスサノオは、のちに「八王子」の名で親しまれた若き日のニギハヤヒ（大歳命）とともに飯野山の辺りを巡行したらしい。

興味深いのは屋島山麓の八坂神社（高松市木太町）だ。「祭神三座、一牛頭天王《ごずてんのう》（素盞嗚尊《そさのをのみこと》）二総光《そうこう》天皇（牛頭天皇の御子にして大歳神といふ）三道祖神《どうそじん》（猿田彦命《さるだひこのみこと》）」というのである（甕底社《かめぶちのやしろ》）『金毘羅参詣名所図会』）。

この記録を見つけたときは驚いた。正暦元（九九〇）年、牛頭天王《ごずてんのう》を祀ったのが創始のようだが、「総光天皇（牛頭天皇の御子にして大歳神といふ）」、とある。「総光天皇」は初見である。大和の国を開いた「そらみつ大神」を讃えた、讃岐地方独特の称号であろうか。彼はスサノオの御子であり、大歳神という、と言うのである。

大歳神は、京都祇園の八坂神社の八柱御子神の中にも名が見える。その名声の故に、後に「八王子」の名を一人占めにし、「八王子神」とも称されてきたらしい。

序章で述べたように、饒速日命《にぎはやひのみこと》は『古事記』『日本書紀』では父祖について全くふれることがなく、系統不明のままになっているが、彼はスサノオの王子で、若き日の名を「大歳」と称したことがこうした伝承に示唆されているのである。

讃岐のシンボルともいうべき金刀比羅宮《ことひらぐう》。じつはこの宮が大歳命の遺跡地から生まれた宮であった。社伝によると、祭神・大物主大神（三輪大神）は琴平山に本拠を定め、四国、中国、九州等の経営に当たられたという。

奈良時代以降、琴平山は仏の山となり、観音堂が本宮のように見なされるが、本尊十一面観音は「弘法大師真作」、明治二年の神仏分離令の際に「大年神社」になっている。大神へ寄せる空海の強い祈念がしのばれるとともに、あの長尾寺の御詠歌が甦ってくる。

それにしても、少し調べただけでもこうした記録が伝えられているということは、讃岐国と若き日の大神とのつながりがいかに強く、後々まで親密な交流があり、さまざまに語り継がれてきたかを告げるものであろう。

ちなみに私は、出雲から身を起こしたスサノオ一族は、のちに筑紫を征覇し、大歳命はその後大和へ乗り込んだと考えているのだが、もちろん、そうした躍動をするためには、それに先立って瀬戸内航路の制海権を掌握しなければならなかった。芸予海峡の中央に位置する大三島と琴平山は、そのための拠点であったと思う。飯野山や琴平山の伝承はそれを告げるものであろう。讃岐国は、日本の黎明の時代、ひときわ勇躍した国だったのである。

【狭岑島の死者】

さて、そこで人麻呂である。彼はもちろん知っていたであろう。だから讃岐国を讃えた。「玉藻《たまも》よし　讃岐の國は　國柄《くにから》か　見れども飽《あ》かぬ　神柄《かむから》か　ここだ貴《たふと》き」——讃岐の国は、国柄が良いので見飽きず、国を治め領している神柄が非常に貴い、と絶賛したのである。

一人の石中死人をうたうのに、なぜこんなにも讃岐国を讃えなければならなかったのか。それは「国魂神」と仰がれた若き日の「そらみつ大神」の造った国だったからだと私は思う。

人麻呂には衝撃だったであろう。栄光の歴史に彩られたこの国の小島に、哀れな死人が横たわっていたのだから。それも、死人が荒波を枕に伏している狭岑島は、大神が鎮座する飯野山の足下ではないか。

沙弥島は、原始・古代の遺跡が多いことで知られている。沙弥ナカンダ遺跡からは縄文・弥生・古墳の各時代の土器が確認されるとともに、古墳時代頃の製塩土器や製塩炉などの遺構も見つかっている（『香川県の歴史散歩』山川出版社）。おそらく早くから漁業や塩作りなどで賑わう島だったのだろう。

そこで人麻呂は、何をさておいてもうたわずにはいられなかったのである。

（時代の奔流の中の死者）

以上の四点から、私は「香具山の屍」の歌をさらに押し広げたのが「石中死人」の歌だったと考える。そして、名もなき死人をうたうのに、なぜあれほど壮大な讃岐国の賛辞や国生み神話が必要だったのかを了解するのである。

石中死人は、背後に国魂神の栄光と悲劇を背負っている。若き日の大神が造った「讃岐国の歴史」は、いまや「国生み神話」の中に消されようとしている。石中死人は単に一人の死者ではない。人麻呂にとってはこうした時代の奔流の中の死者であった。

この歌における人麻呂の慟哭《どうこく》は、「荒床《あらどこ》に自伏《ころふ》す君」にあるだけではない。栄光の歴史が消されようとしている「讃岐国」への慟哭が重なっている。人麻呂には「讃岐国」と「自伏す君」は、天皇制律令国家の光の道から葬り去られた、国と人として映じていたのではないだろうか。

人麻呂の視界は、狭岑島の石中死人から飯野山の国魂神、さらに天皇制律令国家へと広がっていく。

このように解するならば、何とスケールの大きな歌であろうか。人麻呂という人と、その力量を改めて思わずにはいられない。

第九章　高市皇子挽歌

いよいよ「高市皇子挽歌」である。

高市皇子は持統十（六九六）年七月十日に没した。時に四十三歳。そこで人麻呂が作ったのが「高市皇子尊《たけちのみこのみこと》の城上《きのへ》の殯宮《あらきのみや》の時、柿本朝臣人麿の作る歌一首」である。

この歌は、やはり万葉集のハイライトであろう。何よりも最長の歌であることが、それを語っている。人麻呂がこの歌に込めた並々ならぬ思いがしのばれるのだが、彼は単に高市皇子の死を悼み、うたっただけであろうか。

高市皇子の死が、ともに育んできた大いなる夢の「死」でもあったから、だから人麻呂の悲しみは激しく燃え上がり、これほどの長歌になったのではないだろうか。この歌の意味するものは深く、重い。

(1) 渡会の斎宮の神風

最初に述べておきたいのだが、私は、高市皇子挽歌は人麻呂が持統政権に放った痛矢であり、体制と決定的に対決した長歌であったと思っている。人麻呂はこの歌を、もとより覚悟の上で詠んだはずである。

これまでみてきたように、人麻呂と持統天皇は互いの本音を知りつつ、決定的な対決を避けてきた。それを支えていたのは、草壁皇子亡きあと太政大臣に任じられた高市皇子の存在であった。高市は持統にとって煙たい存在であった。高市皇子を怒らせることは、反朝廷勢力の蜂起を促すようなものだったからだ。だからこそ人麻呂にとっては頼みに思う存在であった。

高市皇子は胸形《むなかた》君の出身。胸形君は有力な海洋族として、宗像《むなかた》海人族を統率した豪族である。人麻呂の和邇《わに》氏とはゆかりが深かった。いつしか両者は融合し、いわば同族ともいうべき間柄となっていったようだ。

こうしてみると、高市皇子という後盾があったからこそ、人麻呂は持統政権との間に辛うじて均衡を保つことが出来たとも言えるだろう。ところが今、頼みとする高市皇子が亡くなったのだ。人麻呂が迫り来る事態を察知したことは言うまでもない。もはや均衡は破れた。本音を隠す必要は何もない。

そこで人麻呂は思いきって、正直に、高市皇子に対する思慕と慟哭《どうこく》をうたった。そして今ひとつ、持統政権が黙してきた、秘された歴史の真実をうたった。それが「高市皇子挽歌」であった。

私はそう解しているのだが、まずは長歌を見てみよう。

かけまくも　ゆゆしきかも　言はまくも　あやに畏《かしこ》き　明日香《あすか》の　眞神《まかみ》の原に　ひさかたの　天つ御門《みかど》を　かしこくも　定めたまひて　神《かむ》さぶと　磐隠《いはがく》ります　やすみしし　わご大君の　きこしめす　背面《そとも》の國の　眞木《まき》立つ　不《ふ》破山《はやま》越えて　高麗劔《こまつるぎ》　和蹔《わざみ》が原の　行宮《かりみや》に　天降《あも》り座《いま》して　天の下　治め給ひ　食《を》す國《くに》を　定めたまふと　鶏《とり》が鳴く　吾妻《あづま》の國の　御軍士《みいくさ》を　召し給ひて　ちはやぶる　人を和《やは》せと　服従《まつろ》はぬ　國を治《をさ》めと　皇子《みこ》ながら　任《ま》け給へば　大御身《おほみみ》に　太刀《たち》取り帯《お》ばし　大御手《おほみて》に　弓取り持たし　御軍士を　あどもひたまひ　齊《ととの》ふる　鼓《つづみ》の音は　雷《いかづち》の　聲《おと》と聞くまで　吹き響《な》せる　小角《くだ》の音も　敵《あた》見たる　虎か吼《ほ》ゆると　諸人《もろひと》の　おびゆるまでに　捧げたる　幡《はた》の靡《なびき》は　冬ごもり　春さり来れば　野《の》ごとに　着《つ》きてある火の　風の共《むた》　靡《なび》くがごとく　取り持てる　弓弭《ゆはず》の騒《さわき》　み雪降る　冬の林に　飄風《つむじ》かも　い巻き渡ると　思ふまで　聞《き》きの恐《かしこ》く　引き放つ　矢の繁《しげ》けく　大雪の　乱れて来《きた》れ　服従《まつろ》はず　立ち向ひしも　露霜《つゆしも》の　消《け》なば消《け》ぬべく　行く鳥の　あらそふ間《はし》に　渡會《わたらひ》の　齋の宮ゆ　神風《かむかぜ》に　い吹き惑《まと》はし　天雲《あまくも》を　日の目も見せず　常闇《とこやみ》に　覆《おほ》ひ給ひて　定めてし　瑞穂《みづほ》の國を　神《かむ》ながら　太敷きまして　やすみしし　わご大王《おほきみ》の　天の下　申し給へば　萬代《よろづよ》に　然《しか》しもあらむと　木綿花《ゆふはな》の　栄ゆる時に　わご大王　皇子《みこ》の御門《みかど》を　神宮《かむみや》に　装《よそ》ひまつり

て　使はしし　御門の人も　白栲《しろたへ》の　麻衣《あさごろも》着《き》　埴安《はにやす》の　御門の原に　茜《あかね》さ
す　日のことごと　鹿《しし》じもの　い匍《は》ひ伏しつつ　ぬばたまの　夕《ゆふべ》になれば
大殿《おほとの》を　ふり放《さ》け見つつ　鶉《うづら》なす　い匍ひもとほり　侍《さもら》へど　侍《さもら》ひ得ねば
春鳥の　さまよひぬれば　嘆きも　いまだ過ぎぬに　憶《おも》ひも　いまだ盡きね
ば　言《こと》さへく　百済《くだら》の原ゆ　神葬《かむはぶ》り　葬《はぶ》りいまして　麻裳《あさも》よし　城上《きのへ》の宮を
常宮《とこみや》と　高くまつりて　神ながら　鎮《しづ》まりましぬ　然れども　わご大王の
萬代と　思ほしめして　作らしし　香具山《かぐやま》の宮　萬代《よろづよ》に　過ぎむと思へや
天の如　ふり放《さ》け見つつ　玉襷《たまたすき》　かけて偲《しの》はむ　恐《かしこ》かれども

（巻二・一九九）

【三幕構成】

この長歌の構成であるが、三段落に区切られるだろうか。いわば三幕構成である。第一は冒頭「かけまくも」から「皇子《みこ》ながら　任《ま》け給へば」まで。第二は「大御身《おほみみ》に　太刀《たち》取り帯《お》ばし」から「常闇《とこやみ》に　覆《おほ》ひ給ひて　定めてし　瑞穂《みづほ》の國を」まで。第三は「神《かむ》ながら　太敷きまして」から最後まで。

まず第一幕。主人公は天武天皇である。「明日香の真神の原に、天つ御門《みかど》をお定めになって、今は磐隠《いわがく》れておいでになるわが天武天皇が、北の国の不破山を越えて、わざみが原の行宮《かりみや》に天降り、天下を治め、国をお定めになろうとし、東の国の軍士を召され、乱暴をする人を和らげよ、服従しない国を治めよと、高市皇子にお任せになったので」というのである。

こうして高市皇子登場のお膳立てが整い、第二幕でいよいよ高市皇子が登場する。舞台では太刀を帯び、弓を手に持ち、兵士を呼び整える高市皇子の勇ましい戦いの場面が繰り広げられる。そこでは、鼓や小角が雷や虎の吼える声のようにすさまじく轟《とどろ》き、捧げ持つ旗は野火が風に靡《なび》くようであり、弓矢が冬のつむじ風や降りしきる大雪のように乱れ飛ぶ。

そして、いよいよ戦いが山場にさしかかり、敵軍も死ぬなら死ねと命をかけて争う、まさにその時、渡会《わたらい》の斎《いつき》の宮から神風を吹かせて敵を惑わし、天雲で日の目も見せず世間を常闇に覆い隠されたので、高市軍は勝利をおさめ、瑞穂の国は平定されたのであった。

ここで第三幕に移り、人麻呂が登場し、高市皇子の死への嘆き悲しみをうたい上げるのである。「平定されたこの瑞穂の国を、神そのままに天皇がお治めになり、わが高市皇子が天下の政治を執り行なわれたので天下が大いに栄えている時に、皇子は突然お隠れになり、神として鎮まってしまわれた。だが、高市皇子が万代までとお思いになってお作りになった香具山の宮が、万代の後までも滅びるなどと思われようか。天の如く仰ぎ見つつ、心にかけてお偲びしよう。恐れ多いことだけれども」、と人麻呂は結ぶのである。

この長歌。このように詳しく辿ってみると、クライマックスがどこにあるかがはっきりとわかる。それはやはり第二幕の激戦の最中に突如出現した「渡会《わたらい》の斎宮《さいぐう》の神風」の場面であろう。

人麻呂は、渡会の斎宮の神風によって高市皇子は勝利をおさめ、平定されたこの瑞穂の国を天武天皇がお治めになった、とうたう。

最初に述べたように、この一事こそ、人麻呂が意を決して詠んだ「秘された歴史の真実」であり、人麻呂が持統政権に放った痛矢であった。私はそう解しているのだが、そうだとすれば、何故それは「痛矢」だったのだろうか。それが問題である。

⑵ 外宮と内宮

まずは「渡（度）会の斎宮」について考えてみたい。

伊勢神宮には外宮《げくう》と内宮《ないくう》がある。「渡会の斎宮」とはいずれの宮なのだろうか。

【内宮・天照大神の宮】

じつは私は、ごく自然に「外宮の豊受《とようけ》大神の宮」と解していたのだが、今度調べてみて驚いたのである。私の知る限り、外宮説は見当たらないようなのだ。殆どの先賢が当然であるかのように、伊勢の内宮の天照大神の宮と考えている。そして、その根拠としてあげているのが、大海人《おおあまの》皇子《みこ》（天武天皇）が六月二十六日に、三重県朝明郡の迹太川（朝明川）のほとりで天照大神を望拝したという史実である。

豊受大神の宮（外宮）

たとえば伴信友は「長等の山風附録一（壬申紀證証）」（前掲書）でこう記している。

「豊受大神の大宮も、度會の山田原に在りて、延暦儀式帳、延喜大神宮式にも、度會の宮と見えたれば、件の歌に渡會の齋宮とよめるは、豊受大神宮の事なるべくもきこゆれど、前に迹太川邊にての御祈禱に應給る靈験なるべければ、畏かれど五十鈴川とおし定めて申奉るなり、」

――つまり天武天皇は前に天照大神を望拝していたから、天照大神は天武天皇を助けられた。だから「度会の斎宮」は五十鈴川上に鎮座する伊勢神宮の天照大神の宮にまちがいない、という論法である。これは一般的な解釈としてほぼ定着し、通説となっているように見受けられる。

確かに天武天皇の迹太川辺の遥拝は『日本書紀』にも記された事実であった。しかし、この論法には大きな難点がある。それは、『書紀』には「渡会の斎宮の神風」のことが記されていないということだ。もし度会の斎宮が内宮の天照大神の宮であるならば、なぜ『書紀』は記さなかったのか。迹太川辺の望拝の件は記したのだから、それこそ、その霊験として「神風」があったことになり、『書紀』としたらまたとない好史料、勇躍歓喜して書くべき事柄ではないか。

ところが『書紀』には度会の斎宮のことは記されていないのである。不思議ではないか。もし天照大神の神風が吹いて敵を打ち砕き、天武側が勝利をおさめたのであれば、なぜ沈黙したのか。何をさておいても特筆すべきことではないか。いったい、なぜ『書紀』は記さなかったのだろうか。

この点に関して、私はまだ納得のいく説明に出会っていない。神風はなかったのではないか。人麻呂のフィクションだったのではないかという説もあるようだが、これには不賛成の声が多い。私も人麻呂が大切な挽歌でフィクションを用いたとは思えない。それに、何よりも壬申の乱の経験者である持統天皇が知っている。嘘を言うことはできない。では、確かな史実だったとすれば、ますます不思議である。なぜ、『書紀』はそれを記さなかったのだろうか。

私は思う。それはやはり、外宮の豊受大神の宮の神風だったからである。

【外宮・豊受大神の宮】

ここで豊受大神の宮であるが、実は外宮は、古くから「度会宮」と称されてきた。『古事記』の「天孫降臨」の段に、「登由宇気神《とゆうけのかみ》、此は外宮《とつみや》の度相《わたらひ》に坐す神なり。」とある。

桜井勝之進氏は述べている。「この宮のことを奈良平安時代の文献には度会宮《わたらいのみや》とも申しあげている。度会の中心にあたり、度会を代表する宮というところからの名称であろう。上代から明治維新まで、この宮の神主の上級者である禰宜《ねぎ》という職は度会氏の一族に限られていた。」(『伊勢神宮』学生社)。豊受大神を祀る外宮は、度会の中心にあったため、古くから「度会宮」と称されてきたというのである。

ちなみに「度会」という名称は外宮近くの大湊《おおみなと》に由来している。大湊という地名は太古から宮川と五十鈴川との河口が落ち合って大きな水門《みなと》をなしていたことに因《ちな》んでいるが、「度会」という名も大湊にたくさんの船が渡り合って来たことから付けられたといわれている。

渡會《わたらい》の大川の邊《べ》の若久木《わかひさき》わが久ならば妹《いも》戀ひむかも　（巻十二・三一二七）

「羈旅に思を發《おこ》す」という歌群に載る柿本人麻呂歌集の歌である。「渡会の大川」は、外宮近くを流れ、大湊で伊勢湾に注ぐ宮川であろう。

私が久しく旅に出ていたなら妹は恋しく思うだろうな、というような意味であり、「渡會《わたらひ》の大川の邊《べ》の若久木《わかひさき》」までは序であるが、「羈旅に思を發《おこ》す」歌なのだから、単なる序というより、やはり歌人は実際に度会の外宮へ詣で、宮川の辺を旅し、若久木を見て詠んだのではないだろうか。人麻呂の歌とすれば、彼は外宮へ詣でたことがあったのかもしれない。そうだとすれば、渡会の斎宮の神風の叙述には力が入ったであろう。

【ニギハヤヒゆかりの女神】

では外宮とはいかなる宮であり、豊受大神とはいかなる神なのだろうか。

それが不審なことに、天野の「丹生都比売」や玉津島の「稚日女」のところでふれたように、「記紀」は外宮の創始も、豊受大神についても、殆ど何も記していないのである。『古事記』の「神生み」の条に「次に和久産巣日神《わくむすひのかみ》。此の神の子は豊宇気毘売神《とようけびめのかみ》と謂ふ。」とあるのと、先ほども記した「天孫降臨」の段にちらっと見える程度である。どうやら外宮も豊受大神も、消された宮であり、消された女神であったらしいのだ。

しかし、延暦二十三（八〇四）年、度会宮で撰上した『止由気大神宮儀式帳』に次のような記載がある。「雄略天皇二二年丹後の国の比治の真名井から豊受大神を度会の山田原に迎えて宮をたてて祭らせた」。

これについては京都府宮津市の籠《この》神社にも同じ伝えがあり、奥宮の地は真名井《まない》原と言い、古くから豊受大神を祀る真名井神社があり、雄略天皇二十二年に伊勢国度会郡の山田原に遷ったと伝わっている。

籠神社は丹後国一の宮。国宝の海部氏系図などで知られる天橋立の名社である。「祭神は彦火明《ひこほあかり》命（亦名天火明《あめのほあかり》命・天照御《あまてるみ》魂《たま》神・天照国照彦火明《あまてるくにてるひこほあかり》命・饒速日《にぎはやひ》命）。相殿豊受大神・天照大神。奥宮豊受大神」（『元伊勢の秘宝と国宝海部氏系図』神社発行）となっている。

こうしてみると外宮の豊受大神は、雄略天皇の時代に丹後から度会の中心地に遷座されたようだ。そして、籠神社に彦火明命（亦名饒速日命）と共に鎮座していることから、豊受大神は「そらみつ大神」、ニギハヤヒゆかりの神であることが認められるのである。

【出雲系氏族の宮】

さて、そうだとすると、どういうことになるか。伊勢神宮は、内宮天照大神の宮（日向系）、外宮豊受大神の宮（出雲系）という、「二所大神宮」から成り立っていることになろう。

ここで改めて思う。壬申の乱の頃、神宮がこのような状態だったとすれば、出雲系氏族の人たちの信仰は当然、度会の斎宮に集中したであろう。高市皇子はもとより、一緒に戦った兵士たちも、その多くが度会の斎宮の信奉者であったはずだ。何しろ主力となった美濃・尾張は、尾張国一の宮の真清田《ますみだ》神社（祭神・天火明命）が示すように、出雲系氏族の拠点ともいうべき地方だったのだから。

彼らは度会の斎宮を念じて戦いに臨んでいた。だから奇跡的な暴風雨が吹き荒れ敵を打ちのめしたとき、度会の斎宮の神風だと信じたのだ。たとえ天武の天照大神遥拝のことを聞き伝えて知っていたとしても、誰の念頭にもなかったであろう。

高市皇子は、壬申の乱のことを語る時には必ず暴風雨のことを話し、それを度会の斎宮の神風だと仲間たちと語り合ってきた。もちろん、人麻呂もそれを信じた。だから今、高市皇子の挽歌で皇子の信じてきた「渡会の斎宮の神風」を、高市皇子への追慕を込めて、高らかに謳ったのである。

【なぜ「痛矢」だったのか】

ここで最初に投げかけておいた問である。なぜこの一事は、持統政権にとって「痛矢」だったのか。

答えは改めて言うまでもないだろう。「渡会の斎宮の神風」こそ、天武側を勝利に導いた最大の功労者であり、その後の天武政権の誕生は「渡会の斎宮の神風」によって花開いた。要するにそれは、「そらみつ大神」側の力によるものだと言ってもよかったのである。

「渡会の斎宮の神風」は、天武王朝の致命的な弱みであった。だからこそ、暗黙の秘事とされてきたのであり、『書紀』は何も記さなかった。

そうした「弱み」を、人麻呂は敢然とうたったのである。これが「痛矢」でなくて何であろうか。

【伝承が語る古代史】

ここで少し述べさせていただきたい。

伝承が語る豊受大神は、さまざまなエピソードに彩られた出雲族のヒロインともいうべき女神であった。私見では、スサノオ―ニギハヤヒ―サルタヒコ―トヨウケ姫とつづく出雲の黄金の家の姫で、スサノオ一族が開いた出雲から筑紫にまたがる大国（邪馬台国）の最後の女王となった。ちなみにこの大国は紆余曲折を経て、ニギハヤヒ（大歳命、都は宇佐）―オオナムチ（大国主命、出雲・西都原）―アマテラス（大日霊女命、西都原）―トヨウケ姫（稚日女命、宇佐・阿波）とつづく。そしてトヨウケ姫の時に、先にニギハヤヒが大和へ乗り込んで開いた「そらみつ大和の国」と合併する。五代孝昭天皇の時であった。

六代孝安天皇の頃に彼女は阿波から紀伊に入り、大和を巡行。吉野から飛鳥、葛城などを経て紀伊の天野に還っている。その折の故地に創祀されたのが玉津島神社（和歌山市）、丹生川上神社（奈良県東吉野村）、丹生都比売神社（和歌山県かつらぎ町）だったのである。

なお、この折りトヨウケ姫は孝安天皇の秋津島宮（奈良県御所市）を訪問したらしい。二人の会見は「大ヤマトの国」の発足を祝う一大イベントだったたであろう。だから「秋津島」は後に大和国の枕詞となり、やがて国名にまでなった。その意味では「あきづしま」は、確かに「そらみつ」から生まれた新たな呼称と言ってもよかったのである。

しかし「記紀」の編纂にあたり、こうした史実は消さねばならなかった。幸い近くに神武ゆかりの嗛間丘《ほほまのおか》があった。そこで蜻蛉に引っ掛けた話を入れて、秋津島を神武ゆかりの国号としたのであろう。第一部第二章「あきづしま大和の国」で保留した謎に対する、私なりの解答である。

三輪山の麓に横たわる箸墓《はしはか》。ヒミコ（卑弥呼）の墓とも言われている日本最古の大型前方後円墳は、トヨ（台与）、三輪大神の孫娘でもあったトヨウケ姫の御陵であろうと私は考えている。

それにつけても、スサノオ一族による日向族や西海の豪族たちを巻き込んで繰り広げられた日本の黎明の歴史は、それこそ波乱万丈である。「記紀」によって消されてしまったのが返す返すも惜しい。

葬られたそうした歴史を少しでも甦らせることが出来るならば。そんな願いを込め、原田常治氏の『古代日本正史』『上代日本正史』(同志社)に誘われて書きつづけてきたのが、「伝承が語る古代史」シリーズである。

(3) 神風などにちなんで

ここで神風について考えてみたい。

実は神風は人麻呂の歌が初登場ではない。すでに当時神風は、一つの伝説によって広く知られていたのである。

【伊勢津彦命】

『伊勢国風土記(逸文)』に伊勢津彦命《いせつひこのみこと》が登場する。神武東遷のとき彼は反乱を起こしたが、天日別命が平定に赴くと「この国はすべて天孫に献上し、自分はもうここには居ない」といい、風を起こし波に乗って去って行った。それから「神風の伊勢の国、常世浪寄する国」というようになったという伝説のヒーローである。

伊勢津彦命の神風伝承はよく知られていたらしい。古くから枕詞に詠まれている。最も古いのが持統天皇の歌である。天武崩御から足かけ八年、九月十日に御斎会《ごさいえ》が催された。その前夜の夢の中に浮かんできたという歌に登場する（巻二・一六二）。つづいて例の大来皇女《おおくのひめみこ》の歌。


神風《かむかぜ》の伊勢の國にもあらましをなにしか来けむ君もあらなくに（同・一六三）

さらに和銅五（七一二）年四月、伊勢の斎宮に遣わされた長田王《ながたのおおきみ》の歌（巻一・八一）、巻十三の雑歌にも二首（三二三四、三三〇一）見える。

【風宮】

こうして、「神風の伊勢の国」の発祥になった伊勢津彦命であるが、やはり外宮と深い絆を有する神であった。たとえば風宮。

伊勢神宮には、外宮にも内宮にも風宮があるが、『伊勢神宮』（前掲書）によると、創始も鎮座地も外宮の方が古いようだ。

外宮の風宮の場合、創始は不明だが、古くから末社とされており、その頃から九月の神嘗祭《かんなめさい》には懸税《かけじから》の稲を別宮に准じて供えており、以後も変わらず続いているという。内宮の風日祈宮の方は、平安初期には摂社には見えず、末社の数にも入れられていないということだ。

鎮座地はどうか。外宮の風宮は、御池を挟んで正宮と対峙する、多賀宮（豊受大神の荒魂）への参道の東側に鎮座している。その姿は、あたかも多賀宮の豊受大神に寄り添っているかのようだ。一方、内宮の風日祈宮は五十鈴川の南岸で、いわば参道から離れてこの宮だけが鎮座している。そこで桜井氏は記している。「当初はもっぱら風雨の祈りを捧げる時の祭場、さらにいうならば域外の官社を遥拝する場所であったかもしれない。」（前掲『伊勢神宮』）

こうした「風宮」のたたずまいからみても、伊勢津彦命はやはり外宮の度会の宮の神だったと思いたい。

さて、そうだとすれば、あの激戦の最中に突如として吹き荒れた暴風雨を、兵士たちが「渡会の斎宮の神風」と信じたのが、よりはっきりする。あの折り彼らの脳裏をよぎったのは伊勢津彦命の故事ではなかったか。そして彼らは信じたにちがいない。度会の斎宮が神風を吹かせてわれらを助けてくださったのだと。

「神風」には、遥かな昔の「度会の斎宮」にまつわる故事があった。だからこそ壬申の乱の折りの暴風雨を、誰もが「神風」と信じて疑わなかったのであろう。

【二度の神風】

「神風」といえば、名高いのが元寇の神風である。弘安四（一二八一）年の国難の時には両宮の風社へ祈願が捧げられた。「勅をして　祈るしるしの神風に　よせくる浪は　かつ砕けつつ」。勅使為氏大納言の歌という。そして、神威が現われたというので正安六（一二九三）年に宮号が宣下され、末社から一躍別宮の列に加えられたのである。

こうして元寇から五八二年。再び日本は国難に直面する。黒船の来襲である。再び風宮は脚光を浴びることになった。文久三（一八六三）年五月、両宮の風宮に十七日間の御祈祷が捧げられ、幕府は五月十日を期して攘夷決行を奏したのであった（同書）。

こうしてみると、弘安四年の国難の時の風社への祈願は、勅使の歌が語るように明らかに「神風」祈願である。その遠い故事として、やはり人麻呂の「高市皇子挽歌」の「渡會《わたらひ》の斎《いつき》の宮ゆ　神《かむ》風《かぜ》に　い吹き惑《まと》はし　天雲《あまくも》を　日の目も見せず　常闇《とこやみ》に　覆《おほ》ひ給ひて」が、語り伝えられてきたからであろう。『日本書紀』には記されていないのだから、そう考えるより他はない。

おそらく根強く語り伝えられてきた故事が、元寇の国難に際して大きなうねりとなって、国を挙げての祈願となったのではないか。そして幕末の黒船襲来に及び、再び国難克服の祈祷となったのであろう。

伊勢津彦命に発する「渡会の斎宮の神風」は、壬申の乱、蒙古襲来、黒船襲来とつづいたことになる。人麻呂の「高市皇子挽歌」が国の歴史に及ぼした『書紀』にまさる力を改めて思うのである。

ところで、ここまで書いてきて、ふと疑念がよぎる。何度も言うけれど、人麻呂はそれが度会の斎宮の神風だったから詠んだのであった。しかしそれだけだったただろうか。人麻呂の深意を探るならば、彼はもし自分がここで詠まなかったなら、「神風」は編纂中の史書によって天照大神の故事にされてしまうのではないか。そういう危惧を抱いていたから先手を打った。そのため『日本書紀』は「神風」を記すのを諦めた——。そんなふうにさえ思うのである。

そうだとすると、もし人麻呂の歌がなければ、『日本書紀』が「天照大神の神風」として記した可能性は高い。何しろ『書紀』が記さなくても、後世の人々は「度会の斎宮（外宮）」を「皇大神宮（内宮）」と曲解し、天照大神の神風と見なしてきたのだから。

『書紀』としたら、どれほど記したかったことか。天武王朝成立に大きな華を添えることになるとともに、以後の朝廷の「錦の御旗」となったであろうから。その意味では人麻呂によって、「神風」は「そらみつ大神」ゆかりの「錦の御旗」となったのである。それを記した人麻呂の決死の覚悟を改めて思わずにはいられない。

【「神風」と「海行かば」】

ここで付記しておきたいことがある。それは人麻呂の「神風」と、家持の「産金詔書を賀する歌」（巻十八・四〇九四）の中の「海行かば　水浸《みつ》く屍《かばね》　山行かば　草生《む》す屍　大君の　邊《へ》にこそ死なめ　顧みは　せじ」に関してである。

明治の近代国家の誕生とともに、この二つの故事はクローズアップされてきたかにみえる。

しかしこれは人麻呂・家持二人の意思に反している。

彼らがうたったのは、歴史から消された「そらみつ大神」ゆかりの「神風」であり、「大神」を皇祖と仰ぐ「大君」への誓いであった。近代国家が掲げた「記紀神話」の「天照大神」ではなかったのである。

【香具山の宮】

それにしても「高市皇子挽歌」は、何と深く、重い歌だろう。ここまで来て、つくづくとそんな思いに包まれる。

最後に、まだ一つ心に留めておきたい事柄がある。それは人麻呂が、挽歌の最後を高市皇子の香具山の宮への永久《とわ》の祈りで終えていることだ。

これはいろいろのことを告げている。何よりも香具山の宮は、大神派の最後の砦だったということだ。

おそらく人麻呂は、この宮で高市皇子と一緒に「そらみつ大和の国」の復権という大いなる夢を語り合ってきたのだろう。その意味では高市皇子の「香具山の宮」は、共に育んできた見果てぬ夢の象徴ともいうべき宮だった。

だからこそ人麻呂は、高市皇子が万代までとお思いになって作られた香具山の宮が滅びるなどということがあろうか。天の如く仰ぎ見てお偲びしよう、とうたったのである。

高市皇子の志が「香具山の宮」にあったこと。高市皇子は大神派の夢と希望の象徴であったこと。天武天皇亡き後の朝廷で高市皇子が持統天皇に対抗する一大勢力を持っていたこと。そんな往時の光景が鮮やかに浮かんでくる。

そして、思わずにはいられない。志なかばで持統天皇に先立って逝かねばならなかった、高市皇子の無念はどれほどだったことか。

持統十（六九六）年七月十日、高市皇子は没した。人麻呂のかけがえのない星ははかなく散った。持統天皇と高市皇子のつばぜり合いは高市皇子の敗北で幕を閉じた。人麻呂は敗れ、すべてはまぼろしと消えたのである。皇子の死は、「そらみつ大和の国」の永久の「死」でもあった。人麻呂はそう思ったからこそ、誰に憚《はばか》ることもなく慟哭し、うたったのである。

それにつけても私は、この歌が万葉集の最長の歌だったことに、今更のように深い感慨を抱かずにはいられない。

万葉集が「そらみつ大和の国」への挽歌の調べを秘めた歌集だとするならば、そうした万葉集の最長の歌が人麻呂の「高市皇子挽歌」だったのだ。そこに、偶然としては片付けられない何か、人麻呂の執念のようなものを感じずにはいられないのである。短歌二首のうちの一首。

ひさかたの**天**《あめ》**知**らしぬる**君**ゆゑに**日月**も**知**らず**戀**ひ**渡**るかも（巻二・二〇〇）

高市皇子に捧げた絶唱は、人麻呂の尽きることのない悲しみを今に伝えている。

第十章　石見国へ

その後の人麻呂の姿を追ってみよう。

(1) その後の人麻呂

【船乗十一面観音とともに】

あれほど激しい挽歌をうたったのだ。人麻呂は覚悟していたはずである。まずは自分の家かどこかに謹慎し、静かに高市皇子の冥福を祈ったのではないだろうか。

持統天皇はどうだったか。むろん気持ちがいいはずはなかった。だが、意外に冷静だったのではないか。なぜなら、長い付き合いから人麻呂という人間を彼女なりに理解していたからである。だから、高市皇子の死が人麻呂を打ちのめし、その悲しみの慟哭がこのような挽歌に結晶することはわかっていた。持統天皇はある意味、同情の念すら覚えながら聴いたかもしれない。「思う存分嘆き悲しむがよい。ともあれ高市皇子は死に、自分は勝ったのだから」――これが持統の偽らざる心境だったようにも思う。

持統天皇は、さっそく行動を開始する。翌十一(六九七)年二月、十五歳の軽皇子が立太子。八月に即位し、持統は太上天皇となった。そして文武天皇の誕生と同時に、藤原不比等の娘宮子が入内している。待ちに待った持統と不比等の新体制の船出である。

ここで思い出すのが、明石の月照寺の由緒である。譲位のとき、持統天皇は念持仏であった船乗十一面観音を人麻呂に賜わったという。

こうして今、高市皇子没後の二人の姿を辿ってみると、持統の新たな船出には、もはや念持仏は無用となったからだということがよくわかる。「この像はあなたにこそ必要でしょう」――そんな持統の言葉に耐え、人麻呂は大和の自宅でひたすら船乗十一面観音を供養したことであろう。

【明日香皇女挽歌】

人麻呂のその後の消息がわかるのは文武四(七〇〇)年である。四月四日に明日香皇女(天智天皇の皇女・忍壁皇子の妃)が没した。このとき人麻呂は挽歌を詠んでいる。「明日香皇女《あすかのひめみこ》木砠《きのへ》の殯《あらき》宮《のみや》の時、柿本朝臣人麿の作る歌一首」(巻二・一九六)である。

これは持統のたっての指名だったと思う。

持統は明日香皇女とは格別親しかったようだ。持統六(六九二)年八月には皇女の田荘に行幸している。そんな愛すべき皇女が亡くなったのだ。皇女のために誰か心のこもった挽歌を捧げてほしい。そう念じたとき思い浮かべたのは、やはり人麻呂であった。人麻呂の愛の挽歌の実力を知り抜いていたからだ。それに忍壁皇子の妃であった皇女のことは、人麻呂もよく知っていたからだろう。

「明日香皇女挽歌」は、在りし日の皇女の面影と、背の君の悲しみに暮れる姿を明日香川に映し出して、艶美にうたい上げた力作である。添えられた短歌の一首。


明日香川明日だに見むと思へやもわご王《おほきみ》の御名忘れせぬ（巻二・一九八）

その後の人麻呂の消息はどうか。

持統の行幸が三回ある。大宝元（七〇一）年の吉野宮行幸と紀伊国行幸、大宝二（七〇二）年の参河国行幸である。このうち紀伊国行幸には同行したらしい。巻二の挽歌に「大寶元年辛丑、紀《き》伊《の》國《くに》に幸《いでま》しし時、結び松を見る歌一首」（巻二・一四六）が人麻呂歌集の歌として出ているからだ。

こうしてみると人麻呂は、高市皇子没後も持統天皇が存命中は辛うじて藤原京にとどまり、時々は出仕していたかにみえる。

【持統の死】

ところが、ついに人麻呂の姿が都から消える日がやってくる。おそらく持統天皇の死の前後であろう。持統天皇は、大宝二年十月から十一月の参河国行幸から帰国してまもなく、暮の十二月二十二日に亡くなった。五十八歳であった。

人麻呂はこの頃に、文武天皇あるいは持統天皇の許可を得て、石見の国へ去って行ったのではないかと私は考える。それは人麻呂の意思ではあったが、やはり藤原不比等の圧力に耐えられなかったからであろう。

持統天皇は人麻呂を疎《うと》んじてはいたが、それでも長年の誼《よしみ》もあり、また自らの老いもあって、断固たる決裂を避けてきた。文武天皇も人麻呂には親しみを抱いていた。そんな持統母子の意を汲んで、不比等も強引な行動を避けてきた。

もちろん人麻呂は、あの挽歌以後はいつでも藤原京を去る覚悟を決めていたであろう。だが微妙な状況から、辛うじて藤原京にとどまっていた。こうして六年の歳月が流れ、いよいよ持統天皇の死によって局面は大きく変わった。不比等との直接対決を迫られたのである。さっそく人麻呂は、かねてより縁のあった石見国へと旅立った。

月照寺の伝えでは、それに先立ち邸を寺に改め柿本山広安寺と号し、本尊として船乗十一面観音を安置したという。こうして大神の鎮魂・供養を親しい者に託し、石見国へと去って行ったのであろう。

高市の死から六年。人麻呂は四十九歳ほどだったであろうか。

⑵ 人麻呂と石見

人麻呂と石見であるが、『神国島根』によると、石見国には人麻呂ゆかりの神社は八社（主神三・配祀二・境内社三）ある。主神は益田市のみ。

何か伝承がないかと探してみた。

【戸田の柿本神社】

やはり興味深いのは、よく知られている益田市戸田町の柿本神社である。人麻呂は戸田村小野の語家（綾部家）という家で生まれ、その後、都へのぼり、和歌の師聖となり、後年老いて古郷に帰り高角鴨山に住んだ、というのである。信じ難いような由緒だが、後年老いて古郷に帰ったというのは、私にはいくばくかの事実を伝えているように思われる。

私は持統没前後に人麻呂は石見国へ去ったと言った。不比等の圧力による半ば強制退去ではあったが、行く先の石見国は人麻呂の要望であろう。人麻呂の先祖と語家とは、往古から何らかのつながりがあったのだろう。当時人麻呂は五十歳前後。詳しい事情を知らない語家の人たちが、老いて古郷に帰ってきたと受け取ったであろうことはよくわかるのである。

「戸田村」であるが、「文武天皇が、柿本人麻呂の古里に与えた封戸《ふこ》村が、のちに戸田村に改名したという（石見八重葎）。」（『島根県の地名』）。この伝承を信じるならば、やはり戸田は人麻呂ゆかりの地であり、文武は軽皇子時代からの人麻呂との交渉をしのび、恩に報いるべく封戸を寄せたのであろうか。

「軽皇子《かるのみこ》の安騎《あき》の野《の》に宿りましし時、柿本朝臣人麿の作る歌」（巻一・四五）に添えられた短歌の一首は名高い。

東《ひむかし》の野に炎《かぎろひ》の立つ見えてかへり見すれば月傾《かたぶ》きぬ（同・四八）

益田市神田町の高城《たかぎ》神社に合祀されている柿本神社（もと中谷山に鎮座）の由緒も印象深い。「往昔人麿世に座し丶時、腰を掛け給える松として今に大木あり。故をもって此の地に祠を立て奉斎すと云い伝う。」というのである。中谷山は戸田の東方、高津川ぞいの地である。老いた人麻呂は付近の野山を散策したのだろうか。人麻呂の姿が見える伝承はこれだけである。

【悲劇の到来】

こうして石見国で慎ましく暮らしていたであろう人麻呂に、突如悲劇が訪れる。刑死の通達がやってきたのだ。悲報の訪れは文武天皇の死と同時だったと想像する。

文武は慶雲四（七〇七）年六月十六日没。時に二十五歳。持統亡き後、五年の治政だった。そうだとすれば人麻呂の石見での謹慎生活は、ほぼ五年で終わったことになる。

もちろん藤原不比等の指令であった。持統・文武両天皇に遠慮していた不比等は、今ようやく誰に憚《はばか》ることもなく人麻呂に対することが出来た。そこで彼は、「高市皇子挽歌」以来十一年、我慢してきた人麻呂の処罰をようやく執行したのであろう。

大宝律令は完成したが、肝心の『日本書紀』はまだ編纂の途上である。あの「高市皇子挽歌」では、人麻呂は『書紀』に先手を打って「渡会の斎宮の神風」をうたった。大神信奉者は、まだ隠然たる力を有している。『日本書紀』の完成のためには、対抗勢力を断じて封じ込めねばならない。そこで不比等は、何よりもまず人麻呂の刑死を宣告した――。事態はそういうことだったのではないかと推察する。

こうして人麻呂は、悲劇的な人生の結末を迎えることになったのであるが、もちろん、真の敵が誰であるかを熟知し、この日があることを予知していたであろう。彼にすれば「高市皇子挽歌」から十一年。よくぞ無事で来られたという感慨の方が強かったのではないか。

一方、彼が身を寄せる語家の人たちには、まさに青天の霹靂《へきれき》だったにちがいない。戸田の柿本神社に人麻呂童子像、養父母像、従者四体の神像七体がある。未見だが、養父母像は驚いた表情だという。あるいは突如訪れた悲劇への驚きを表現したものではないか。

どうやら私はここで、梅原猛氏の『水底の歌』における人麻呂「刑死説」と出会ったようである。

第十一章　人麻呂の死

(1)「鴨山五首」は語る

人麻呂の最期の歌をもとに、臨終の場面に立ち会ってみたい。
巻第二に「柿本朝臣人麿、石見國《いはみのくに》に在りて臨死《みまか》らむとする時、自《みづか》ら傷《いた》みて作る歌一首」がある。

鴨山《かもやま》の岩根し枕《ま》けるわれをかも知らにと妹《いも》が待ちつつあらむ（巻二・二二三）

【鴨山】

まず臨終地の鴨山はどこか、ということであるが、これはやはり、益田市高津町の柿本神社の創祀の鎮座地だったところであろう。
『神国島根』によると、万寿三（一〇二六）年五月の地震による大津波のため、島は海中に陥没したと伝えられる。このとき御神体が松崎に漂着したので、この地に社殿を再建。延宝九（一六八一）年、津和野の亀井家藩主により今の鴨山に移転再建された。それが現在の柿本神社である。

つまり柿本神社は当初鴨山に鎮座したが、島が陥没したため紆余曲折を経て現在地に再建された。そして、津波で消えたこの鴨山が柿本人麻呂の終焉地だと、長い間伝承されてきたというのである（『島根県の地名』）。なお鴨山については梅原氏の『水底の歌』に詳細な考察がある。

ここで私の想像は広がる。

人麻呂は、突然やって来た役人によって、語家（綾部家）から鴨山に連行されて行った。従者並びに語家の者も同行を許されたのであろう。戸田の柿本神社の「人麻呂御廟所」は、人麻呂が没したあと、綾部家の者が髪を持ち帰って埋葬したといい、江戸時代に綾部家改築の時、敷地を掘った際に先祖からの伝えどおり古壺が出土したので御廟所としたという。

それにしても、人麻呂のこの世の最期に心にかかっていたのが「妻への愛」であったとは。人間愛という人麻呂の生と人生の原点が鮮やかに甦ってくる。「香具山の屍」、狭岑島の「石中死人」に語りかけたと同じことを今、人麻呂は自らに語りかけているのである。

なお、この辞世の歌は、刑の通達と執行がいかに突然であったかを告げている。離れて住んでいたらしい妻に伝える間もなかったようなのだから。

【依羅娘子の歌】

人麻呂の刑死を知らせる使いが依羅娘子《よさみのをとめ》のもとへやってきた。驚いた彼女は、ただちに夫の臨終の地へ駆けつけた。だが、もはや跡形もなかった。遺体はすでに石川の河口近くに沈められたらしい。それを知って依羅娘子は慟哭する。

人麻呂の辞世歌につづく「柿本朝臣人麿の死《みまか》りし時、妻依羅娘子《よさみのをとめ》の作る歌二首」である。

今日《けふ》今日《けふ》とわが待つ君は石川の貝に交《まじ》りてありといはずやも（巻二・二二四）

直《ただ》の逢ひは逢ひかつましじ石川に雲立ち渡れ見つつ偲《しの》はむ（同・二二五）

今日は来られるか、今日は来られるかと待っていた君は、石川の貝に交じっているというではないか。直にお逢いすることが叶わないなら、せめて石川に雲よ立ち渡っておくれ、それを見てお偲びしよう――。

ここで「石川」であるが、鴨山の近くで海に注ぐ高津川の河口付近の流れを、当時そう称していたのではないだろうか。

【丹比眞人の歌】

依羅娘子の歌は、やがて人麻呂と親しかった都の丹比眞人《たぢひのまひと》のもとへ届けられた。彼は遺体と直に逢えなかったという依羅娘子の嘆きが心に迫った。そこでうたった。

次につづく「丹比眞人《たぢひのまひと》柿本朝臣人麿の意《こころ》に擬《なずら》へて報《こた》ふる歌一首」である。

荒波に**寄**りくる**玉**を**枕**《まくら》に**置**きわれここにありと**誰**《たれ》か**告**げなむ（同・二二六）

丹比眞人（「名をもらせり」とあるので不詳）は思った。夫は石川の底深く沈んでいるから直に逢うことはもう叶わないと依羅娘子は嘆いているが、そうだろうか。ひょっとしたら河口から何処かの海浜に流れ着いて眠っているかもしれない。そして、自分がここにいることを誰か妻に告げてほしい、そう叫んでいるのではないか。あの「石中死人」のように。

そこで彼は、そうした「人麻呂の意《こころ》に擬《なずら》へて」、依羅娘子に返歌したのである。人麻呂は荒波打ち寄せるどこかの海浜に玉を枕に横たわって、あなたをしきりに待っているかもしれませんよ、と。このように解するならば、丹比眞人は、直に逢えなかったことを嘆く依羅娘子に、一縷《いちる》の望みにつながる歌を返したことになるだろう。それが人麻呂の「意」に適うと信じて。

【或る本の歌】

こうして人麻呂の辞世の歌から始まった臨終のドラマは、「或る本の歌に曰く」という作者不詳歌で幕を閉じる。

天《あま》**離**《ざか》る**夷**《ひな》の**荒野**に**君**を**置**きて**思**ひつつあれば**生**《い》けるともなし（同・二二七）

人麻呂と親しかった友の歌であろう。都から遠く離れた荒野で君はどうしているか。そう思うと生きた心地もしない、と彼はうたうのである。

やはり文武天皇の死によって、都の空気が一変しつつあることを踏まえての歌ではないだろうか。この歌の作者自身にも圧力がかかってきたのかもしれない。そこで人麻呂の身に起こる異変を思い、このような歌を詠んだのではないか。

【人麻呂の死】

類稀《たぐいまれ》なる歌人柿本人麻呂は、こうして波乱に満ちた五十年余の生涯を石見国で閉じた――。

私は、人麻呂の臨終の歌群、いわゆる「鴨山五首」からこのようなドラマを思い描くのであるが、ここで改めて、今一度問いたい。

人麻呂は、いったい、なぜ刑死しなければならなかったのだろうか。

端的にいえば、それは彼が、まだ見ぬ『日本書紀』への痛烈な批判者であったからだ。人麻呂はすでに早くから予知していた。「そらみつ大和の国」が歴史から消されていくことを。だからこそ、『日本書紀』の成立に命をかける藤原不比等によって、処刑されずにはいなかったのである。

私はそのように考え、人麻呂の歌をたずねて、ここまで辿り着いたのである。

⑵ 人麻呂に捧ぐ挽歌

ところで、こうして人麻呂の死にまみえる時、誰もが思うのではないだろうか。人麻呂はあれほど多くの挽歌をうたってきた。その彼に捧げる挽歌がないのは寂しい。あったらどんなに心が安らぐことか。

どうやら、こうした思いを誰よりも強く抱いていたのが大伴家持だったようだ。というのは「鴨山五首」につづいて、不思議な歌が載っているからだ。

家持が人麻呂の生涯に深い感銘を覚えていたことは言うまでもない。臨終の歌群を編みながら、出来るならば人麻呂に挽歌を捧げたいと願ったであろう。しかしそれは諸々の事情から叶わぬ願いだった。そこで彼は、さまざまな歌の中から絶好の歌を見つけ出した。

それが「鴨山五首」につづく、「和銅四年歳次辛亥、河邊宮人《かはべのみやひと》、姫島《ひめしま》の松原に嬢子《をとめ》の屍《かばね》を見て悲しび歎《なげ》きて作る歌二首」ではないだろうか。

妹《いも》が名は千代に流れむ姫島の子《こ》松《まつ》が末《うれ》に蘿《こけ》むすまでに（巻二・二二八）

難波《なには》潟《がた》潮干《しほひ》なありそね沈みにし妹が光儀《すがた》を見まく苦しも（同・二二九）

河邊宮人（伝不詳）の歌というのであるが、ここで「妹」を「人麻呂」に置き換えるならば、こ

柿本人麻呂（歌川国芳・画）

の歌はそのまま家持の心の歌ではなかったたか。

家持は思う――。こうして鴨山で死んだ人麻呂の名は、千年の後までも伝わっていくだろう。子松の末に苔むす世までも。

高津の海浜には潮干というものがなくてほしい。沈んだ人麻呂の姿を見るのがつらいから。

家持には、河邊宮人の歌はあたかも人麻呂へ捧げる挽歌のように思われた。そこで自らの心の代弁者として、臨終の歌群の次に載せたのではなかったか。

この歌は妙なのだ。じつは巻第三に同じ「河邊宮人《かはべのみやひと》」が、同じ「和銅四年辛亥」に、同じ「姫島《しま》の松原に美人の屍《かばね》」を見て詠んだ歌、四首が載っている（巻三・四三四―四三七）。つまり本来なら一括して載せられるべきであろう歌が、二箇所に分散しているのである。

巻第三の四首の歌の左注に「右は、案《かむが》ふるに、年紀幷に所處また娘子の屍と歌を作る人の名と、已《すで》に上に見えたり。但し、歌の辭相違《ことばあひたが》ひ、是非別《わ》き難し。因《よ》りて累《かさ》ねてこの次《つぎて》に載す。」とある。なぜ分かれたのか、何だかすっきりしない注であるが、編者が巻第二の歌をはっきり意識していたことだけは確かである。

これはやはり家持が意図して、河邊宮人の歌群から二首を抽き出し、人麻呂臨終の歌群の次にわざわざ載せたのではないだろうか。


人麻呂が名は千代に流れむ鴨山の子《こ》松《まつ》が末《すゑ》に蘿《こけ》むすまでに

高津浜《たかつはま》潮干《しほひ》なありそね沈みにし人麻呂が光儀《すがた》を見まく苦しも

このように詠むならば、鴨山五首につづく二首は、何と見事な人麻呂に捧ぐ挽歌であろうか。

(3) 巻第二 挽歌追想

巻第二は巻第一とともに「天皇代」を記し、格別の巻の様相を呈している。そこで、巻第二の「挽歌」を改めてみてみたい。

冒頭を飾るのは「有間皇子《ありまのみこ》、自《みづか》ら傷《いた》みて松が枝《え》を結ぶ歌二首」である。

磐代《いはしろ》の濱松が枝を引き結び眞幸《まさき》くあらばまた還り見む（巻二・一四一）

家にあれば笥《け》に盛る飯《いひ》を草枕旅にしあれば椎《しひ》の葉に盛《も》る（同・一四二）

有間は孝徳天皇の皇子。斉明天皇四（六五六）年十一月蘇我赤兄に計られて反逆を企て、行幸先の紀州の湯崎温泉に連行され、十一日に藤白の坂で絞首された。時に十九歳。背後に中大兄皇子や藤原鎌足らの謀略があったといわれる。

この有間皇子の自傷歌につづいて「結び松」にちなむ挽歌が四首載る。

「長忌寸意吉麿《ながのいみきおきまろ》、結び松を見て哀《かな》しび咽《むせ》ぶ歌二首」（同・一四三、一四四）
「山上臣憶良《やまのうえのおみおくら》、追ひて和《こた》ふる歌一首」（同・一四五）
「大寶元年辛丑、紀伊國《きのくに》に幸《いでま》しし時、結び松を見る歌一首　柿本朝臣人麿歌集の中に出づ」（同・一四六）

こうしてみると編者の家持は、有間皇子の悲劇を万葉という時代の本格的な幕開け、「天皇制律令国家」と「そらみつ大和の国」の相剋の時代の始まりと捉えていたかのようだ。

そして、ここに人麻呂の姿がちらついているのが印象的である。なぜならそれは、そうした時代が、やがて人麻呂の悲劇によって終焉することを暗示しているかに見えるからだ。

有間皇子の死に始まる巻二の挽歌は、天智天皇、十市皇女《とおちのひめみこ》、天武天皇、大津皇子《おおつのみこ》、日並皇子《ひなみしのみこ》（人麻呂歌）、河島皇子《かはしまのみこ》（「或る本に曰はく」人麻呂歌）、明日香皇女《あすかのひめみこ》（人麻呂歌）、高市皇子《たけちのみこ》（人麻呂歌）、但馬皇女《たじまのひめみこ》、弓削皇子《ゆげのみこ》、柿本人麻呂の妻（人麻呂歌）、吉備《きび》の津《つ》の采女《うねめ》（人麻呂歌）、狭岑島《さみねのしま》の石中死人（人麻呂歌）、柿本人麻呂、姫島の松原の嬢子《をとめ》、志貴皇子《しきのみこ》、とつづいて終わる。

人麻呂挽歌の何と多いことか。そして今一つ目につくのは、いわゆる「そらみつ大和の国」派ともいうべき人の死が多いことだ。大津・高市・弓削・人麻呂・志貴、等々。「天皇制律令国家」派の天智・天武・日並皇子を圧倒している。

そこで私は思うのである。あるいは家持は、この巻の挽歌を、「そらみつ大和の国」へ捧ぐ「永久の挽歌」と考えていたのではないだろうか。個々の挽歌は、その大きなテーマの中の印象的な楽章と言ってもよい。

　そして、そのクライマックスが「高市皇子挽歌」だったのである。だから、それを奏した人麻呂は、当然の報いであるかのように、自らの運命を甘受して果てたのであった。それは覚悟の討ち死にと言った方がふさわしいかもしれない。

　私は先ほど、家持は河邊宮人の歌を借りて、「その名は千代に流れむ」と人麻呂を讃えたと言った。だが、家持がこの歌に託したのはそれだけだっただろうか。そこには、「そらみつ大和の国」の名もまた、千年後までも残るようにという願いも込められていたはずである。

　家持は知っていたからだ。それこそが、人麻呂が命を賭してうたい続けた切なる願いであったことを。

終章　万葉集の誕生

最後に万葉集の成立について考えてみたい。

万葉集は、いったい、いつ、いかなるプロセスを経て世に出たのであろうか。

私は平城《へいぜい》天皇の時の成立と推察している。家持の悲劇的な最期と、桓武天皇による早良《さわら》親王（桓武の同母弟）に取り憑いた「そらみつ大神」の怨霊鎮祀が大きな要因と考えているからだ。

平城天皇説は『古今集』の序などに基づく広く知られた説であるが、私は桓武の最期の状況から、それを確信するのである。

考察してみたい。

(1) そらみつ大神の鎮魂贖罪

まず晩年の家持であるが、延暦元（七八二）年六月、従三位を以て陸奥按察使鎮守将軍を兼ね、翌二年七月、中納言兼春宮大夫、同三年二月、持節征東将軍となり、同四（七八五）年八月二十八日、従三位で没している。時に六十八歳。

【藤原種継事件】

ところが、死後に思わぬ事態に襲われた。藤原種継暗殺事件に関与していたとされ、除名処分となり、子息らも流罪になったのである。許されたのは大同元（八〇六）年三月十七日、桓武天皇崩御の日であった。

不可解な種継事件であるが、ある意味では万葉集成立の機縁となった事件と言ってもよい。延暦四（七八五）年九月二十二日、桓武天皇の信任厚い藤原種継が長岡京で賊に射殺された。大伴・佐伯両氏が事件の張本人で、首謀者の佐伯継人らの陳述によると、故中納言大伴家持が相謀って大伴・佐伯両氏に呼びかけ、皇太子早良親王に申し立て、事を遂行したという。そこで家持は先のような除名処分になったのである。早良親王は乙訓寺に幽閉され、十余日絶食していたため、淡路へ移送の途中で絶命。十月桓武の皇子安殿親王（平城天皇）が皇太子に立てられた。

ほぼ、これが種継暗殺事件の概要であるが、家持や早良親王はおそらく関与していなかったであろう。そもそも家持は事件の一か月も前に没していた。それに、天平勝宝九（七五九）年の橘奈良麻呂の乱の直前に、「咲く花は移ろふ時ありあしひきの山菅《やますが》の根し長くはありけり」（巻二十・四四八四）と詠んだ家持である。ここまで「山菅の根」に徹して生きてきたであろう家持が、最晩年のこの場に及んでこうした挙に出るとは考えられない。大伴・佐伯らの氏人には、「山菅の根」と化した家持への積年の鬱憤が充満していたにちがいない。その恨みが最後になって、死んだ家持に対して投げつけられたのではなかったか。

【早良親王の怨霊鎮祀】

桓武天皇が早良親王に寄せた怨霊鎮祀はよく知られている。早良の死後さまざまな凶事がつづいた。延暦十一（七九二）年には安殿皇太子が病気になり、占うと「早良親王の祟《たたり》」と出た。そこで同十三（七九四）年十月、平安遷都。この年の五月には早良親王の御霊を祀る御霊神社（京都市上京区）が創建されている。さらに同十九（八〇〇）年「崇道天皇」の尊号を追贈。

こうして桓武天皇は大同元（八〇六）年三月十五日危篤に陥ったのであるが、いまわの際まで怨霊鎮祀はつづく。十七日には大伴家持など延暦四年の種継事件の処刑者を本位に復するよう勅した。つづいて諸国の国分寺の僧に、崇道天皇のために「春秋二仲月別七日」、金剛般若経を読経するよう命じた。桓武天皇が崩御したのは、それからほどなくだったとされる。

それにしても、凄まじいまでの怨霊鎮祀ではないか。いったい、なぜ桓武天皇は、これほどまでに早良親王の怨霊を怖れていたのだろうか。

ここで一つの疑念がよぎる。

桓武天皇が怖れていたのは、早良親王の怨霊だけなのであろうか。桓武天皇が畏怖していたのは、早良親王に取り憑いた「そらみつ大神」の怨霊ではなかったか。

当初は早良親王の祟りと信じていた桓武天皇も、しだいにそれだけではないことに気づく。これは親王を介して、悲憤の大神が鎮魂贖罪を求めておられるのではないか。

それを示唆するものはいろいろある。

まず早良親王であるが、彼は大神の信奉者だったようだ。藤森神社（京都市伏見区）は別雷神《わけいかづち》の名で大神ニギハヤヒを祀る社であるが、早良親王は蝦夷征討に向かうとき藤森の神に戦勝祈願をしたといい、後に合祀され、菖蒲の節句発祥の祭として知られる藤森祭にも大神の化身のごとく登場している。

さらに御霊神社であるが、早良親王とともに大神が火雷神として祀られたようだ。現在の祭神は崇道天皇（早良親王）以下五柱と吉備真備《きびのまきび》だが、火雷神が「以上六所ノ荒魂」として鎮座している（『御霊神社由緒略記』神社発行）。

ちなみに御霊神社には、たいてい「火雷神」が代表のような形で名を連ねている。大神の下に、皇位争いなどに絡んで非業の死を遂げた人々が集まっているのが御霊神社だった。

【大仏と日輪】

さて、何よりも私が注目するのが、桓武天皇が死の間際に各国の国分寺に命じた読経である。私はこれこそ、早良親王に名を借りた大神の怨霊供養の読経だったと思うのである。

そもそも国分寺とは何であろうか。天平十四（七四二）年、聖武天皇の勅願によって、東大寺を総国分寺として国ごとに建立されたのが国分寺である。

ここで東大寺の盧遮那仏《るしゃなぶつ》であるが、いわゆる華厳経の教主と解するだけでよいのだろうか。

大仏には、どうやら始めから日輪、即ち日神・天照大神が連れ立っていたようなのだ。

『東大寺要録』によれば、聖武天皇は天平十四（七四二）年十一月、橘諸兄《たちばなのもろえ》らを遣わして伊勢神宮に東大寺大仏造立事業の達成を祈願。このとき天皇の夢に玉女が現われ、日本は神国であるから神明を尊崇しなければならないが、日輪は大日如来で本地は毘盧遮那仏であるという理を悟れば、とうぜん仏法に帰依すべきであるという神託があって、東大寺建立の意志はいっそう堅固になったという（『大阪府史第二巻』）。

この伝えは、後世まで広く知られてきたらしい。『奈良名所八重桜』では橘諸兄を勅使として遣わした「その跡にて帝の御夢に、太神告げてのたまはく、日輪はこれ、毘盧遮那仏《びるしやなぶつ》なりと。帝、この心を得せしめ営興《えいきよう》なしたまふべしとて、日輪の像をあらはしたまふ。そのひかり赫如たり。」（日輪山《にちりんざん》東大寺）と載っている。

日輪（天照大神）の本地は毘盧遮那仏、大仏は日輪の像だというのである。神仏習合に基づく俗説のようにも見えるが、そうだろうか。東大寺は山号を「日輪山」と称する。私はさまざまな理由から、この伝承は大仏にまつわる秘された真実を語っていると思っている。

だが、そうだとすると不思議ではないか。あの威風堂々たる僧形の大仏が日輪だというのだ。「光明皇后の御名を冠する佛足石歌に、佛を大きますらをと歌つた、驚くべき稱へ方をした作が殘つてゐる。」という（「萬葉集の精神――その成立と大伴家持」保田與重郎全集第十五巻）。

まさに大仏は「大きますらを」という形容がピッタリである。となると、ますます不思議である。「日輪」は、どう見てもあの女神の天照大神とは思えない。いったい聖武天皇や光明皇后、橘諸兄は「日輪」をいかなる神と見なしていたのだろうか。

私は思う。これはやはり「そらみつ大神」――アマテラスに日神の座を奪われたニギハヤヒであろう。

籠神社の由緒にも記されていたように、彼は「天照御魂神」とも称され、古来「天照大神」と讃えられてきたのであった。「天照」を社名にした神社が十社ほどあるが（『神社名鑑』）、たとえば天照《てんしょう》神社（福岡県鞍手郡宮田町）の祭神が「天照国照彦火明櫛玉饒速日尊《あまてるくにてるひこほあかりくしたまにぎはやひのみこと》」。たいていの神社はこのフルネームの一部で祀っているようだ。

それに伊勢神宮も、アマテラスの宮として確立されたのは天武・持統の時である。伊勢地方に絶大な信仰を誇った大神の姿は、近世までさまざまな形で神宮に色濃く影を落とし、語り継がれてきた。

たとえば荒削りの仏像「円空仏」で知られる江戸時代の円空も、天照大神を衣冠束帯姿の男神として彫っている。それも円空の処女作と言ってもいい岐阜県郡上郡美並村（現・郡上市）の神明神社の「天照皇大神」は、激しい憤りをたたえた念怒相である。

盧遮那仏＝そらみつ大神――。そうだとすれば、どういうことになるか。

聖武天皇は建て前とは別に、心ひそかに大神の化身として大仏を作り、大仏と化した大神の御前に、自らを「三宝《さむほう》の奴《やつこ》と仕《つか》へ奉《まつ》る天皇《すめら》」（『続日本紀』天平二十一年四月一日条）と称して誠の心を捧げ、国の鎮護を祈願したということになろう。

【彼岸会】

ここで桓武天皇である。

もとより彼は、こうした大仏の秘された真実を知っていた。だからこそ大神の怨霊供養のために、諸国の国分寺へ読経を命じたのであろう。

じつはこれが、いわゆる「彼岸会《ひがんえ》」についての記録の初見とされ、彼岸会はこの時に始まったとも言われている。『国史大辞典』（吉川弘文館）によると、仏教行事とする説に対し、彼岸は太陽信仰により、「日の願」から「日願」になったもので、民族宗教的な性格をもつとする説もあり、今日も民俗習慣と合一した彼岸行事が各地にみられるという。

興味深いではないか。やはり古くから人々は、彼岸に日神信仰を見てきたようである。

「御彼岸会由来の和讃」（『御詠歌・和讃集』高橋信之、健友館）は、ほぼ次のような歌だ。

「平安朝のその昔　延暦二十五年春　桓武天皇御代に　諸国に勅を賜りて　国分寺なる寺々で彼岸に至る修業をば　厳修（つとめ）られしが始めなり　菩提寺（おしえのにわ）に集まりて　汚れし心を先ず解脱（きよ）め　遠く祖先（みおや）の供養なし　悟りの種をいざ播かん　限りなき罪の汚れを　清めんと　今日ぞ詣でん　彼岸会の寺（にわ）」

祖先を供養し、限りない罪の汚れを清めるために詣でるのが彼岸会だというのである。まさに桓武の心を心としたのが彼岸会、そう言えるだろうか。

ともあれ、「彼岸会」は他国には見られない、日本独特のものである。これほど広く、根強く親しまれてきたのは、やはり消された日神、国初めの大神の供養会だったからだと私は思いたい。

【「そらみつ大和の国」の復権】

ここまできて今、私の脳裏をさまざまな想念が去来する。それらについて少し記しておきたい。たとえば聖武天皇だが、彼は「大仏」と化した大神に託して「そらみつ大和の国」の復権を目論んでいたのではないか、ということだ。

聖武は、東大寺の「盧遮那仏」を盟主とする国分寺を各国に造った。いわばそれは、伊勢神宮の「天照大神」を盟主とする諸国の神社に比せられるであろう。つまりアマテラスの「神国日本」に抗するかのように、ニギハヤヒの「仏国日本」を造り、自らの心の支え、政治の指針としようとしたと言ってもよい。とすれば、それはまた、「仏の世界」に形を変えた「そらみつ大和の国」の蘇りとも言えるのではないだろうか。

思い出すのが家持である。

家持は大仏鋳造を、「善き事を始め給ひて」（「産金詔書を賀する歌」、巻十八・四〇九四）とうたった。賛意は示したが、それは心からの歓びではなかった。家持には、「大神」と讃えられたニギハヤヒの「仏の世界」での復権というのが、やはり無念であり、寂しかったのではないか。だから大仏開眼供養会に関しても素っ気なかったのだろう。だが、消された大神へ捧げる聖武の誠の心は信じていた。だからこそ、あれほど聖武を偲んだのだと思う。

【鎌倉幕府と「そらみつ大和の国」】

さらに、もう一つ思い浮かぶのが鎌倉幕府である。

古代末期に外国との関わりなしに、独力で幕府という国家体制を形成したことは、世界史上に例のないことと言われている。なぜ世界史に類を見ない驚くべきことが、日本に起きたのか。無論、諸要因が絡んでいることは言うまでもないが、私が注目したいのは、鎌倉には「大仏」が鎮座していること。そして幕府の旗印が東大寺と同じく「八幡大神」であったことだ。東大寺の八幡大神は、大仏鋳造を扶けるために宇佐から勧請されたのであった。

いったい鎌倉幕府とは何か。なぜ十二世紀末の日本に突如として生まれたのか。

天照大神（朝廷）、八幡大神（幕府）――こう並べてみて、私は思う。鎌倉幕府はやはり、歴史から消された「そらみつ大和の国」の形を変えた再誕ではなかったか、と。

悲憤の「そらみつ大和の国」へ寄せる人々の執念、忍耐、努力が時機を得て、源氏とともに再び歴史上に呼び戻したこの国の形、それが鎌倉幕府であった。

そう解するならば、聖武が「仏の世界」で行なおうとしたことを、鎌倉幕府は堂々と「神の世界」で成し遂げた、ということにもなるだろう。

そして、それは暗黙の了解事として、時を越え、根強く支持されてきた。だからこそ、この国の特異な二元政治は近代まで続いてきたのではなかろうか。

明治の王政復古により、八幡大神の幕府＝「そらみつ大和の国」は消えた。そして先の大戦で、天照大神の新生＝「天皇制律令国家」もまぼろしと化した。代わって手にした「民主主義」の旗とともに歩いて七十年余。われわれは今、どこへ向かおうとしているのか。

⑵ 万葉集の誕生

さて、万葉集である。

家持の執念がこもった歌集は、どういうプロセスを経て日の目を見たのだろうか。

家持の生前は、もちろん彼の手元にあったであろう。問われれば心通う者には歌集の話をしたかもしれない。古い時代から聞き伝えて知っている者もいたであろう。だが家持には、この歌集を何としても公けにしようという切実な願いは、最早なかったのではないか。

時代は、蝦夷征討や長岡京の造営へと慌ただしく進みつつある。歌集が話題になるような雰囲気ではなかった。それに、何よりも万葉集は今なお危険な書であった。家持は深く秘蔵していたのではないだろうか。

こうして時は流れ、家持は没した。死後罪人となったため家財は没収されたであろう。その中には万葉集もあったにちがいない。だが、「軍事と造作」を掲げて邁進する桓武天皇には、およそ万葉集などに目を留める余裕などなかったと思われる。

ところが大神は、そんな桓武天皇の傍らに忍び寄っていたのである。桓武天皇の胸奥深く突き刺さった、あの早良親王の死の棘に連れ立って。だから棘は死が近づくとともに痛みを増し、遂にいまわの際には家持にまで桓武の贖罪は届いたのである。

ここで万葉集が浮かび上がる。おそらく一躍脚光を浴びたのではないだろうか。なぜなら、桓武天皇は大神の怨霊を畏怖し、必死に贖罪を重ね、死の間際まで鎮祀の誠を捧げて亡くなった。それを、いまや誰もが、はっきりと悟ったからだ。

大神の鎮魂――それこそ、家持が歌集に込めた祈りではなかったか。そのことを知る者は朝廷にはいたはずである。思えば光仁・桓武は、あの志貴皇子の子であり、孫であった。

こうして万葉集は、大神の鎮魂のために是非とも世に出さなくてはならない、そんな気運がみなぎってきた。

それを誰よりも信じ、望んだのは平城天皇であった。おそらく平城天皇の命によって万葉集は誕生したのであろう。平城天皇には、それが早良親王や家持はもとより、何よりも父・桓武天皇の供養になると思われたにちがいない。

そして、もう一人、平城天皇が思い浮かべたのが聖武天皇である。家持があれほどしのんだ聖武天皇は、大神への哀惜と鎮魂に生きた天皇であった。本来なら万葉集は聖武天皇の時に日の目を見るはずであったが、叶わなかった。だから今、自分は聖武天皇に代わって万葉集を世に出すのだ。平城天皇には、そんな思いがあったのではないか。

そうだとすれば平城天皇は、その名の通り平城《なら》の宮の聖武天皇の心を心とした天皇でもあったのである。

「万葉集はいつごろ作られたのか」という「貞観御時」（八五九―八七七）の清和天皇の問いに対して、文屋有季《ぶんやのありすえ》が答えた歌が『古今集』に載っている。


神無月《かんなづき》時雨《しぐれ》降りおける楢《なら》の葉《は》の名におふ宮《みや》の古言《ふること》ぞこれ（巻十八・九九七）

万葉集は奈良の宮の時代の古歌だというのである。万葉集の成立年代にちなむ最古の記録として有名であり、万葉集の別称を「奈良の葉」、「奈良の古言」ともいう。

心ひかれる歌である。万葉集が世に出たのは平城天皇の時であったが、万葉集が企画されたのは平城の宮の時。そんな万葉集の成り立ちを踏まえて、有季はこの歌を詠んだのではないかと思うからだ。

こうして万葉集は、ようやく光の中に登場した。家持が最後の歌をうたってから、およそ五十年。家持没後二十年余の歳月が経っていた。

永久に甦ることのない、「そらみつ大和の国」に捧げる挽歌が散りばめられた歌集は、平安の世に花開いたのである。

家持が生きていたら、何と言ったであろう。

彼は思ったのではないか。「歴史」と「神話」がせめぎ合う、あの万葉という嵐の時代は、もう遠い夢でしかない。

だが、大神は生きておられた！　歴史から消されても、大神はやはり強かった。大神の怨霊が、あの稀有の帝王・桓武を打ちのめし、万葉集を世に送り出したのだから。

家持は、歌の世界で甦った「そらみつ大和の国」を、いささかほろ苦い思いで祝福したであろうか。

最後に、今一度言いたい。

「そらみつ大和の国」は、夢まぼろしではない。第一番に「そらみつ」の歌を戴く万葉集は、それを告げるために、『日本書紀』を告発するべく、強い意思を秘めて生まれ、今日まで生きつづけてきたのである。

この国の原罪をうたいつづける、厳しくも懐かしい永久《とわ》の心のふるさと。それが万葉集であろうか。

あとがき

この書は、『夢殿の闇』『空海はどこから来たのか』に続く、「消された覇王」シリーズの三作目である。『ヤマトタケル』から『箸墓の歌』に至る「伝承が語る古代史」（以上、河出書房新社刊）の成果を踏まえて書き始めたもので、「聖徳太子」、「空海」、そして今回取り組んだのが「万葉集」であった。

思えば前著『空海はどこから来たのか』が出たのは二〇一二年三月である。そのひと月前に母を送り、その後がんの手術などを経て、一人、苦闘する日々がつづいた。

この書はそんな中から生まれたのであるが、振り返ってみると自分が書いたのだとは思えない。一生懸命書いてはきたが、何ものかが書かせて下さったのだと信じている。

今回も多くの書や資料等のお世話になった。

万葉集の表記、解釈などは、『萬葉集一―四』（日本古典文學大系、岩波書店）を参考にした。なお字体は適宜、新字体に改めた。

膨大な万葉集関係の書には出来る限り目を通し、いろいろ教えていただいた。

梅原猛氏の『水底の歌』（新潮社）、保田與重郎の『わが萬葉集』（新潮社）や、『万葉集歌人事典』（雄山閣出版）、『和歌大辞典』（明治書院）には、とくにお世話になった。

参考文献は、そのつど文中に記したが、記す場もなく終わってしまった書や研究論文など、数多い。今もさまざまな形で心に残っている。万葉集がいかに愛され、親しまれてきたかを目の当りにし、改めて先人の努力、熱意にふれた思いがしている。

皆様に深く感謝いたします。

うれしかったのは、長年ともに仕事をしてきた河出書房新社の元・編集者、小池三子男氏に今回もお読みいただいくことが出来たことだ。そして氏のご縁で田畑書店から出していただくことになり、感謝の気持でいっぱいである。

いろいろご尽力いただいた社主の大槻慎二氏、編集を担当いただいた小池氏、すてきな装丁で飾っていただいた長谷川周平氏、いろいろお世話になった関係者のすべての方々に、心よりお礼申し上げます。

ありがとうございました。

また、変らぬ励ましをいただいた読者の皆様、ありがとうございました。

最後に、母は「伝承が語る古代史」の最良のパートナーだった。数え切れないほどの神社を訪れたが、私の運転する車の助手席にはいつも母がいた。だから、どこまでも安心して行けた。メモをしたり、写真を撮ったり、いろいろ助けてくれた。

母と歩いた神々の道だった。
万感の思いを込めて、この書を母にささげたい。
お母さんありがとう。

たゝずめば昔のさまのにぎはひが
三輪山におはす大君なつかしむ
大神のその大神のいます山
（桜井　平成五年十月）

二〇一七年　九月七日

小椋一葉

小椋一葉（おぐら　かずは）
1942年、岐阜市生れ。京都大学大学院修士課程修了。愛知県立大学助手を経て古代史研究に専念。民間伝承や神社分布、祭神の分析等から古代史の謎に迫る斬新な方法で、黎明期の歴史の暗部に新たな光を当てたシリーズ〈伝承が語る古代史〉で脚光を浴びる。主著に『荒野の旅』（松籟社）、『天翔る白鳥ヤマトタケル』『消された覇王』『女王アマテラス』『継体天皇とうすずみ桜』『古代万華』『神々の謎』『箸墓の歌』『夢殿の闇』『空海はどこから来たのか』（以上、河出書房新社）、『聖徳太子の祈りと野望』（KKベストセラーズ）などがある。

万葉集とは何か

永久《とわ》の挽歌・そらみつ大和の国

2017年11月15日　印刷
2017年11月30日　発行

著　者　小椋一葉

発行人　大槻慎二
発行所　株式会社　田畑書店
〒102-0074　東京都千代田区九段南3-2-2　森ビル5階
tel 03-6272-5718　fax 03-3261-2263
印刷・製本　中央精版印刷株式会社

ISBN978-4-8038-0347-1 C0021

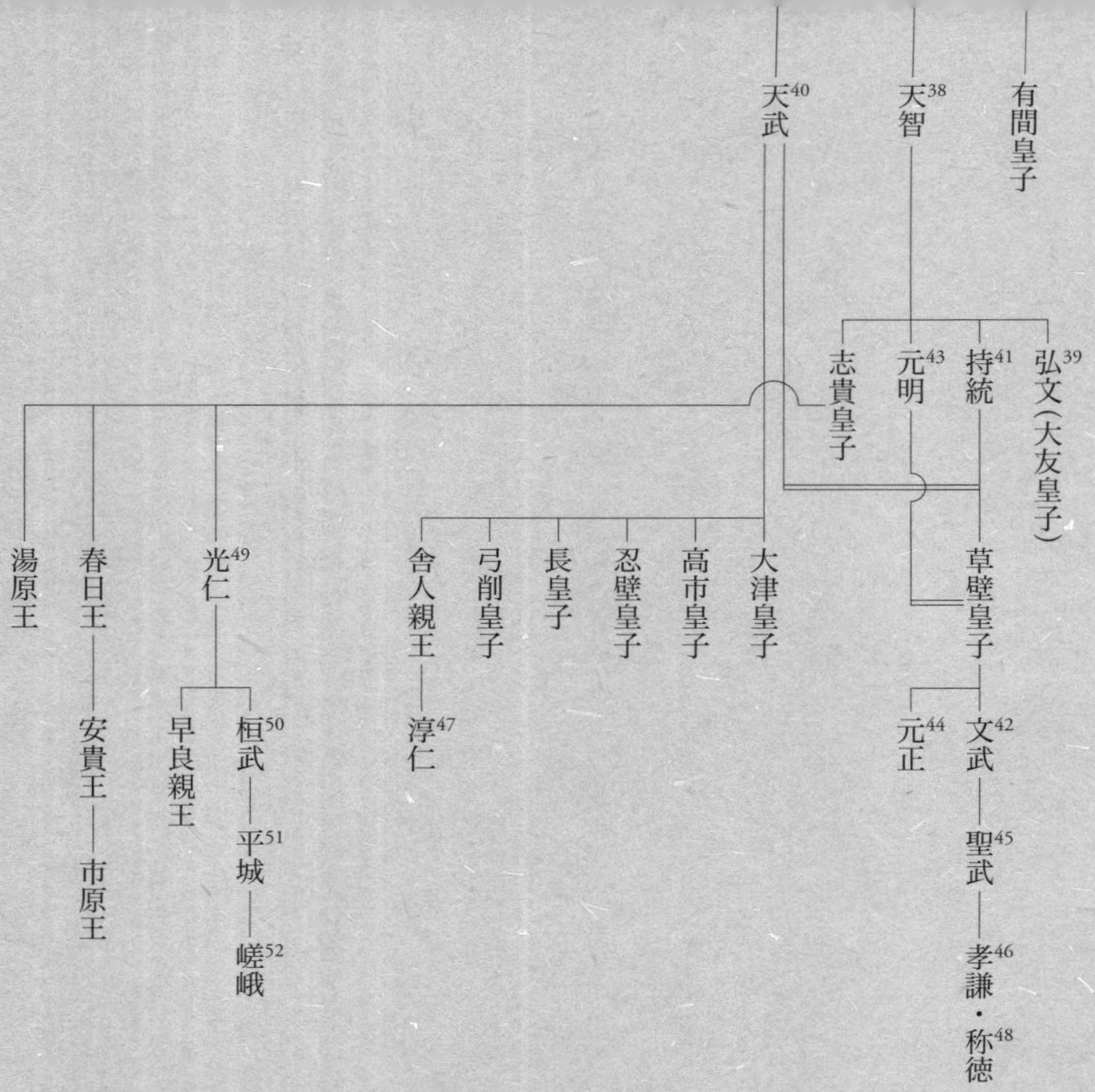
有間皇子
天智38
天武40
弘文39(大友皇子)
持統41
元明43
志貴皇子
草壁皇子
文武42
元正44
聖武45
孝謙46・称徳48
大津皇子
高市皇子
忍壁皇子
長皇子
弓削皇子
舎人親王
淳仁47
光仁49
桓武50
早良親王
平城51
嵯峨52
春日王
安貴王
市原王
湯原王